Roxana

Joséphine Dedet

Roxana

Traducción de
Cristina Piña

Editorial El Ateneo

Dedet, Joséphine
Roxana - 1ª ed. - Buenos Aires: El Ateneo, 2005.
264 p.; 23x15 cm.

Traducido por: Cristina Piña

ISBN 950-02-5832-3

1. Narrativa Francesa. I. Piña, Cristina, trad. II. Título
CDD 843

Título original: Roxane l'eblouissante
Traductor: Cristina Piña

Editorial El Ateneo
Patagones 2463 - (C1282ACA) Buenos Aires - Argentina
Tel.: (54 11) 4943 8200 - Fax: (54 11) 4308 4199
E-mail: editorial@elateneo.com

1ª edición: noviembre de 2005

ISBN 950-02-5832-3

Diseño de cubierta: Departamento de Arte de Editorial El Ateneo
Diseño de interiores: Lucila Schonfeld

Impreso en Verlap S.A.
Comandante Spurr 653, Avellaneda,
provincia de Buenos Aires,
en el mes de noviembre de 2005.

Queda hecho el depósito que establece la ley 11.723
Libro de edición argentina

Sueño de una sombra es el hombre.
Pero si llega la gloria, regalo de los dioses,
hay luz brillante entre los hombres y dulce existencia.

Píndaro, *Píticas,* VIII, 96

¿Qué se sabe de Roxana, esposa de Alejandro Magno? Poco, fuera de su gran belleza. Lo que depende de las certezas históricas podría resumirse en esta reseña: Roxana: hija de Oxiartes, sátrapa persa de Bactriana. Prisionera de los macedonios en 327 a.C., se convirtió en la esposa de Alejandro Magno y le dio un hijo póstumo, Alejandro Aigos, en 323 a.C. Fue asesinada con su hijo por orden de Casandro, en Anfípolis, en 311 a.C.

En una habitación silenciosa del viejo palacio de los Chighi –la villa Farnesina–, en el corazón del barrio de Trastevere, en Roma, contemplé largamente la célebre obra de Antonio Bassi, el Sodoma, que supuestamente representa, basándose en un fresco antiguo hoy desaparecido, las famosas Bodas de Alejandro y Roxana. Entre dorados y mármoles, unos pequeños enviados de Eros y un grupo servil rodean a los novios. Alejandro tiene el rostro y los cabellos de un ángel del Renacimiento. El pintor parece haber querido señalar la ambigüedad del personaje. Hefestión, el amigo de siempre, está a su izquierda, cerca del personaje que lleva una antorcha. Más veneciana que oriental, envuelta en un velo transparente, Roxana recibe la corona de manos del joven conquistador. La escena es delicada, voluptuosa, especialmente misteriosa.

A ese juego de espejos entre el Renacimiento y la Antigüedad, épocas de sentimientos poderosos, de personalidades fuertes, de empresas temerarias, a ese cuadro dentro del cuadro respondió mi fantasía de escritora: resucitar a Roxana, ese personaje ubicado en los confines de lo real y lo imaginario. Roxana, la cautiva de la que su captor quedó prendado, la reina bárbara de un imperio que pretendía ser universal. Al morir el rey Filipo de Macedonia, en 336 a.C., concluyen veintitrés años de reinado, pero comienza un sueño. El propósito de Filipo de unir las ciudades griegas contra el Imperio persa es retomado por su hijo. Alejandro tiene sólo veinte años cuando cruza el Helesponto. Cuatro años después, es dueño de Asia Menor, las provincias de Fenicia, Siria, Egipto y las capitales imperiales persas. En 328 a.C. avanza hacia las provincias orientales y sitia el Aornos, uno de los últimos bastiones de la resistencia. Allí, inesperadamente, se enamora de Roxana.

Todos los acontecimientos históricos de este relato son exactos. Ciertas imprecisiones en los lugares y las fechas se deben a las divergencias entre las diferentes fuentes.*

* Como los calendarios cambiaron varias veces en la época de Alejandro Magno, las fechas a las que se hace referencia corresponden a las de nuestro calendario gregoriano.

Otoño de 324 a.C.

Hefestión acaba de cerrar los ojos. No conservó la mirada fija y blanquecina de algunos de nuestros muertos que descuidan su partida, sino la atenta expresión del vigía adormecido. El sordo combate que emprendió contra el sufrimiento, durante siete días consecutivos, no marcó sus rasgos. Ni un solo gesto propio del moribundo que olvida el pudor. Jamás me extendió sus manos húmedas. La agonía le importaba poco mientras fuera breve. Vino por sorpresa, cuando el sol se deslizaba hacia la franja occidental del cielo. Apenas habíamos hablado: el silencio, sus zonas oscuras, no nos asustaban. Ahora debía guardar sola ese silencio. Afuera, gritos y rumores sacudían de tanto en tanto a la multitud: los juegos estaban en su apogeo y los atletas se superaban, con la insensata esperanza de convertirse en semidioses. Hacia el alba, mis manos comenzaron a temblar. El perfil de Hefestión emergía, demudado, en el día naciente...

Alejandro aúlla junto al cadáver del amigo, arrancándose los cabellos, arañándose el pecho con la desmesura de las mujeres orientales. Apenas oigo su llanto, porque pienso que va a ser elevado, si los griegos así lo quieren, al rango de dios, él, el conquistador, ese niño sin fuerza, que lanza gritos inarticulados. ¿A qué se debe que el espectáculo de la muerte me procure una profunda satisfacción? ¿Orgullo de sobreviviente? ¿Disimulo de una debilidad? La muerte siempre me hizo sonreír.

Habíamos llegado a Ecbatana unos días antes. La capital de los medos nos esperaba con la tranquila seguridad del anfitrión que sabe recibir. El final del otoño esculpía con sus tintes dorados todo el contorno de la ciudad. Suburbios, palacios y templos se exhibían a la mirada con movimientos de cortesanas. Aún se distinguían, en ese atardecer, el centelleo de los techos almenados y, cercando la ciudad con sus insolentes colores, higueras y almendros. Escoltado por tres mil Inmortales, me dirigí al templo de Anitis para rezarle al dios Ormuz, el que perpetúa el Bien sobre la tierra. Hefestión había deseado acompañarme. Cruzamos sucesivamente las puertas de las siete murallas concéntricas que conducían al recinto sagrado. Yo observaba a Hefestión. Seguía su mirada de hombre conmovido por la belleza, su mirada de macedonio fascinado a su pesar por esas almenas blancas, negras, púrpuras que querían tocar el cielo. En una abundancia de cuerpos musculosos, dragones y toros parecían escapar de sus frisos para ir a luchar contra los genios alados. En el interior del templo, una hilera de columnas que se elevaban hasta una altura vertiginosa, hasta el arco de la bóveda, encuadraba el altar del dios Ormuz. La vida se había detenido en la entrada del santuario. Todavía percibíamos, en el misterioso silencio, el apagado murmullo de los soldados. Recordamos sus rostros hundidos por el cansancio, sus manos callosas aferrando trofeos o monedas de oro, dejándolas caer a veces por una inexplicable falta de ánimo.

Al salir del templo, no quise ver en la palidez de Hefestión otra cosa que emoción y dignidad. El sol declinaba y se recostaba sobre la ladera de una colina. Mañana sería el día de los atletas y los rudos soldados. Según Alejandro, las dionisíacas, con su cortejo de festines y luchas, subyugarían hasta a los leones con cuernos de los capiteles y a sus compañeros los unicornios, también petrificados en un bloque de oro macizo.

Tenemos que dejar la ciudad con el cadáver embalsamado que no llegué a tocar. Apenas vi el cuerpo detrás de un cortinado, bello y casi desnudo. Presa de las lloronas durante horas, ahora es sacudido por el traqueteo de su carroza. Sucesión de piedras y rocas, de arbustos y matorrales, el viaje nos sume a todos en el letargo. Ni una risa entre las tropas. Los caballos sufren en silencio, como respetando el sueño del difunto. Alejandro evita mi presencia. Desde la muerte de Hefestión no compartimos el mismo lecho, pero eso se me ha vuelto indiferente. Yo también estoy cansada de los encuentros, como si ya hubiésemos agotado todo, vivido demasiado.

Llegamos a la orilla del Tigris desde donde se adivinan los valles cubiertos de trigo y sésamo. Por instinto busco a Alejandro. Se ha acercado a la orilla y ahora le da la espalda al Oriente, de donde venimos. De pronto, inexplicablemente, se sienta y todos sus hombres, vencidos por el cansancio, lo imitan. Están tristes. Todavía llevan la muerte en su memoria; la de los soldados que tuvimos que abandonar en el camino, la de aquellos que esperamos pero que no pudieron alcanzarnos, la de aquellos cuyas miradas rehuimos cobardemente, esforzándonos por olvidar que tenían mujer e hijos. Al ver ese millar de soldados en cuclillas, tengo la sensación de asistir a la primera derrota de los macedonios, a su primera concesión al destino. Decido caminar a lo largo del río, pero pronto tengo que detenerme para recobrar el aliento: de mi boca brota una bilis amarga que escupo, desafiante, al agua. Vuelvo la cabeza con rapidez. Detrás de mí, los hombres se apiñan alrededor de los braseros. Las tiendas rojas se tiñeron de marrón. Esa noche callé mis primeras náuseas...

En la oscuridad, mantengo los ojos abiertos. Toco mi cuerpo con manos nuevas. Lo redescubro como al comienzo de la pubertad o al día siguiente de una noche nupcial. No espero a nadie a mi lado, sólo a ese niño que llevaré dentro de mí durante lunas, ese niño que respira pero que no se atreve a redondear el contorno de mi ombligo. No fue concebido en un instante preciso que buscaría en vano en mi memoria. Él *es* esta eternidad de sonrisas, de aromas, de suspiros entremezclados con los gritos de los pájaros nocturnos. Es el calor y este abandono de sí que precede al reposo. Es la entrega y el consentimiento. Él *es* Alejandro y Roxana.

En las cercanías de Babilonia, al cabo de seis meses de viaje, los hombres se reaniman, las voces se elevan. Veo a Alejandro, impaciente, que se enfurece y grita órdenes. La estúpida Estatira, la otra esposa, sonríe, inconsciente. Toda una multitud febril se prepara. Los mercaderes que nos acompañan evidentemente han olfateado los buenos negocios... ¡Babilonia! Desde mañana distinguiremos por fin tus murallas cargadas de sombra y el enredo de tus palmeras. Cuando lleguemos a la altura de los suburbios, precedidos por el inmenso catafalco, la luz será cruda y el cielo, muy bajo, borrará por un tiempo el dibujo voluptuoso de las nubes. Nuestros hombres irán a los muelles del Éufrates y redescubrirán el puerto, la fila de esquifes de bordes rojos y verdes que el agua, incansablemente, destiñe y corroe. Se entregarán a sus habituales borracheras bajo la mirada ávida de los negociantes fenicios que se apresuraron a venir a probar fortuna.

Nos acercamos a la ciudad, largo cortejo en duelo, cuando los sacerdotes del templo de Marduk salen a nuestro encuentro. Ningún dignatario civil acompaña a estos magos vestidos de blanco, ni siquiera el sátrapa de la región. Contrariamente a las costumbres, nadie iluminó altares ni lanzó flores o coronas a nuestro paso. La población permanece confinada detrás de las murallas. A juzgar por la expresión sombría y el apremio de los astrólogos, es evidente que ha ocurrido un acontecimiento funesto. Todavía ignoramos su gravedad pero el rumor no tardó en correr: una peste azota la ciudad y prohíbe permanecer en ella. De un campamento al otro la epidemia cambia de nombre y de naturaleza. Se describen síntomas tan aterradores como variados. Luego esos rumores se calman para ceder su lugar al desaliento. Siete años antes, el mismo ejército había entrado en Babilonia como conquistador y había vivido un mes inolvidable en el lujo de la corte del Gran Rey Darío. ¿Es imprescindible que el regreso a Occidente se halle jalonado de decepciones y de amargura? ¿Acaso será imposible resucitar aquella primera embriaguez?

Los sacerdotes de Marduk siempre constituyeron una casta particular aquí, muy celosa de su independencia. Ninguno de nuestros Grandes Reyes de Persia se mezcló, de cerca o de lejos, con sus dudosos procedimientos o con sus ritos. Se desconfiaba de ellos, pero nadie intervino jamás. Bastaba que aquel antiguo reino conquistado por Ciro y muchas veces sublevado viviera en paz y se sometiera al tributo. Ahora no se trata de una revuelta popular, sino de un rechazo de orden sagrado: después de haber interpretado los signos, los magos caldeos nos disuaden solemnemente de traspasar los muros de Babilonia. Según ellos, Alejandro no puede entrar en la ciudad sin sembrar y luego cosechar la desgracia. Aunque esté conmocionado por las palabras de los astrólogos y, desde la muerte de Hefestión, una densa melancolía se haya apoderado de su alma, Alejandro no puede decidirse a abandonar sus proyectos. Está el catafalco delante de nosotros, monumental, que exige sepultura; está la elección definitiva de Babilonia como capital de Asia, a mitad de camino entre Oriente y Occidente, rica por su comercio y por su pasado esplendor. Está el ejército valeroso pero agotado, esos veteranos que aspiran al descanso. ¿Cómo podría aquél que venció todos los obstáculos, invencible descendiente de Aquiles y de Heracles, renunciar a lo que había decidido con tanta reflexión?

La voz del gran sacerdote domina a todas las demás: "Que Alejandro observe una noche en Caldea. Una de esas noches en que la tierra, lejos de ensombrecerse a la hora del crepúsculo, refleja un cielo sin nubes, un cielo liso y puro como la frente de un niño. ¿Crees que es por casualidad que la ciencia de los astros y de los movimientos de la Tierra nació en este suelo sin asperezas? Nosotros leemos en el firmamento como se lee en un libro, y la voz de Marduk se nos impuso. Esa voz nos dice que a Alejandro lo aguarda la desgracia si penetra en la ciudad en el momento en que el planeta más grande se acerca al signo de Tauro".

Agobiada por las náuseas, me tendí en mi lecho, sobre esas telas suaves que ondulan y constituyen curiosamente el único elemento de estabilidad en nuestra vida de nómades... Estoy a punto de adormecerme, con la boca pastosa, vencida por el cansancio, cuando Alejandro se presenta. Los ojos parecen bailar en su rostro. Los magos han transigido: podremos entrar en nuestra capital a condición de mirar hacia Oriente y no hacia Occidente. Alejandro, en consecuencia, dio la orden de levantar el campamento en la orilla este del Éufrates, a un día de marcha de la ciudad. Mañana te rodearemos, Babilonia, y los funerales de Hefestión se llevarán a cabo dentro de tus murallas...

Esperamos en una calma precaria el regreso de nuestros hombres enviados en misión de reconocimiento a los límites de la ciudad. Ya no escucho los comentarios que circulaban de boca en boca hace apenas unas semanas: "Sangre. Siempre más sangre para derramar. Apunta al rostro, dice. ¡Pero Alejandro, yo ya no puedo apuntar esta lanza, ni siquiera a la cara de un bandido!". Y mataron a esos coseos, antes de bajar al valle, cuando la nieve cubría las montañas, impidiendo cualquier retirada. Sus manos están llenas de sangre. Con qué entretener a cientos de hombres…

Esos soldados se sienten prisioneros de la furia de su jefe. Desde la muerte de su amigo, Alejandro se complace con esas masacres. Una orgía de asesinatos… Todos sabemos que lo anima la rabia de ver que existen hombres –sean honestos o malhechores, ¡qué importa!–, de sentirlos respirar, beber, acostarse en sus camas mientras que Hefestión, en cambio, ya no está.

Insomnio de Alejandro: "Me desperté bañado en sudor. Tocaba mi tumba con mis propias manos. Era un sueño pero su poder de evocación era tan fuerte que lo confundí con la realidad. Y puedes creerlo, Roxana, al mismo tiempo que me sentía atraído por ese vacío que me absorbía y me devoraba, una voz me susurraba: 'Tienes que seguir, seguir, sin mirar atrás'. ¿Comprendes eso? Tengo que avanzar para alejar a la muerte y, al hacerlo, siento que me acerco a ella…". Su rostro palideció, sus rasgos se borran en la oscuridad, mientras una vida crece cada día más en mí.

Regreso de nuestros exploradores. Dicen que si seguimos el itinerario impuesto por los magos, tendremos que cruzar el Éufrates por el peor lugar, en donde está bordeado por pantanos. ¿Por qué obstinarse en elegir esta ruta y arriesgar nuestros carros en un calvario cuyo desenlace ignoramos? Alejandro todavía duda de ignorar las indicaciones de los magos. Cosa extraña: los que se acercaron a las murallas de la ciudad no vieron la silueta remozada del templo de Marduk alzarse sobre los ladrillos esmaltados. Sin embargo, durante su primera visita a Babilonia, Alejandro había autorizado al pueblo a reconstruir el santuario de su dios, que, destruido en parte por Jerjes, estaba en ruinas. Originalmente, la zigurat tenía siete pisos; hoy, su cúspide está tan desguarnecida como hace unos años. ¿Y si los trabajos planeados nunca se llevaron a cabo? Esta idea, insidiosa, nos corroe.

Ahora sabemos. Damos media vuelta para entrar en la ciudad por los suburbios del Este. El catafalco nos precede. La pureza del muerto contra la deshonra de los sacerdotes. A pesar de sus vestidos blancos, estos prevaricadores no vacilaron en desviar a los que regresaban de los dominios sagrados ni en agitar horóscopos y tablas celestes para protegerse. Serán destituidos. Alejandro no puede tolerar que los títulos que le fueron conferidos siete años atrás –"rey de Babilonia", "rey de las cuatro partes del mundo"– le hayan sido arrebatados por esas manos indignas. Aunque en aquella época ya dominaba el Asia, había consentido, por deferencia hacia sus nuevos súbditos, recibir los honores tradicionales. ¡Y así es como agradecen hoy sus actos magnánimos! Veo cómo aumenta su exasperación. Las fosas nasales le laten de ira apenas contenida. Ahora ordena reconstruir la morada de Marduk medio enterrada bajo los escombros y las malezas.

Por fin entramos en Babilonia, aclamados por una multitud que, desde que se desposeyó a los sacerdotes de poder, parece liberada. Se nos acerca una delegación. ¡Qué contraste entre su alegre fasto y nuestro cortejo en duelo! Por un lado, el silencio impuesto por una vida que se ha detenido –los caballos, las mulas, todos los animales fueron esquilados, se prohibió la música–; por el otro, la magnificencia de esas coronas de oro destinadas a Alejandro, que brillan bajo un sol violento. "¿Hace falta recordar los hechos?", proclamaba el edicto de nuestra cancillería enviado a las ciudades griegas unos meses antes. "Doce años de victorias ininterrumpidas;

el reconocimiento de la autoridad de Alejandro por las provincias del gran Imperio persa; la realización de prodigios dignos de su antepasado Heracles. Por todo eso, ¿no está acaso Alejandro en condiciones de pretender honores divinos?" En respuesta, las ciudades griegas decidieron elevar a Alejandro, "hijo de Amón", al rango de dios y despacharon a sus *theores* para rendirle homenaje.

Ni bien nos instalamos en el palacio, se suceden los embajadores. Alejandro recibe con diligencia a los portadores de mensajes sagrados, ya sea que vengan de Delfos, de Epidauro o de Olimpia. De hecho, espera, en un estado de ansiedad extrema, la respuesta del oráculo de Amón relativo a la modalidad que tendrá el funeral de Hefestión. ¿El de un dios o el de un héroe? ¿Y si la verdad estaba en otra parte? Veo el alma de mi esposo presa de toda clase de supersticiones que lo incomodan y lo atormentan. No obstante, se esfuerza por no demostrar nada a los enviados de las grandes naciones venidos a ofrecerle regalos o a pedirle su arbitraje. Tras la máscara afable de la diplomacia, adivino en ciertas miradas, en ciertos gestos esbozados, el asombro que experimentan al ver la inmensa sala del trono: columnas de tonos ocres, capiteles abiertos como flores de loto sobre un cielo raso azul noche. Bajo esa bóveda celeste, en el trono de oro de los soberanos persas, hay un hombre sentado. Frágil e imponente a la vez. Fijo por un breve instante en una pose inmóvil, reconocible por su tocado, la *causia*, envuelto en un turbante de tela azul con rayas blancas. Pero bajo el sombrero púrpura de ala ancha, lo que antes era la barba aceitada del Gran Rey Darío cedió su lugar al mentón redondeado de Alejandro, un mentón uniformemente lampiño, como para subrayar aun más la juventud de su rostro. Sus labios delgados contrastan con los de nuestro antiguo soberano, carnosos y ávidos, y su nariz recta con la aguileña de Darío, característica de nuestro pueblo. Sus ojos, como un mar agitado, pasan del oscuro al claro según un ritmo tan rápido como misterioso. Oscuro, cuando aparecen los cartagineses, tradicionales aliados de los reyes de Persia en el pasado y perseguidores de las poblaciones helénicas de Sicilia o de Libia. Claro, cuando íberos y libios le prodigan señales de respeto, ellos, que ya no sólo temen una rivalidad comercial sino la sed de conquista de Alejandro.

Los etíopes son los que más me impresionan. Su gran altura y su porte altivo les confieren una nobleza innata. Mientras que yo aprecio este aspecto puramente estético, Alejandro, por su parte, se siente cautivado por sus relatos. La bebida y los excesos a los que, desde hace varias semanas, se entrega esporádicamente no tienen efecto sobre el mal que lo corroe. El descubrimiento de una nueva región es la única medicina que su organismo, al igual que su alma, puede tolerar.

Arabia... Tierra inaccesible que ahora sueña con poseer. Todas sus decisiones se encaminan hacia ese fin. Entretanto, ordena construir un puerto que albergará a nuestros barcos de guerra y servirá de punto de contacto para los navíos mercantes. Se suceden los concursos de remeros, sin pausa, bajo la fiebre de una mirada devorada por la sed de conocimiento. Alejandro quiere unir el Indo y luego el Éufrates con el Mediterráneo, obligar a pasar por allí a los principados de Arabia cuyas costas hace explorar y de donde nuestros marinos regresan quebrados, sin haber podido cumplir enteramente con su misión. La península es inmensa, afirman ellos, y casi tan imponente como la propia India. ¿Cómo no iba Alejandro a codiciar Arabia? Lo atrae y ella se oculta, como una mujer velada, misteriosamente carnal y lejana. Ilusión de conquistador o, más bien –lo cual sospecho y temo aun más–, búsqueda desesperada de un absoluto, de una respuesta. De *la* respuesta definitiva.

Babilonia... La uniformidad de esta ciudad tentacular tiene algo de inquietante. No soy la única en experimentar ese sentimiento indefinible y las angustias de Alejandro, si bien influyen, no son enteramente responsables. Aunque fue destruida varias veces, Babilonia parece haber sido reconstruida bajo un esquema inmutable. Sin descanso. Bloques de ladrillos y betún yuxtapuestos hasta el horizonte. Los mismos colores amortiguados en las paredes y las almenas. La única nota de fantasía en ese conjunto austero son los jardines colgantes. Por cierto, a nuestro alrededor los valles son fértiles y el río está allí para recordarnos a cada instante lo que les debemos a sus beneficios. Sus aguas hicieron retroceder los límites del desierto. Sin embargo, lo adivinamos próximo, aunque más no sea por el rigor de las formas arquitectónicas. ¿Para qué sobrecargar los decorados cuando nada alrededor incita a la exuberancia?

¿Y nosotros, existimos realmente? ¿Quisimos todo eso en verdad, o vivimos en un mundo irreal, de farsa y de sangre? Y sin embargo, hay que rendirse ante la evidencia, se han construido cientos de navíos, pieza tras pieza, en los astilleros fenicios. De la costa fueron transportados a Tápsaco. Una vez que se ensamblaron sus armazones, bajaron por el Éufrates hasta Babilonia. A un ritmo regular al principio, luego cada vez más rápido, como si la pasión de Alejandro se hubiera comunicado de los constructores a los obreros, de los obreros a los remeros. Ya los trirremes lanzan sus espolones de bronce, como listos para el combate. Durante ese tiempo, nuestro niño crecerá, mezclando en su sangre el Oriente y el Occidente: la reconciliación de dos mundos que en adelante serán uno solo.

Yo doy vida a una criatura; Alejandro da forma a un mundo. A nuestro alrededor, todo es trabajo y polvo. Mientras se erigen los templos de Marduk y el catafalco de Hefestión, se cavan estanques a mano. El calor es intenso y el sol, cada tarde, parece un brasero luchando contra el agua azul del cielo. Al menos en un punto los sacerdotes no mintieron: de ese suelo llano, de ese firmamento en el que no se perfila una sola nube, emana una poesía de la perfección. Las líneas del espacio calman la mirada y arrullan el dolor. Transmiten tranquilidad porque las sabemos inmutables, horizontales hasta el infinito. A veces, en las terrazas, las hojas de las palmeras se estremecen en un murmullo sagrado y entonces siento nostalgia por mi tierra natal. Me remonta hasta una época pasada, la de la duda y la inocencia, al día en que cumplí dieciséis años. Aquel día en el que presentí por primera vez que el mundo en el que había nacido estaba a punto de desaparecer…

Primavera de 330 a.C.

Alejandro, el Macedonio... Recordaba rumores ambiguos acerca de sus orígenes. Su padre, Filipo de Macedonia, había reclutado un ejército poco antes que él lo hiciera, y agrupó a las ciudades griegas, antes divididas, contra los persas. Yo había oído hablar de él desde mi infancia. Siempre en términos burlones. Sabía que poseía un reino modesto, tanto por el tamaño como por el crédito del que gozaba ante sus vecinos griegos, más allá de los confines de nuestro imperio. Nos burlábamos del vulgar estilo de vida de su corte. Palabras breves y fútiles. Despectivas para Filipo, y que así siguieron siéndolo para su hijo. En esa época, todo aquello formaba parte de mi pobre conocimiento del mundo. La flema demostrada por mi padre y mis certezas de niña me daban seguridad: ¿qué podía hacer Alejandro contra nuestro Gran Darío? Sería barrido de un plumazo en menos de lo que tardaríamos en enterarnos de la noticia de su fin.

Y de pronto descubría que las cosas no eran así. Éramos nosotros, los persas conducidos por el Gran Rey Darío, los que sufríamos las humillaciones. Las derrotas se sucedían una tras otra. Gránico, Iso, Gaugamela: tenía que admitirlo, mis recuerdos de adolescente estaban puntuados por los nombres de esas batallas, fracasos que se martillarían con despecho en la fortaleza de mi padre. Tres veces había escapado Darío y, presa del pánico, había dirigido su carro hacia Oriente, abandonando Jonia y Lidia, luego las provincias de Siria, Fenicia y Egipto. Ya se habían dado las primeras defecciones, ya varios miembros de la nobleza persa se habían pasado al bando enemigo cuando nos enteramos, aterrados, de que un incendio provocado por el rey Alejandro había destruido Persépolis.

Cuando nos llegó la noticia de aquel sacrilegio, yo me encontraba en Media, junto a los míos. Desde fines del invierno nos atrincheramos en Ecbatana, la capital, donde nuestro Gran Rey, asistido por la nobleza del país, se aprestaba a reclutar tropas. Esperamos el refuerzo de los cadusos, de los escitas, y la llegada de esos mercenarios griegos que, con espuma en la boca y el puñal afilado, siembran terror en los campos de batalla. Yo vivía en ese momento días extraños, construidos sobre una falsa tranquilidad. Me daba cuenta de esa falsedad, pero prefería ignorarla deliberadamente para refugiarme en mis sueños. La belleza ultimaba su obra sobre mi rostro para llevarlo hasta la perfección. Solo de eso quería tener conciencia. Me preparaba para festejar mi cumpleaños lejos de mi provincia natal, con la que me sorprendía soñando a menudo. Una nostalgia de la tranquilidad de una infancia protegida me hacía recordar a Bactriana, tierra polvorienta y descarnada que engendra hombres bravíos y caballos nerviosos.

Sobre mi lecho había un vestido bordado, listo para ser usado. Chagané, mi nodriza, acababa de retirarse de la habitación después de haberme peinado, cuando unos gemidos, amplificados por el eco, resonaron en la ciudadela. Me estremecí, conmocionada: la muerte brotaba de las paredes, bruscamente me pareció sentir su olor. Esa misma mañana había tenido un presentimiento cuando mi padre, convocado ante el soberano, debió interrumpir su comida. Entonces había captado, estupefacta, algunas de sus palabras. Como la mayoría de los Grandes del reino, él contaba con el refuerzo de los mercenarios, ¡esos asesinos apátridas para quienes sólo el dinero tiene el poder de convicción necesario para defender las últimas parcelas de nuestro imperio! Su actitud me había entristecido. Sin embargo la comprendía. ¿Cómo mi padre, educado para admirar los actos de Ciro, podría haber pensado en la derrota? Si había quedado decepcionado por la cobardía de Darío, por la ausencia de madurez del soberano en el campo de batalla, en tal caso, no lo había demostrado. Se había callado, disimulando detrás de su barba cuidadosamente recortada una inmensa decepción.

Ante los primeros gritos de espanto, renuncié a ponerme el vestido. Lo rechacé casi con despecho. Me parecía que la desgracia acababa de entrar en nuestras vidas y que acompañaría, en adelante, todos mis pasos. No me había equivocado. Eran las primeras horas de la tarde y el rumor ya se confirmaba. ¡Persépolis ardía! La ciudad que había sido la cuna de mi pueblo agonizaba sin que pudiéramos oponernos a ese crimen. Por supuesto que se trataba de un acto político del macedonio dirigido a sus aliados griegos: la revancha, para todos ellos, de la destrucción del Erecteion de Atenas por orden de Ciro, ciento cincuenta años atrás. De inmediato comprendí el alcance simbólico de esta humillación. Alejandro nos daba a entender, de este modo, que para él la época de las guerras que enfrentaron a nuestros dos pueblos no había pasado. Pero yo lloraba más que nada la aniquilación de la belleza, de esos palacios y esos templos levantados por manos humanas contra el flanco de una montaña.

Hoy tengo como consuelo los remordimientos de Alejandro. También el de haber conocido aquel lugar, de haber subido antaño la imponente escalera de doble tiro. De haber visto, de jovencita, la montaña de la Misericordia donde, en los recintos sagrados, pacían los toros destinados a los ritos. Había tenido conciencia de encontrarme en el punto exacto del encuentro entre el cielo y la tierra. En el lugar donde la Creación es más intensa.

Mi cumpleaños se había transformado en un día de duelo. Sin embargo, me sentía ajena a arrebatos de amor propio, que consideraba inútiles. ¿Qué sentido tenía experimentar un deseo de revancha hacia manos impías? Mi confusión sólo era igualada por mi sensación de repugnancia. ¿Aquel acto había sido cometido bajo el imperio de la bebida o, como se daba a entender, incitado por la mirada de una cortesana? ¡La fusión perfecta que habíamos deseado entre el mundo terrenal y el inasible mundo de la Creación divina estaba aniquilada! El universo en el que había nacido desaparecía definitivamente. Con el hipo de un borracho. Para el deleite de una prostituta.

La toma de Persépolis había sido precedida por grandes reveses para nuestras tropas. Tristeza y alivio luchaban dentro de mí según reaccionara como persa o como mujer. Pues no lejos del paso de los uxios que Alejandro había logrado cruzar a comienzos del invierno, cuarenta mil infantes y setecientos de nuestros caballeros se encontraban emboscados en desfiladeros, listos para aparecer. Conducidos por Ariobarzanes, quien entonces me estaba destinado por esposo, habían fracasado en su intento.

Hijo del noble Artabazo, el hombre más respetado del imperio por su sabiduría y su absoluta devoción a la persona del rey, Ariobarzanes acababa de ser nombrado sátrapa de Pérside. Un tiempo antes, mi padre había pensado en una alianza con esa familia, en instalarme en aquella casa junto al promisorio hijo mayor. Un punto a favor nada despreciable era que dos de las hijas habían sido mis antiguas compañeras de juego. Yo no amaba a Ariobarzanes. A decir verdad, ignoraba qué sentimientos podría él hacer nacer en mí. Ya de niña, cuando jugaba con mi hermano Histanes en el patio de nuestra fortaleza, me asombraban su brutalidad y su carácter desconfiado. Tampoco hoy lograba comprender lo que animaba sus oscuras pupilas. ¿La ambición? ¿Los honores? ¿La riqueza? ¿El poder? Todo eso sin duda, y no la espera de una mujer, fastidio del guerrero... En vano sus hermanas menores, Artakama y Artonis, habían intentado arrancarme una confidencia. Yo eludía con habilidad la mayoría de sus preguntas. Si me dejaba llevar, temía dar la impresión de aceptar ese matrimonio, como si su mera evocación pudiera bastar para apresurarlo. Tampoco quería abandonar las regiones puras de una niñez que ya negaban las formas de mi cuerpo.

Felizmente para mí, pero por desgracia a costa de nuestra derrota, no se hablaba del tema en esos meses de incertidumbre. Apenas había empezado a temer esa unión decidida por nuestros padres y la amenaza se había alejado, dejando caer mi ánimo en un estado de triste indiferencia. Me había sentido particularmente afectada por el regreso calamitoso de nuestros pocos sobrevivientes. Porque los que se habían salvado, incapaces de explicar cómo habían escapado a las afiladas espadas de los mercenarios griegos, al principio se habían mantenido mudos. Luego comprendí, al oír sus amargas palabras, que el rey Alejandro no retrocedía ante ninguna astucia con tal de vencer. Tampoco me costó reconocer en las debilidades de nuestra estrategia los efectos perniciosos del orgullo de mi prometido.

Ariobarzanes había creído poder seguir todos los movimientos del adversario desde su posición elevada. Los hechos parecían darle la razón. Cada tarde, en efecto, oscuras humaredas subían hacia las nubes. Los fuegos no se desplazaban, en la inmovilidad glacial de la noche, y Ariobarzanes llegó a la conclusión, a partir de sus observaciones, de que los macedonios habían hecho una pausa. Seguro de sí, pensaba caer sobre su presa cuando llegara el momento. Pero había confiado demasiado en el hecho de que ocupaba una cima en la que parecía imposible que un ejército, por más intrépido que fuera, pudiese acceder, tan espesos eran los bosques que la rodeaban, tan resbalosa la nieve y arriesgado el acceso. No obstante, arriesgando sus vidas, una parte de los hombres de Alejandro subía por ese sendero, mientras que la otra mitad de su ejército seguía combatiendo. En ningún momento Ariobarzanes, cegado por los honores que el Gran Rey acababa de atribuirle, pensó que podía ser un engaño.

Aquella noche yo me había quedado despierta hasta muy tarde, convencida de que, a pesar de las afirmaciones contrarias, el desenlace de la batalla se conocería recién al día siguiente. No sabía muy bien si mi corazón deseaba la victoria o si, secretamente, rezaba por alejar de mí al temible pretendiente. Mi instinto, aguzado por el miedo, no me engañaba. En ese momento, en los desfiladeros persas se había levantado viento. El día apenas se distinguía de la noche, con sus extraños colores, el verde de los árboles envuelto por la blancura de la tierra y el cielo. Era una de esas madrugadas lentas en surgir, las cuales, desde que nacen, prometen el vacío. De pronto, una trompeta emitió su metálica nota, a la derecha del campo, desde la altura que creíamos inaccesible. Con idéntica vehemencia, la respuesta resonó de inmediato desde abajo. Y sin que sus cabezas y sus miembros tuvieran tiempo de coordinarse, nuestros hombres vieron abalanzarse al enemigo desde tres lugares distintos. En la retirada, sólo un puñado de ellos logró escapar por casualidad.

Mi padre fue uno de los que atribuyó la victoria a la deshonestidad del adversario. Educados en la idea de que el hombre debe mantenerse puro no sólo en sus pensamientos sino también en sus acciones, no podíamos dejar de condenar al macedonio, con el doble título de enemigo y de criminal. Sin embargo, pensándolo bien, tal vez porque entonces oscilaba entre la adolescencia y la madurez, el personaje empezaba a desconcertarme. Desde la batalla de Isos, Alejandro tenía prisioneras a las dos hijas y a la esposa de nuestro rey Darío. No obstante, me había enterado de que a la familia real le manifestaba el respeto debido a su rango. Se murmuraba que había instalado a las dos jóvenes princesas, Estatira y Dripetis, en el palacio de Susa y que recibían clases de griego de los eruditos de su corte. Más sorprendente aún, su madre no había sido mancillada por el macedonio como podría haberlo autorizado el derecho del vencedor. A veces magnánimo y otras despiadado, por momentos codicioso y en otros, desinteresado. Alejandro escapaba, me era forzoso admitirlo, a los juicios lapidarios. Yo, bastante traviesa de jovencita, comenzaba a adquirir la seriedad de mi padre, pero la reprobación se mezclaba con una curiosidad naciente.

Mientras Artakama y Artonis lloraban la suerte de su hermano, un alivio lleno de cobardía, lo confieso, dilataba mi pecho. Ariobarzanes, refugiado en Media, no podía pensar en un próximo casamiento, ahora menos que nunca... ¿No contaba más mi existencia que la supervivencia de nuestro imperio? Replegada en mi egoísmo, sin duda no me distinguía del común de los mortales, en nombre de una belleza junto a la cual los dáricos habrían parecido apagados y el oro colado de los Grandes Reyes, vulgares pedruscos. En aquella época, se habría informado al rey Darío que yo era la única cuya gracia podía compararse a la de la esposa que le habían raptado dos años antes. Si yo había sentido orgullo ante tales palabras, el monarca, en cambio, sólo pensaba en la ausente. ¿Había una fatalidad de la belleza que inclinaba a Darío a preferir a su mujer y a su familia antes que a su imperio, a vivir desconcertado desde su captura, al punto de quedar despojado de la lucidez indispensable para los asuntos del Estado?

A lo largo de los meses mis ilusiones se habían debilitado acompañando un movimiento de degradación general. ¿De qué valían los principios inculcados, ante las pruebas que soportábamos? ¿Dónde se manifestaba entonces la pureza de las acciones? La corrupción de ciertos sátrapas, libres de todo pudor, se exhibía abiertamente, y con ella, la retirada de franjas enteras de la aristocracia. La gangrena se acantonaba en las provincias de Occidente, ¿pero por cuánto tiempo más? De manera inesperada, aunque el rey de Macedonia pretendió ejercer contra nuestro pueblo una guerra de represalias, los nobles persas que habían depuesto las armas fueron confirmados en sus funciones o, peor todavía, honrados con nuevos cargos. Por cierto, nuestro Gran Rey había conservado hasta ese momento a sus consejeros, a su círculo de amigos y a sus parientes cercanos. Pero a pesar de mi corta edad y de la distancia en la que me mantenían de la sociedad de los hombres –una doble reclusión que tuvo por efecto duplicar mis facultades de observación–, yo comprobaba hasta qué punto la derrota divide no sólo las opiniones sino sobre todo los intereses. Bajo el lacerante peso del fracaso, se descubren los caracteres desconfiados, los hipócritas se preparan para actuar, los dubitativos vencen sus escrúpulos. Sin ser abiertamente criticado, Darío ya no gozaba de la confianza de los hombres de armas ni, lo cual era preocupante, de la de la antigua nobleza. Hasta mi propio padre había llegado a dudar, no por deslealtad sino por desconcierto de estratega. El malestar sacude el corazón como una náusea. En adelante, el mío estaría marcado por el espasmo de las derrotas y las esperanzas frustradas. Sentía el olor de la sangre acechar a nuestro alrededor.

Nuestro campamento desplegaba los preparativos, apelando a todos los recursos de las provincias orientales en un clima febril. Los refuerzos tardaban inexplicablemente. Se sospechaba que el sátrapa de Carmania había hecho juramento de fidelidad al adversario. Una apatía mortífera se apoderaba de nosotros. Ariobarzanes pensaba que el macedonio se movería hacia el sudeste. Ahora, durante nuestros escasos encuentros, sus ojos parecían deslizarse por mi silueta con indiferencia. Las pupilas endurecidas por la ira le daban a su rostro surcado por cicatrices una expresión de mayor severidad. ¡Definitivamente nuestro valeroso estratega no pensaba más en mí!

"En el origen de todo estaba la luz de la luz, semejante a una antorcha encerrada en un cristal..." La plegaria de Chagané se elevaba, serena, en la noche. Estábamos solas, en la gran habitación de paredes ocres que entonces me servía de dormitorio. No era necesario contemplar los rasgos de mi vieja nodriza para saber que su rostro había adoptado una expresión de humildad y recogimiento. En su juventud, había visto surgir los peligros dentro del Imperio. De lejos, a su manera, sumisa y confiada, sin dudar nunca del Rey de los reyes. Nacida y casada en Armenia, había seguido a su esposo hacia el llano país persa, adonde había sido enviado como simple *kurtash*. Él murió unos años después, fulminado sobre un bloque de piedra de cantera. Chagané se fue entonces a Bactriana y entró al servicio de mi madre. Ella la ayudó a dar a luz a mi hermano Histanes. En el patio del fuerte de Derbent, un semental había lanzado un relincho en el momento del alumbramiento: su heredero sería un valiente. Mi nacimiento ocurrió tres años después, durante el decimotercer año del reinado de Artajerjes III, poco antes de la rendición de la ciudad de Sidón y la reconquista de la provincia de Egipto. Estas campañas le valieron a mi padre, que se había distinguido en ellas, el título prestigioso de *comensal*. Mi tez era tan resplandeciente que me dieron el nombre de Roxana, *la deslumbrante*. "Sólo podrá contemplarla aquel que tenga un ojo límpido como el cielo y un ojo oscuro como la tierra", dijo el adivino consultado. Premonición de mago...

Chagané se había callado. La noche había caído con suavidad, sin parecer una intrusa, pues estaba en perfecta armonía con nuestros sombríos pensamientos. Mientras la vejez y una cierta pasividad protegían a mi sirvienta, yo, en cambio, me había vuelto singularmente atenta a los acontecimientos de los últimos días. No lograba explicarme los actos aparentemente contradictorios del rey de Macedonia. ¿Al arruinar a Persépolis, al no concluir ni la paz ni la guerra, qué designio perseguía, alejado de sus bases, a merced de las caprichosas ciudades griegas que Esparta, su vieja rival, se empeñaba en desligar de él? ¿Por qué honraba la memoria de Ciro haciendo restaurar la tumba del fundador de nuestro imperio?

Cuanto más intentaba comprender la coherencia de sus actos, más veía sin indulgencia las tergiversaciones de los nuestros. Los cambios de humor de mi padre, al regreso de cada reunión del Consejo Real, atizaban mi incertidumbre. Los silencios de Darío, la ausencia de negociaciones, no obstante necesarias, no provenían del orgullo del soberano sino de su indecisión. ¿Qué esperábamos para cortar la retaguardia de Alejandro? ¿Por qué no hacíamos caer al impío en su propia trampa, encerrándolo en las zonas devastadas de Persépolis? Movida por mi rencor de adolescente, estaba sublevada. Todavía ignoraba el temperamento griego, su ingenio. En una perfecta ilustración de esa intrepidez, Alejandro avanzaba. Venía a nuestro encuentro y, me parecía con cierta extrañeza, a *mi* encuentro, con una celeridad multiplicada por el fragor de la conquista. Como si sus dioses –¿acaso los tenía?– guiaran su trayectoria.

Las reuniones continuaban, siempre estériles pero febriles. Los representantes de las provincias occidentales eran cada vez más escasos. Las satrapías del centro confirmaban su adhesión a la persona del Gran Rey. Ya los desacuerdos hacían mella. ¿Era preferible mantener a Darío como garantía de la integridad del Imperio? ¿Había, en cambio, que transigir con el adversario como lo sugería su primo Beso, príncipe de Bactriana?

Beso... Sólo se hablaba de él. Al oír su nombre yo palidecía de espanto. Me parecía que llevaba la marca de la duplicidad más que ningún otro. Cuántas veces, de niños, mi hermano Histanes y yo habíamos observado su rostro con terror, escondidos tras las almenas de la torre de vigilancia, espiando en el patio de nuestra fortaleza la llegada del séquito de aquel huésped prestigioso. Lo apodábamos entre nosotros "Cabeza de muerto" porque se había quemado las mejillas en un accidente. Intrigante pero discreto, déspota en su provincia, alevosamente corrupto, el príncipe de Bactriana usaba y abusaba de su parentesco con el Gran Rey. "Cuando esa serpiente de Beso habla", decía mi padre, "su boca dice lo contrario a su corazón". Estas palabras me obsesionaban ahora con tanta más insistencia cuanto mayor se hacía la amenaza. Todo a mi alrededor olía a guerra. Sin embargo, ese aire me resultaba puro comparado con las pestilencias de la perfidia. Veía brotar lágrimas en los ojos de las mujeres. Los hombres afilaban sus armas con el supersticioso recogimiento de la víspera de un combate. Yo no conocía aún ni el gusto de la victoria ni el de la derrota, áspero y polvoriento, sino la atmósfera de las alturas, ese instante de gracia en que el aliento se detiene, en que la espera divide entre cada campo las esperanzas y los temores.

¡Días de indolencia! Bajo la luz de la mañana, Ecbatana parecía un campamento de tiendas. Por la noche, se convertía en un lugar fantasmático, con las hogueras cuidadosamente disimuladas. Sólo los olores, a causa de la primavera, tomaban un nuevo vigor: el tufo a orina de las caballerizas y las jaulas de los leones, los efluvios especiados de las cocinas. Los días se estiraban sin prisa. Llegué a detestar su lentitud. A falta de anuncios oficiales del Gran Consejo real, yo buscaba con ansiedad en el rostro de mi padre los signos de una evolución. Terminó confiándose a mi hermano, ahora que estaba agobiado. Yo escuchaba. A veces, acosaba con preguntas a Histanes. Y aceptaba que me rechazara malhumorado: el menor signo de impaciencia tenía para mí una significación.

En el momento en que mis presentimientos tomaban forma, nos llegó la orden de levantar campamento. Por fin Darío se había decidido. Pero demasiado tarde, según mi padre. El soberano ahora pensaba atrincherarse en Bactriana para que el enemigo fuera rechazado a un terreno más favorable. "Nuevo repliegue, nueva evasión", habían exclamado entonces indignados los sátrapas de Oriente. Sólo Beso, cuya opinión decisiva debía hacerse oír en medio del tumulto, todavía no se había pronunciado abiertamente. Ante el estupor general, el hombre al que Darío había cubierto con más honores le rogó al monarca que se rindiera ante la evidencia: puesto que ya no contaba con la confianza de sus súbditos, ¿no era preferible que se retirase y le entregase la tiara, a él, a Beso, príncipe de Bactriana, primo de sangre, portador de esperanzas y de alianzas militares? Ante tal ultraje, el Gran Rey había desenvainado un puñal para atacar al traidor. El fiel Artazabes le había detenido el brazo a duras penas. Mi padre, estupefacto, no había podido reaccionar a tiempo. Regresó de aquella última reunión lívido, transfigurado. Nunca lo había visto tan preocupado. ¿Habría notado mi presencia? Pues se reprochaba en voz alta, delante de mí, su falta de coraje. Su remordimiento me atormentaría durante mucho tiempo, porque en varios de mis sueños creí ver brillar el filo del perjurio.

Esa noche, sentada ante el gran espejo, me contemplé. A contraluz, mi cara estaba rodeada de misterio, perdía definición a la vez que ganaba una nueva belleza. Chagané estaba junto a mí y me peinaba lentamente, poniendo su mano contra mi nuca para que no sintiera dolor. Mis cabellos eran obra suya: ella los perfumaba, medía su largo, calibraba su volumen. Su vida parecía ordenada por completo alrededor de aquel arte. Yo me abandonaba a esa adoración ingenua en la penumbra de la tienda de lino. A fuerza de contemplarlos, mis rasgos se volvían difusos, la canción que tarareaba Chagané se alejaba. Qué importaba: yo sabía que cuando volviera a mí me esperaría una sorpresa, una expresión desconocida, un rasgo de mi boca que transformaría su dibujo y luego me lo devolvería... La sombra de mis párpados me hacía adivinar la mujer que sería. Bajo la caricia del peine, sentía que mis cabellos vivían, respiraban; incluso los imaginaba suspirando de placer. Lejos de opacar mi rostro, participaban de su armonía.

Mis dieciséis años estallaban insolentes como una fanfarria. Sin embargo, hasta ahora no había vivido, a no ser mediante el pensamiento o por los relatos de los mayores. Había disipado el silencio al que me condenaba mi condición de mujer para contemplar lugares y observar a los hombres. Y de pronto, esa vida hecha de cosas insignificantes parecía desprenderse del entumecimiento cotidiano... Mañana levantaríamos campamento. Esta frase de Chagané no cesaba de resonar en mi cabeza. Ardía de curiosidad y de miedo. Una oleada de telas blancas se desplegaría en un aparente desorden y, tanto como nos habíamos acercado con impaciencia a Ecbatana, sentiríamos la misma prisa por ver alejarse sus murallas, testigos de nuestra huida. Fijas en la aurora, ¿pero por cuántos días más?

"¡Pueblos del Nordeste! ¡Pueblos del Turán y de Ariana! ¿Se alzarán en armas, con las hachas y las jabalinas extendidas, para defender su tierra?" Yo me estremecía al ver a Ariobarzanes gritar estas palabras a la cabeza de la columna. Alzaba el puño hacia el cielo. Su belleza me llegaba como una evidencia. Sólo la perspectiva del combate me revelaba por fin toda la verdad de aquel rostro. ¿Cómo, antes de eso, pude imaginar a ese mismo Ariobarzanes sobre sábanas de seda, en completo abandono, acariciándome el cabello? Nunca había pensado hasta ese momento que fuera capaz de disfrutar de otros placeres que los del combate y el mando. Luego de haber hecho de todo para evitarlo, y en el momento en que él no pensaba más que en superarse en la batalla, yo me sorprendía queriendo provocar su deseo.

Estos pensamientos equívocos dejaron rápidamente de asaltarme. Porque lejos de exaltar la imaginación, la vista de las estepas que atravesábamos predisponía a la inercia. A fuerza de observar esos ríos resecos, esos terrenos pantanosos y esas grietas, me parecía que mis gestos eran lentos, que mi mirada perdía su brillo habitual. La visita de mi hermano Histanes durante esos breves momentos de libertad constituía mi única distracción. Me alegraba mucho poder arrancarle al tiempo aquellos momentos compartidos: ¡nos conocíamos tan poco! Nos habían separado al terminar la infancia. Él recibía, con jóvenes de su misma edad y lejos de su familia, la formación militar reservada a los miembros de la nobleza. Ahora, yo descubría a un hombre adulto. Una barba tupida le cubría el rostro. Era buen mozo, Histanes: el torso redondeado, la mirada directa de quien nunca se desalienta. En sus piernas nerviosas se adivinaba al jinete incansable; en sus brazos siempre listos para disparar, al arquero consumado; en sus cambios de humor, el ardor de la juventud. Temblaba de ira pensando en pelear por primera vez en su vida con el ejército macedonio. Yo no sonreía: sus palabras eran serias y, aunque solía ser irónica, ni se me ocurría encontrar en ellas ingenuidad.

Hacía días enteros que atravesábamos grandes extensiones desérticas. Colores apagados. Ruidos amortiguados. Una angustia silenciosa alimentada por el vacío se había insinuado en mi corazón, pero ahora retrocedía. Algunos signos, por fin, anunciaban que volvíamos a la vegetación. El velo se había corrido cuando bordeábamos un río y divisábamos los primeros suelos fértiles. Yo volvía a descubrir las formas y los contrastes, los matices y los sonidos a medida que desfilaban los campos de algodón y de arroz. Incluso mis rasgos habían salido triunfantes de aquel paso por el olvido, reconfortados en su belleza por la penumbra en la que se habían sumido. ¿Mi tez había mantenido cautiva toda la luz de la que disponíamos?

Acumulábamos provisiones, después quemábamos cosechas al azar, en un gesto desesperado. Yo respiraba continuamente el olor acre de esos incendios. Para sentirme segura, buscaba con la mirada la carroza real. Si se ocultaba de mi vista, al menos adivinaba su presencia por el fasto que la rodeaba, por los vivos colores de los tapices, por la agitación de las siluetas que se encontraban cerca de ella. Nunca podía ver al Gran Rey. Omnipresente en los pensamientos, pero invisible al profano. Sin embargo, se decía que los rasgos de Darío estaban marcados por la aflicción: hacía justo un año que se había enterado de la desaparición de su esposa, muerta de cansancio en los convoyes enemigos. Aquella mujer por la que habría sacrificado con gusto el trono, de no haber sido por un último rapto de orgullo de soberano. ¿No nos llevaría a la perdición ese duelo tan doloroso? ¿No haría más lenta nuestra marcha ese regreso incesante hacia el pasado?

La arruga que cruzaba la frente de mi padre se había acentuado aun más. El campamento hervía en rumores. Histanes, esta vez, me confirmó la noticia. Nuestra ventaja sobre el ejército macedonio se había reducido. A pesar de eso, mi hermano se mostraba confiado, por todo y contra todo. Me trataba como a una niña incapaz de razonar. No obstante, ya hacía mucho tiempo que yo no creía en esas lindas palabras. Aun cuando llegáramos a Bactriana, ¿tendríamos tiempo de reunir nuestras fuerzas, y sobre todo, de exorcizar toda una serie de derrotas? Nos acompañaba una letanía de muertos cuyos nombres desgranaban nuestros sacerdotes. Aquellos encantamientos se me habían vuelto familiares. Sembrábamos en nuestro camino cadáveres de hombres y de animales. Sus ojos en blanco ya no me daban miedo. Me había acostumbrado. A veces los miraba. Me alimentaba con el espectáculo de la muerte para extraer de él el pobre placer de seguir con vida.

Apenas cruzamos las primeras estribaciones del Elburz, nuestros espías regresaron trayendo mensajes alarmantes. Alejandro recuperaba su retraso. Yo no podía pensar en otra cosa. ¿Qué podía hacer nuestro ejército, hormigueante de miedos contagiosos, contra un puñado de hombres resueltos? ¿Esos demonios eran realmente invencibles? Ellos, que hasta ahora ignoraban el significado de la palabra retirada, y de los que nunca se había sabido que hubieran bajado la punta de sus sarisas en combate.

Yo vivía entre lisiados, concubinas reales, mercenarios, eunucos, nobles o servidores en una creciente promiscuidad. ¿Alguna vez me acostumbraría a esto? Soy de naturaleza poco demostrativa, me gusta estar sola, meditar, ensimismarme. Del silencio extraigo mis fuerzas: así, lo que siento no se ve obstaculizado por lo que expreso. Puedo construirme con libertad una existencia imaginaria. Ariobarzanes había desaparecido. Yo sentía, curiosamente, un dejo de añoranza. El día de nuestra partida, cuando lo vi aparecer a la cabeza de sus jinetes, ¿acaso no me había quedado impresionada, a mi pesar, por su apasionamiento, y más conmovida de lo que quería reconocer por su mirada de conquistador, brillando bajo el *bachlik*? Sin duda ahora estaba demasiado ocupado dirigiendo su cuerpo de ejército para seguir pensando en mí. Por despecho, decidí relegarlo al último rango de mis preocupaciones.

Mis compañeras no cesaban de llorar. Amastris, la sobrina del Gran Rey. Artakama y Artonis, hijas del viejo Artabazo. Apamea, hija de Espitámenes de Sogdiana. Todas desplegaban a lo largo del día historias de violaciones y asesinatos. A veces, cediendo a su hechizo, me imaginaba cautiva de las hordas enemigas, abusada y luego decapitada por los soldados. En general, por el contrario, me esforzaba por parecer indiferente. Desde mi infancia, había alimentado la idea de que me diferenciaba de los demás. Por mis gustos, por mis secretos, por el brillo de mi tez. Demasiadas lágrimas arruinan los párpados y agotan la paciencia de los hombres. ¡Y sin embargo! Las decepciones amorosas, la futilidad de las promesas... Yo presentía ese cortejo de desilusiones. Bastaba con observar la ruidosa jactancia de los hombres persas. Esas barbas que, según creían ellos, afirmaban su virilidad. Esos tacos que elevaban su estatura. Los artificios de la apariencia: tantas pretensiones para vencer a la muerte y al tiempo. A menos que fueran prematuramente abatidos en combate, con el torso partido en dos por un hacha sin haber tenido otra distracción que la de agitar un abanico o, como mucho, haber demostrado su valor durante una cacería real. Efímera victoria obtenida respecto del mosquito o del león...

El convoy se puso en movimiento a pesar de todo. El sol calentaba al rojo las guadañas de nuestros carros. Estábamos como cubiertos por la sombra gigantesca de los elefantes manejados por cornacas indios. Yo observaba sin complacencia un mundo en perdición. Incrédula, vi de pronto a Beso y a sus aliados escoltando la cuadriga del soberano y multiplicando las deferencias para obtener su perdón. ¿Cuándo se terminaría este engaño? A pesar de estos oscuros presentimientos, las incertidumbres que velaban nuestro destino común se desvanecían ante mi deseo de vivir a plena luz, de atizar la imaginación. Me gustaba pintarme los labios, cuidar que mis gestos siguieran siendo graciosos. Evitaba acariciar mis cabellos para que no me juzgaran vanidosa, pero los dejaba caer libremente sobre mi cuerpo.

Las palabras se habían agotado poco a poco, vencidas por la angustia. ¿Por qué ese silencio, de repente? Incluso Amastris, que ponderaba sin descanso las virtudes del Gran Rey, su tío, se había callado. Yo abandonaba mi cabeza a los movimientos del carro. Los párpados me pesaban. Percibía cada vez con menos nitidez el tintineo de los brazaletes en mis brazos desnudos. Al despertar, los colores habían perdido el brillo...

El griterío es alarmante. Abro los ojos de par en par. ¿Es cierto que Ariobarzanes no reapareció, o acaso soy víctima de una ilusión? No entiendo nada del desorden de las filas, de la febrilidad de los hombres armados. Corren en todas direcciones, como espantados. Las mujeres gritan, con los brazos levantados hacia el cielo. En medio de esta confusión, de pronto muy cerca de mí, la silueta de mi padre, como un rayo en el fondo azul del horizonte. Me evita, ya demasiado ocupado en organizar nuestra partida. Me empujan violentamente. Caigo. Me levanto, movida por una fuerza irresistible, enloquecida ante la idea de morir pisoteada. De golpe, mi corazón late a toda velocidad: no me levanté sola. Ariobarzanes me sujetó. Nuestros ojos se cruzan. Bajo la intensidad de su mirada, yo bajo mis párpados. Ya se ha ido, pero todavía siento alrededor de mis muñecas la fuerza de sus manos de hierro. Chagané, sin aliento, logra reunirse conmigo. Abriéndose paso entre la multitud, con los ojos desorbitados. Me grita en la cara. Sin precaución. Ya no queda tiempo. Darío fue atacado mientras dormía y atado en su carro. Con los pies y los puños amarrados en su cuadriga de oro.

Chagané permanecía postrada. Sollozaba. Al igual que la gente del pueblo, había visto de inmediato en el rapto del rey Darío un atentado al carácter sagrado de la dinastía aqueménida. Yo, por mi parte, me había resignado rápidamente a ello. Sólo la serenidad de mi padre, en medio de la derrota, me protegía aún del miedo, que no tardó en apoderarse de mí. Incapaces de mantener nuestra cohesión ante la adversidad, ahora nos dispersábamos. Algunos ya no dudaban en dar marcha atrás para arrojarse a los pies del enemigo. Mi padre y mi hermano se habían aliado a Beso. No me habían dado ninguna explicación, limitándose a confiarme a los buenos cuidados de mi nodriza y de un puñado de sus fieles bactrianos. También fui brutalmente obligada a separarme de ellos, forzada a una despedida que me arrancaba el corazón y terminé mezclada a mi pesar en una sollozante cohorte de mujeres y de heridos. ¿Qué me importaba mi seguridad, si sufría mucho más por ese abandono? Durante muchos días me negué a alimentarme, después terminé cediendo ante la desesperación de Chagané. Cuando estuve en condiciones de pensar con más calma, me esforcé por encontrar una justificación para el cambio brusco de mis familiares. ¿Proseguir el combate, aunque fuera junto a Beso y sus cómplices, los raptores de Darío, no era una actitud menos degradante que el compromiso asumido hacía meses por los sátrapas de Occidente? Extrañas intuiciones atravesaban mi mente y me torturaban, hasta el punto de olvidarme de Ariobarzanes. Me alejaban del rey Alejandro pero, con una obstinación irracional, no podía imaginar que él pudiera seguir evitándome a pesar de todo.

Chagané secó sus lágrimas con mucha dificultad. Tuve por ella un sentimiento de piedad. Por su ingenuidad, por su rectitud, porque había sido incapaz de descubrir a tiempo la traición, de imaginar semejante canallada de parte de Beso.

Sin embargo, entre los soberanos aqueménidas la violencia nunca se aquietaba. Fratricidios, usurpaciones y complots marcaban nuestra historia. Concubinas abandonadas, padres amargados, magos o guardias reales expertos en el manejo de armas o de veneno. ¿Sabremos algún día Histanes y yo a qué mano debió su muerte nuestra madre? Ella, cuya gracia había superado a tal punto la de las otras mujeres que mi padre, después de haberle dado el rango de primera esposa, fue casi la única a la que visitó en sus aposentos. Mi madre, desaparecida tan prematuramente... Y hoy Darío, nuestro Gran Rey, primero enaltecido y luego asesinado por su primo Beso y sus aliados.

Los caballos andaban a su ritmo, sin dirección. La cuadriga real todavía subsistía, como una ruina entre las caravanas. Ni el más mísero cuerpo de guardia para rodear ese féretro andante; ninguna concubina para velarlo, ellas que eran tantas como la cantidad de días en el ciclo anual. Los sátrapas traidores no habían dudado en cortarle los dedos al difunto para despojarlo con rapidez de sus anillos. Oculto tras el cortinado púrpura, el Rey de los reyes yacía en un mar de sangre. Sombra de potencia, vanidad del poder, todo se había desvanecido. Se fingía que sobre el cuerpo descuartizado del monarca, sobre sus cadenas de cautivo, el macedonio había extendido su manto...

En la llanura de Hecatómpilos, donde el enemigo recuperaba fuerzas, la leyenda crecía: el macedonio habría rechazado con desdén las riquezas de Darío. Una primera reacción –¿rencor?, ¿repulsión instintiva?– me impedía creer en semejante desinterés. ¿Acaso las tropas de Alejandro no habían saqueado Babilonia, devastado Persépolis? ¿Acaso el estupro y el alcohol no marcaban cada una de las detenciones de su ejército? No obstante, mi compañera Amastris, sobrina del difunto rey, me había confirmado esos actos. La restitución del cuerpo de la reina madre Sisigambis y la inhumación de Darío junto a sus antepasados. Extraño viaje a bordo de ese carro engastado de piedras preciosas, que impresionaba a las poblaciones por su magnificencia... El cuerpo desmembrado había sido unido con cuidado. Las heridas se cosieron y los párpados se cerraron. Cuando Sisigambis descorrió las cortinas, ya no era el hombre de cincuenta años con la expresión endurecida por la pena el que dormía frente a ella, sino el joven que, poniendo en riesgo su vida, había vencido antaño a los rebeldes cadusos. No el versátil estratega, sino el fogoso jinete que había sido, cuando no estaba acaparado por la pasión de una mujer ni por el ejercicio del poder. El muerto era libre, sus errores estaban olvidados. Purificado de sus actos, entraba en la tumba de sus padres.

Despreciaba las riquezas, le gustaba poco el reposo... pero ¿quién era ese Alejandro? Al enterarme de que para ciertas recepciones se ponía el traje de los medos, me imaginaba la cara de ese vulgar usurpador: imberbe como un eunuco y con los rasgos reblandecidos por la búsqueda desenfrenada del placer. En su presencia, los visitantes debían inclinarse y tocar el suelo con la frente, como era costumbre ante nuestro soberano. Yo me preguntaba si ese rey imprevisible se burlaba de nuestros hábitos o se adecuaba a ellos para ocupar un trono ahora vacante.

Trono vacante... No tardé en enterarme por boca de Chagané –ya que la gente del pueblo, preocupada por obedecer, a menudo es la primera en enterarse de las sucesiones reales– de que ya teníamos un nuevo soberano. Beso acababa de ceñirse la tiara. A toda prisa, frente a una asamblea de notables del reino, había prestado juramento. Yo ignoraba si, en estas circunstancias, había respetado los ritos exigidos por nuestros sacerdotes, pero a medida que nos dirigíamos hacia el Este, las poblaciones, olvidando su regicidio, reconocían su autoridad. Sin embargo, nos recibían con desconfianza, como si hubiéramos fallado. Ya no éramos combatientes, sino simples refugiados.

Yo sufría cada día un poco más por no tener noticias de mi padre y de mi hermano. Lejos de ellos, era consciente de ser nadie en medio de ese estrépito, de estar perdida en el movimiento de reflujo de una multitud espantada, a la deriva. Ya no era Roxana, ya no tenía edad. Asentía a contratiempo, apenas dormía y hablaba. El único acontecimiento que logró sacarme del embotamiento aquel otoño no fue un glorioso hecho de armas, sino un nuevo motivo de angustia: el paso de Artabazo, el hombre de rectitud legendaria, al campo enemigo. ¡Había sido recibido con sus hijos en el entorno del rey Alejandro! Esto era demasiado para nuestros veteranos. Para mí, la rendición del anciano Artabazo y, sobre todo, la de su hijo Ariobarzanes, alejaban definitivamente la unión que yo tanto había temido. Sin embargo, no sentía ningún alivio. Ahora no estaba tan segura de que Ariobarzanes me disgustara. ¿Cómo sería el futuro en adelante? Porque Alejandro avanzaba hacia Bactra. Y perder Bactriana equivalía a perder el Imperio. Mi hermano Histanes me había asegurado, cuando nos despedimos, que todavía nos quedarían la Sogdiana y la India. Inagotables satrapías, o inagotables recursos de la mente humana a fin de encontrar algo para reconfortarse cuando todo se desmorona... Pronto el temor difuso se transformaría, para mí, en revelación. Pronto sabría.

Nuestro convoy moría con lentitud, como una fogata abandonada. Los días se acortaban. Todos estábamos extenuados y éramos presa de los rumores más descabellados. Se decía que habían estallado motines en el ejército macedonio. Por mi parte, prefería darles a aquellos rumores el crédito de presagios, esos con los que nuestros magos nos alimentaban y que me inspiraban desagrado. Sobre todo, me preguntaba qué sería de Artonis y Artakama, las hijas de Artabazo, refugiadas con su familia en los cantones enemigos. Habíamos crecido juntas, pero mientras mi belleza se afianzaba, sus encantos, ya mediocres, se iban debilitando. En la inflexión de ciertas frases yo había adivinado el nacimiento de una sorda envidia. Ahora asistían al aniquilamiento de nuestro pueblo. ¿El odio cedería el paso a la coquetería, al deseo de agradar? ¿Ya estaban aprendiendo la lengua del vencedor?

En el campamento, mi aislamiento aumentaba. Yo era una de las sombras de aquel inmenso moridero. A mi lado permanecía Apamea, la hija del jefe sogdiano Espitámenes. Fea, sin duda, pero lúcida y voluntariosa. Brusca y poco proclive a la indulgencia, seguía siendo no obstante un consuelo para mí. También estaba mi fiel Chagané. Gastada por los años y la tristeza. Pálida copia de una figura materna ausente cuya imagen furtiva yo había buscado mucho tiempo a falta del calor de un abrazo. Nadie nunca se había atrevido a hablarme de mi madre. Por la manera en que mi padre evitaba mi mirada cuando me hice mujer, había adivinado que me parecía a ella y que él se reprochaba no haber sabido proteger su vida del veneno de las concubinas. ¿Al menos había tenido tiempo de acunarme en sus brazos? ¿El tintineo de las joyas contra mi oreja provenía de un sueño, de una ilusión de felicidad bosquejada por mi memoria? Yo acosaba a Chagané con preguntas. En vano, por desgracia, pues ella no podía salir de sus respuestas convencionales.

Bactra, por fin. Yo sorprendía a las mujeres estremeciéndose, adoptando poses lánguidas, ocupadas en desplegar sus encantos ante eunucos y lisiados. A pesar de sus murallas, la ciudad parecía poblada de nómadas. Cuando llegamos a sus alrededores, una advertencia vino del cielo: aves de presa volaban en círculos cerrados. Atardecía. Una luz dorada, velada por el polvo, iluminaba las murallas. Luz oblicua, ambigua... Pero ni bien atravesamos sus puertas, la sombra de las almenas había ahogado esta quimera. Restos de comida y osamentas humanas cubrían el suelo.

En medio de ese desorden, yo intentaba recuperar el ánimo, concentrarme en mi irrisorio bienestar con asiduidad, como si hubiera querido preparar el paso a la edad adulta en el secreto de aquellas murallas protectoras. Me habían impuesto una existencia de perpetuo vagabundeo y quería a toda costa liberarme de ella. Sobre todo, guardaba dentro de mí el convencimiento de estar destinada a otra vida. ¿Mis deseos, apenas formados, serían expulsados por acontecimientos cuyo curso jamás controlaría? Este fervor, unido a mi egoísmo, me llevaba a ser indiferente a todo lo demás. Sin embargo, adivinaba lo que cambiaba a mi alrededor, alrededor de todos nosotros, mientras sentía crecer la fuerza del viento sobre las planicies áridas y la rudeza del invierno.

Se había prohibido a las mujeres que salieran de la ciudad. Cada mañana me despertaban los cantos de quienes iban a consolidar nuestras líneas de defensa. Pero esas melodías, curiosamente alegres, no me tranquilizaban en absoluto. Mi hermano Histanes podría haber formado parte de aquellas tropas. Podría haber caído en una emboscada sin que yo me enterara. Debía resignarme a vivir atormentada por la ausencia. Nuestro supuesto rey Beso había ordenado devastar las laderas de las montañas. La fiebre de la destrucción se había propagado tan rápido que era imposible contenerla. Aguzando mi vista, divisaba las llanuras desnudas al pie de la montaña, más allá de nuestras murallas. La nieve había llegado para tapar esos vestigios, una nieve color de muerte...

Mientras desde mi ventana contemplaba, con espanto, los torbellinos, las tropas macedonias ya apuntaban en dirección a nosotros. A lo largo de los meses su fisonomía había cambiado. Decenas de miles de jóvenes de nuestro imperio se habían aliado al conquistador. Algunos habían pertenecido a la clase de mi hermano y habían recibido como él la tradicional formación militar. ¡Ahora exhibían su nuevo nombre de epígonos con tanta facilidad como su jabalina! Y yo temblaba de sólo pensar que Histanes pudiera seguir su ejemplo. También las poblaciones se rendían unas tras otras. Ellas abastecían a su ejército con tan pocos escrúpulos como Alejandro, que, canalla consumado, les otorgaba a cambio exenciones de tributo. Demasiado apegada aún a las virtudes de la fidelidad, a los principios del honor, me rebelaba contra esas miserables prácticas.

Los macedonios acababan de abandonar las extensiones desiertas comprendidas entre las aguas del Tigris y el Oxus. Como enemigos, nosotros contemplábamos, a un lado y al otro, las cimas azuladas del Hindukush. ¿También posaba Alejandro sus ojos sobre las laderas nevadas? Yo reprimía un mundo interior donde el ensueño incesantemente reclamaba un lugar. Soñaba el deseo con tal intensidad que, cuando volvía en mí, me hacía temer la insipidez de lo verdadero. Ahora ya no dudaba de mis fuerzas, pues confiaba en mi naturaleza, que creía capaz de vencer todos los obstáculos. En eso, sin saberlo, me hermanaba con Alejandro. Su certeza de vencer era tal que los puertos del Hindukush parecían inclinarse a su paso. Avanzar, consolidar. Construir. Alejandro había adoptado ese ritmo como una respiración, con naturalidad y método. Yo percibía intuitivamente este designio. Sin comprenderlo en verdad, lo juzgaba singular. Nosotros los persas, proclives por naturaleza a la contemplación, nos dejábamos llevar por la duda. El fatalismo, siempre presente, nos impedía actuar.

Sentía que Alejandro se acercaba. Su presencia me obsesionaba mientras asistía, muda de horror, al saqueo de la provincia: viviendas incendiadas, ganado sacrificado, Beso sólo había omitido arrancar los arbustos de terebinto. Los hombres le pisaban los talones. La salvaguarda de Bactriana justificaba para ellos todos los medios de defensa. Aquí, desde siempre, estábamos acostumbrados a defender paso a paso nuestro suelo y nuestros bienes de las incursiones de los bandidos. A partir de ese germen se había formado nuestro orgullo, se había consolidado nuestro temperamento. Nuestras ciudadelas reflejaban fuerza y arrogancia. Pero me costaba creer, contrariamente a la mayoría de los habitantes de Bactra, que nuestra victoria se produciría por sí sola, sin apelar al compromiso de los hombres, únicamente gracias a las destrucciones y a los obstáculos del relieve.

"No busques agitar el polvo...", me repetía mi nodriza, pues estaba en su temperamento, al igual que en el de nuestro pueblo, no tratar de especular. Yo creía preferible, ante ella como ante mis compañeras, reprimir las observaciones que se me presentaban espontáneamente. Estábamos envueltas en el secreto como en los pliegues de un abrigo. Recordando la discreción de mi padre, consideraba prudente disimular mis dudas, cuidándome en adelante de utilizar ciertas palabras sólo en el momento oportuno. La monotonía y la neutralidad de la voz eran además prueba de una relativa calma en las satrapías orientales. Y también en el círculo más restringido pero no menos turbio de los aposentos de las mujeres. Allí, precisamente, donde se secretan los odios, pacientes y seguros.

Por desgracia, mis temores eran fundados. Los macedonios y sus diabólicos hombres habían logrado atravesar torrentes y cimas nevadas, alimentándose, para sobrevivir, de raíces y de larvas. Alejandro tomaba todo a su paso. Tierras, ciudadelas y habitantes se rendían sin excepción. Estábamos paralizados por el miedo. Drapsaca, primera ciudad de Bactriana en caer en manos del enemigo, se había ofrecido al invasor sin oponerle la menor resistencia. Bactra fue entonces presa del pánico. Los macedonios estaban a nuestras puertas.

Contuve a duras penas mi indignación. ¿Se iban a distribuir estiletes entre las mujeres de la nobleza? ¿Osarían pedirnos que lucháramos junto a los hombres o muriéramos con dignidad? En aquel momento, me preparaba, resignada, a esta eventualidad. En el nacimiento de mi cuello había una vena que parecía levantarse y adormecerse en el hueco huidizo del cabello. En el reverso de la muñeca, un arabesco de vasos del mismo tipo. Sopesaba un puñal, con las manos temblorosas. Al no haber podido vivir muchos años, quería cincelar mi muerte a través de la belleza de un gesto. Seguir siendo, por sobre todo, esa "mujer persa, tormento de los ojos", según las palabras que se le atribuían al conquistador. Intacta. Preservada de la deshonra.

No atesoré por mucho tiempo aquellos pensamientos: tuve que resignarme a seguir a los convoyes organizados a toda prisa puesto que Beso, atenaceado, repetía las piruetas de la época de Darío. Volvíamos a poner en práctica esos repliegues tan criticados que habían precipitado la caída del monarca. Los caballeros bactrianos, indignados, comenzaban a separarse de su soberano. Percibía que nos escoltaban a disgusto, con rabia en el corazón. Unos me empujaron sin consideración en un carro. Tarmita, Derbent, Nautaca... estos oasis puntuaban las horas de marcha en estepas descoloridas donde, a falta de un itinerario preciso, los miedos se multiplicaban.

En Tarmita, cruzamos el curso tumultuoso del Oxus. Allí juré no rendirme jamás al enemigo. El momento era crítico. En la orilla opuesta, nuestros hombres prendieron fuego a sus barcos para que nuestros adversarios no pudieran utilizarlos a su vez. Antes de inclinarme sobre las aguas turbias del río y sentir ese estado de exaltación provocado por el peligro, vi cerca de mí unas pupilas azules que daban prueba del origen helénico de una parte de la población. Desde la deportación de los sacerdotes de Apolo a aquella tierra, bajo el reinado de Jerjes, la mezcla de razas había cumplido su obra. Por primera vez en mi vida, me encontraba en presencia de hombres que reunían ojos claros y nariz aguileña. ¿Alejandro se parecería a ellos? A menudo me preguntaba si tendría rostro humano...

Poco después de pasar nosotros, nos enteramos de la destrucción de Tarmita. Una indignante masacre: hombres, mujeres y niños que habían suplicado, con ramilletes de ramas en las manos y la frente contra el suelo, que les perdonaran la vida, habían sido degollados. A pesar de sus orígenes helénicos, porque no habían podido negar los acuerdos amigables que establecieron con nosotros y, de más larga data, con los comerciantes sogdianos... ¿Correríamos la misma suerte? En Derbent, la parada fue breve. La antigua fortaleza que me vio nacer ya estaba aplastada bajo un sol y un polvo de plomo. En ellos leí el presagio de su cercana destrucción. ¿Sabríamos preservar la libertad obtenida con tanto esfuerzo, en aquel lugar de mi niñez donde los elementos naturales luchan sin tregua, donde el ocre de la tierra rivaliza con el azul profundo del cielo?

Primavera de 329 a.C.

Ya me arrancaban de mi tierra. Sin tardanza los civiles éramos trasladados al este de Derbent, a la fortaleza del sogdiano Ariamazes. En esa guarida de águilas defendida por miles de hombres armados, se habían reunido las provisiones suficientes para soportar largos meses de sitio. Esculpida en la roca, la ciudadela se alzaba a una altura vertiginosa, dominando en todas direcciones picos, cimas escarpadas y crestas. Vista desde abajo, aparecía coronada por densas nubes grises. Al llegar a la cúspide, fui presa de una suerte de embriaguez de las alturas. Creyéndome definitivamente a salvo, contemplaba llena de conmiseración las tierras de abajo que me parecían fuera de alcance. Sólo una parte de ellas surgía detrás de un desprendimiento de piedras cuyo aspecto cambiaba sin cesar, pues el viento acarreaba cada noche, a su antojo, su tributo de montículos de tierra y rocas. La montaña parecía deshacerse y remodelarse incansablemente, descubriendo nuevas astucias para desbaratar los planes del enemigo.

Ariamazes, nuestro anfitrión, me pareció de entrada un personaje extraño. Rechoncho y socarrón, paseaba sobre nosotros, desde que llegamos, una mirada irónica. ¿Quería recordarnos en qué humillantes condiciones habíamos abandonado Bactra? Los macedonios sin duda se burlaron frente a las puertas abiertas y las murallas desiertas de nuestra capital. De eso yo no era responsable, pero sentía vergüenza.

Deleitándose visiblemente con nuestro malestar, Ariamazes nos aseguró que, de ahora en adelante, con Espitámenes y con él estaríamos en buenas manos. Yo consultaba a Chagané, desconcertada. ¿Espitámenes, un jefe sogdiano? ¿Qué había sido de nuestro rey Beso? Al verme entre el grupo de mujeres, nuestro anfitrión se apresuró a evocar las grandes cualidades de mi padre, probablemente para sacar provecho más tarde. Pero, si bien comprendí la intención, no capté el sentido, porque ignoraba todo sobre la suerte de mis allegados. Con más razón, su participación en la conjura contra Beso. No sabía nada, y sin embargo se percibía en el aire ese zumbido particular que acompaña los dramas y anuncia los bruscos desenlaces. Mi amiga Apamea, a quien acababa de encontrar después de varios días de separación, también me hizo unos comentarios igualmente elípticos en los aposentos de las mujeres. Me dio a entender que su padre y el mío se habían lanzado a una empresa común. Ella parecía estar muy orgullosa de esta acción y no dudaba de que yo sintiera lo mismo. Cuando por fin se dio cuenta de mi perplejidad, se dio importancia y, tomando mis manos entre las suyas mientras me miraba fijo a los ojos, me explicó con tono triunfal que Beso acababa de ser destituido por iniciativa de todos los dignatarios de las provincias del Norte. Entre ellos, su padre Espitámenes y Oxiartes, el mío.

Los acontecimientos que ella me informaba con ardor, lejos de provocar mi entusiasmo, me parecieron sórdidos. Espitámenes y sus aliados habían abandonado a su soberano en un pequeño poblado en plena estepa. Y fue en ese lugar anónimo donde "Artajerjes IV" había sido maniatado como un malhechor. Como insulto suplementario, Alejandro había despachado un simple batallón para apoderarse del prisionero. Lo habían arrojado al camino, desnudo, con cadenas en el cuello. Con la frente contra el polvo, había oído llegar a la comitiva del conquistador. Tumulto creciente. Sarta de insultos y escupitajos. Silencio, de pronto, al pasar un carro. Cuando Alejandro, vestido de púrpura, le reprochó con los más duros términos el asesinato del Gran Rey Darío, Beso responde que no había actuado solo. Y esa serpiente de lengua bífida mencionó los nombres de sus cómplices, comenzando por el de Oxiartes, mi padre. A ese cómplice que, a su vez, acababa de traicionarlo, lo había librado a la venganza de Alejandro. De ahora en adelante, yo formaba parte de una familia maldita sobre la cual los macedonios se encarnizarían sin piedad, si caíamos en sus manos.

Estupefacta, había retirado mis manos de las de Apamea y rehuía su mirada, que me hacía sonrojar. Me había levantado bruscamente para ocultarle mi incomodidad. No me gustan mucho los abrazos, ni que me miren de arriba abajo con tanta insistencia. Así pues, mientras que desde las alturas del Aornos bogábamos en un mar de nubes, Beso, lejos de nosotros, allá abajo, *sabía.* ¡Había *visto* a Alejandro! Mi curiosidad por él se había centuplicado. ¿Cómo sería ese bastardo, ese reyezuelo? La proximidad del cielo, en aquel promontorio, el acuerdo imaginario que mantenía con él, alentaban extrañas suposiciones.

El mes siguiente, el sol, esta vez decidido a vencer la barrera de nubes, comenzó a devorar los peñascos. Recuerdo haber cambiado entonces las túnicas abrigadas del invierno por vestidos más livianos. Con Chagané habíamos mantenido nuestros hábitos cotidianos: las abluciones al levantarnos, nuestras conversaciones y, en público, el intercambio de miradas furtivas cuyo sentido sólo nosotras conocíamos. Perpetuando estos rituales, yo creía poder alejar las imágenes penosas que, sobre todo al despertar, me hacían estremecer. Muchos peligros amenazaban a mi padre y a mi hermano, y la incertidumbre que tenía sobre su suerte aguzaba mi sentimiento de abandono. Abajo, en la tierra, los hombres estaban encargados de defendernos a nosotras, las jovencitas de sangre pura refugiadas en ese santuario celestial. Yo me decía que, si nuestro bando no salía victorioso, permaneceríamos cautivos en ese enclave, incapaces de retomar el curso de nuestras vidas donde lo habíamos dejado, y mi corazón se llenaba de compasión por los que se habían quedado en el suelo, pero también por los que estábamos condenados a vivir despegados de él.

Nos sentíamos seguros en el fuerte del Aornos, pero yo ya no daba por cierto que ese punto de unión entre dos universos nos acercara a nuestros dioses. Sin embargo, los sacerdotes mazdeístas contribuían a exaltar el sentimiento de unidad y el orgullo legendario de las poblaciones resistentes. Ariamazes, por su parte, se alegraba públicamente de la nueva situación: a instancias de Espitámenes, la naturaleza de los combates había cambiado. Ya no más batallas alineadas o disposiciones sabias. Ya no más tropas ordenadas sometidas al capricho de un solo jefe. El pueblo, alentado a incendiarlo todo, masacraba las guarniciones dejadas en diversos lugares por Alejandro en el curso de su avance, atacaba los convoyes, lanzaba incursiones que sembraban la duda y el terror en el invasor.

Esta estrategia parecía darnos resultado. Se evacuaban las ciudades para luego poder encerrarlas mejor, se enrolaban bandidos de las zonas fronterizas del Imperio, se trababan alianzas con príncipes indios. Ese "se", si le creíamos a nuestro anfitrión, era Espitámenes. Espitámenes, en todas partes y en ninguna, omnipresente e invisible. Ahora, en la ciudadela, me trataban con un respeto particular. ¿Acaso no era yo la hija de su aliado, el valeroso Oxiartes? Mis reticencias iniciales se habían desvanecido. Yo también terminé contagiada por el entusiasmo general, sin preocuparme demasiado por la cantidad de víctimas civiles. Cada día llegaban sobrevivientes para aumentar la multitud hacinada en nuestra plaza fuerte. Esperaba y a la vez temía reconocer entre ellos a mi padre o a Histanes. ¿Nuestro reencuentro no significaría también nuestra derrota? Todos esos refugiados traían rumores que nos conformaban, aceptando su parte de inexactitud con tanta más rapidez cuanto más favorables eran para nosotros. Se anunció la muerte de Alejandro, en realidad herido por una flecha en la pierna. Yo saltaba de alegría. ¡Al fin habían conseguido perforar la carne de ese hombre! Ese fracaso, en lugar de desalentarnos, alimentaba nuestro odio, sostenía nuestra rabia. Ultrajado por la herida, el macedonio, por su lado, ordenaba masacres. Dejaba la impronta de su marca sangrante por todas partes con una increíble desmesura: violaciones, deportaciones y saqueos mientras se acercaba a las orillas del Yaxartes.

Por más que intentábamos mantener la calma, durante el verano siguiente llegaron malas noticias que sacudieron lo poco que nos quedaba de confianza. A orillas del río, las ciudadelas caían unas tras otras. Expuestos durante largas horas a una lluvia de proyectiles, nuestros hombres cedieron finalmente a la desesperación. En ese preciso momento, como si hubiera adivinado el instante neurálgico que decidía el resultado de la batalla, la infantería pesada relevó a los arqueros y a los soldados armados con hondas. El simultáneo ascenso por las murallas de esas hordas vociferantes, el grito salvaje de las trompetas, el ruido ensordecedor de los arietes golpeando las murallas terminaron por dejar atónitas a nuestras defensas. Esta mezcla de sonidos, discordantes pero unidos en un mismo dolor, acosaron para siempre a los escasos sobrevivientes. Un pobre consuelo, al macedonio se lo dio por herido una segunda vez.

La ociosidad que alimentaba nuestras existencias en el Aornos me incitaba a cuidar mi apariencia, en adelante mi única defensa contra el aburrimiento. Incluso Apamea, que por lo general era poco coqueta, comenzó a usar maquillaje y perfumes. ¿A quién queríamos agradar? En aquel lugar consagrado a las armas, la frivolidad contribuía sin duda a aliviar el peso de las angustias. Hoy no dudo en llamar futilidad a eso que antaño me parecía indispensable. A veces tomaba conciencia, con espanto, de que mi belleza podía causar mi perdición. ¿No se decía acaso que las cortesanas griegas, poco numerosas y prematuramente avejentadas, estaban tan celosas de las jóvenes persas que eran capaces de matar con sus propias manos a sus rivales?

Condenados a permanecer en nuestro islote aéreo, recibíamos de vez en cuando los ecos del mundo exterior. Alejandro había establecido sus cuarteles en Bactra, donde, coronado con la tiara real y rodeado por una guardia persa, recibía embajadas, promesas de alianzas y mensajes de amistad. ¿Imaginaba que, así ataviado, podía acceder al rango de Darío? Gracias a los relatos de nuestros espías y prisioneros, nos habíamos enterado de las costumbres de su corte. La increíble realidad era que no existían, al menos ninguna que fuera digna de tal nombre. El último de sus soldados tenía la libertad de palmearle el hombro, de saludarlo o hablarle con una grosera familiaridad. ¡Qué abismo, definitivamente, entre ese advenedizo, esas miserables prácticas y el fasto de la corte aqueménida! ¡Y ahora, colmo de lo ridículo, pretendía vivir en el lujo y que se lo saludara con la frente contra el suelo! La consternación y el desagrado me cerraban la boca. Estábamos obligados a medirnos con esa mediocridad satisfecha, de ella defendíamos nuestras provincias. Cada día aprendía un poco más que el valor y la eficacia militares no están en relación con la nobleza de las costumbres.

Sin embargo, al acercarse el invierno, sentía una atracción creciente por aquel hombre extraño cuya existencia se desarrollaba paralela a la nuestra, muy cercana pero nunca confundiéndose con ella. Estaba segura de que mis compañeras sentían el mismo deseo, a la vez exaltado y morboso, atizado por esa repentina proximidad geográfica. Ni una sola vez había abordado el tema con Chagané. Sin duda ella habría levantado los hombros antes de responderme, con esa voz indiferente que reservaba para las cosas insignificantes, que todas nosotras habríamos muerto deshonradas antes de poder ver al jefe de esa horda. Ese silencio tácito entre nosotras me evitaba dar el espectáculo de un arrebato juvenil y, tal vez, equívoco. ¿Acaso no había afirmado yo que estaba dispuesta a usar ropa de hombre y a cortarme el cabello para introducirme en las primeras filas de la guardia real? Destinada a morir, prefería morir sabiendo, tras descubrir por mí misma la fisonomía del destructor de nuestro imperio.

Por desgracia, se volvía cada vez más evidente que la reconquista anunciada por Espitámenes sería una tarea difícil. Los focos de rebelión se volvían cada vez más escasos, los fuegos sagrados se apagaban uno tras otro. Protegidos por la altitud pero rodeados por el vacío, éramos sobrevivientes en suspenso, seres aislados ganados por la languidez, sin relación con el pasado y para quienes el futuro no presagiaba nada bueno. En la tierra, en cambio, la animación llegaba al colmo. Pero era una agitación obscena. Se hablaba de las fiestas organizadas en Bactra o en Maracanda, del vino que corría a borbotones para celebrar las victorias. El ejército de ocupación daba libre curso a sus vicios ordinarios unas semanas después de haberlos ahogado cuando se encontraba demasiado solicitado para el esfuerzo. Había vuelto a caer rápidamente en lo habitual: embriaguez, libertinaje, lujuria, reinado de poetastros y rameras importadas de las ciudades griegas que Alejandro arrastraba en su cortejo, sanguijuelas agarradas a su manto bordado...

Poco a poco, los pueblos del Norte en los que Espitámenes se apoyaba lo abandonaron, uno tras otro. El nudo corredizo se cerraba, inexorable. El mismo Espitámenes, a fuerza de aparecer y desaparecer, había cambiado su prestigio de salvador por los hábitos del incapaz. Una noche, una afluencia particularmente masiva de refugiados al Aornos vino a confirmar nuestros peores temores. No se trataba, esta vez, de simples pueblerinos que se negaban al yugo macedonio, sino de sátrapas comprometidos en la lucha. Su certeza de fracaso debía de ser definitiva porque sólo pensaban en proteger sus vidas y la de sus allegados. Entre ellos, contra toda expectativa, se encontraban mi padre y mi hermano. Sanos y salvos. A pesar de mi felicidad por volver a verlos, los recibí con reserva, temiendo irritarlos con arrebatos ingenuos y avivar de ese modo el recuerdo humillante de su derrota. En unos meses mi padre había envejecido considerablemente. Su rostro me pareció transformado. Antes, su falta de decisión, si bien se descubría a través de sus actos, no se leía en sus rasgos. Ahora, el carácter y la expresión, en perfecta armonía, delataban un absoluto desasosiego. Me costaba admitirlo, pero tenía que rendirme a la evidencia: la cara de mi padre era ahora la copia sin gracia de un original desaparecido que yo no conseguía resucitar en mi memoria.

A los Grandes del reino devenidos sus huéspedes, Ariamazes les reservó un fastuoso recibimiento. Los llenó de honores, alabó sus méritos y, entornando sus párpados morenos, declaró que estaba orgulloso de su ciudadela, seguramente la mejor mantenida de todas puesto que la fina flor de la nobleza la había elegido para establecerse esperando tiempos mejores. ¿Qué ocultaba detrás de sus oscuras pestañas? ¿Estupidez? ¿Inconciencia? ¿Ariamazes se sentía satisfecho con su papel de comandante de fortaleza por no poder aspirar a algo superior? Atónito ante tales palabras, donde el grotesco se peleaba con el énfasis, mi padre callaba. Al llegar al Aornos, me encontró tal como me había dejado, al margen de los asuntos serios, considerados desde mi nacimiento fuera de mi alcance. Con prudencia, nunca lo había desengañado a ese respecto, a veces sintiéndome resentida por ser eternamente tratada como una niña. Y hoy más que nunca, en estas circunstancias críticas. Me enfurecía. ¿Había que tener un semblante con vello en el mentón, como Histanes en la adolescencia, para entrar en el secreto?

Si mi ignorancia no había alarmado a mi padre, la de Ariamazes le resultaba inconcebible. Lamentablemente, no fingíamos: colgados tan alto como estábamos, éramos los únicos que no habíamos visto levantarse en la punta de una pica la cabeza de Espitámenes, nuestro jefe guerrero, paseada por toda la provincia para incitar a la reflexión a los últimos rebeldes. Yo le hacía a mi padre toda clase de preguntas. Esta vez, para mi gran sorpresa, como si hubiera querido prepararme para peores eventualidades, consintió en responderme y evocar el fin de su aliado. Enarbolada por los macedonios a modo de trofeo, aquella cabeza, me confió, era terrible de ver. Pues la cara del muerto, encogida por la contracción de la carne, era reconocible a pesar de todo y sus ojos habían quedado abiertos. Sobre la lanza, escapándose de la base del cuello, la sangre había corrido y los soldados posaban sus manos impuras sobre esa mancha, en la que el líquido había terminado por convertirse en una especie de polvo negro.

Ante esta noticia, nuestro fuerte quedó ahogado por gritos de dolor atrasados. No habíamos visto nada, pero, mucho peor, nos imaginábamos tal infamia y nuestro aislamiento definitivo. Yo no derramaba una sola lágrima, pero estaba aterrada. Estupefacta también al ver a las concubinas de Espitámenes invadidas por esa desesperación irracional que lo vuelve a uno ciego y sordo. Llamaban a la muerte con vehemencia, la recibían con los brazos abiertos, juraban entregarse a ella. Para ellas, se trataba de ver cuál demostraba más aflicción, cuál se golpeaba con más violencia el pecho o destrozaba más vestidos. Sus aullidos impúdicos atravesaban las paredes, sacando fuerzas para la competencia de la cantidad y de los celos. Yo asistía, incrédula, a ese desencadenamiento de rabia. Incluso ante la desaparición de su esposo, esas mujeres que ya no tenían nada para compartir, seguían siendo rivales y trataban de distinguirse unas de las otras por la estridencia de su voz. Inmersas en sus sentimientos de hostilidad recíproca, ¿acaso tenían conciencia esas criaturas de lo que significaba para nosotros la pérdida de un guerrero como Espitámenes?

Al mismo tiempo, se nos informó que Beso, considerado culpable de rebelión, de lesa majestad y de asesinato de la persona del Gran Rey, sería ejecutado en Media conforme a nuestras costumbres. La crueldad que guiaba el conjunto de los actos de aquel príncipe no me inclinaba a la compasión. Sentía por él un rencor tenaz. ¿No había arrojado el nombre de mi padre como pasto para el enemigo? Pero no podía evitar admirar, a pesar de mí, ese orgullo inmenso, puro y completo, que había sabido conservar intacto frente a la adversidad, sin duda para parecerse hasta el final a un auténtico soberano... ¿Le cortarían la nariz y las orejas? ¡Sea! El griego Farnuco, que conocía nuestra lengua, la traduciría a su amo, le haría saber entonces que "Artajerjes IV" se felicitaba por su suerte. Por fin no tendría más orejas para oír los sarcasmos de sus carceleros, ni nariz para sentir el mal olor de la infantería macedonia. Por desgracia, esas palabras no tenían el poder de resucitar nuestro imperio, pero me reconfortaban en mi orgullo de bactriana.

Hasta la primavera oí hablar bastante poco de planes de reconquista. Ariamazes evocaba de tanto en tanto el éxito de las trampas tendidas al enemigo. A juzgar por nuestro creciente aislamiento, esas revueltas debían ser esporádicas. Sin embargo, cada una de tales tentativas me regocijaba. ¿Se le podía negar a un puñado de hombres valientes el derecho a morir con la cabeza en alto? En este punto, yo compartía la opinión de mi hermano, y prefería ese brillo estéril a acuerdos envilecedores.

Nuestros soldados, acostumbrados a mantener una plaza fuerte al resguardo de cualquier amenaza, poco a poco habían relajado su vigilancia. La autoridad de Ariamazes iba reduciéndose. Cuando no teníamos ninguna victoria que festejar, nuestros hombres se comportaban como juerguistas. En todas las mesas había vino en abundancia. Se volvía una cuestión de honor consumirlo puro y en gran cantidad para darle a entender al enemigo que, desde lo alto de nuestra pared rocosa, ignorábamos las penurias. Como consecuencia de la inacción militar, se había desarrollado un intenso tráfico con la complicidad de los comerciantes lo suficientemente temerarios como para arriesgarse hasta el pie de la ciudadela. El consumo de *haoma* se había extendido entre los hombres de la tropa. Impresionada por la indiferencia de nuestros combatientes ante lo que pudiera ocurrir en los meses venideros, yo temía que los poderes alucinatorios de esa droga, combinados con una inactividad prolongada, terminaran siendo tan peligrosos como una epidemia de cólera.

Ariamazes, por su apatía, no daba el ejemplo. La abulia de los refugiados del Aornos cedía únicamente ante sus necesidades vitales: principios de borrachera, pasión por el juego, depravación y glotonería, un defecto en plena expansión si me guiaba por el engrosamiento de numerosas siluetas. Los olores pestilentes ganaban terreno: heces y vómitos al terminar los banquetes, alcanzando el hedor su punto culminante al amanecer, cuando la frescura del aire hacía surgir con fuerza las impurezas de la noche.

La confusión de pensamientos, fomentada por los vapores del alcohol, ponía a nuestro refugio todavía más fuera del tiempo y del mundo. Yo me había familiarizado muy a mi pesar con las risas groseras que estallaban en todas partes, con los modales vulgares que los hombres ya no trataban de disimular, y mis pensamientos tomaban un cariz singular. ¿Qué diferencia había, finalmente, entre esos soldados desanimados y los groseros ocupantes de nuestras tierras? ¿Acaso, fuera de los combates no eran víctimas de los mismos vicios, de las mismas bajezas? Veía cada vez menos a mi hermano, que también estaba perdido, me parecía, en dudosas compañías.

Aquel año, me había sorprendido la precocidad de la primavera. Conforme a las previsiones de Ariamazes, un deshielo rápido nos aportaba las reservas de agua faltantes. Estábamos cegados por la confianza al punto de no considerar ese beneficio como un simple respiro sino como una prueba de que éramos invencibles. Así pues, cuando gritaron desde lo alto de la torre de vigilancia, poco después de la salida del sol, que un hombre se internaba por el sendero que conducía a la fortaleza, el anuncio nos dejó indiferentes. Ese hecho, no obstante, constituía en sí mismo un acontecimiento, pues la silueta divisada con la cabeza descubierta no pertenecía evidentemente a la categoría de los traficantes que solían frecuentarnos. Esos visitantes llegaban de noche, cargados de mercancías, después de haberse asegurado por variadas señales y subterfugios que la vía estaba libre.

Recibí las indiscreciones de Chagané –una de las pocas que todavía se mantenían al acecho– con calma, como si la llegada insólita de aquel mensajero ingresara en la lógica de un sueño familiar para el que ya estaba preparada. En todo caso, nadie se sintió en peligro. Los que habían salido de juerga la noche anterior, no fueron arrancados de su sueño por ningún sonido de trompeta. Ariamazes, por fin prevenido, confirmó el rumor: el misterioso visitante era Cofes, uno de los hijos del viejo Artabazo, que al morir Darío se había pasado, como el resto de su familia, al campo enemigo.

Por más que ya una vez hubiera actuado como un traidor, a nadie se le ocurrió que iba a dirigirse a nosotros en nombre de Alejandro y menos aún que nos aconsejaría que nos rindiéramos. Ariamazes estaba exultante. ¡Qué buen papel tendría ocasión de representar en la sala de ceremonias donde, a falta de promulgar órdenes de batalla, podría, ante una audiencia selecta, mostrarse como la única autoridad capaz de perdonar! La ironía quiso que fuera Cofes, portador de un mensaje de paz, quien, lejos de implorar la indulgencia de Ariamazes, invocara la de Alejandro. El macedonio, afirmaba, nos garantizaba salvar nuestras vidas a cambio de una pronta rendición.

Siguiendo el ejemplo de Ariamazes, los dignatarios presentes ridiculizaron el mensaje del macedonio y se burlaron abiertamente de la ingenuidad de Cofes. Mi padre anunció públicamente su alivio de haber evitado una alianza con "esa familia de cobardes". En los aposentos de las mujeres, enjambre siempre ávido de rumores, esas palabras habían causado sensación.

Para evitar las alusiones de mis compañeras, les hice notar qué justas resultaban las insolencias de Ariamazes hacia ese jefecito macedonio y hasta qué punto nos complacían. ¿No era acaso la primera vez que nos podíamos dar el lujo de cerrarle la boca a ese maldito aventurero, de saborear el placer de la última palabra? "Ridículo mosquito, escucha si puedes el consejo de un hombre sensato: deja de trepar, incluso en tu imaginación, una pared rocosa que se comerá de un bocado tus miembros entumecidos. ¿Cómo podrías alcanzarnos, a menos que enviaras soldados alados hasta nosotros?" Esta fue, en efecto, la respuesta que le envió Ariamazes.

Desde que estábamos en guardia, abajo nada parecía señalar una presencia enemiga. Bajo el manto de nubes, yo divisaba desde mi ventana brillantes destellos de luz. De vez en cuando se desprendían de los peñascos algunas placas de nieve. Eso era todo. ¿Quién podría aventurarse en aquellos acantilados? ¿Acaso los magos no habían predicho en tiempos antiguos que sólo soldados alados podrían un día apoderarse de la fortaleza?

Las carcajadas que resonaron durante el día habían terminado por cansarme. Ahora necesitaba mantenerme al margen de esa comunidad ruidosa que, lejos de arrastrarme a la alegría, me inclinaba a la tristeza. Ardía de deseos de estar sola para dedicarme libremente a mis sueños y redescubrir, en el silencio de la noche, la enigmática poesía del cielo. Ramos de estrellas surgían del otro lado de las almenas de la fortaleza. Sofocadas por el espectáculo de la noche, las risas se apagaban. La verdad, ahora, se abatía como el filo de una espada. Yo percibía todo: los melindres de las mujeres ocupadas en las abluciones, los hipos de los borrachos, las divagaciones de los pedantes. Después de haberme vestido y peinado para la noche, Chagané se había ido, a su vez. Yo me acariciaba maquinalmente los brazos para despertar mis sentidos. Era la hora de las confidencias, la hora en que la ausencia de los hombres, absorbidos por el juego o atontados por el alcohol, nos permitía conversar, intercambiar consejos.

Apamea buscaba mi compañía. Luego de haber pasado varias semanas postrada por el anuncio de la muerte de su padre, el odio la había ayudado a retomar fuerzas. La energía del resentimiento gobernaba su naturaleza; yo reconocía en ese ardor la digna herencia de sangre de Espitámenes. Única jovencita con espíritu rebelde y gustos originales, Apamea era de carácter muy enérgico. Su inteligencia, liberada de la candidez propia de nuestra edad e inexperiencia, me atraía fuertemente. Creo que, por su parte, ella apreciaba ese tipo de amistad tan poco demostrativa que brindo, hallando en el laconismo de mis palabras una franqueza que les faltaba a la mayoría de nuestras compañeras. No era bella, pero eso no había bastado para agriar su carácter. Me sentía alentada a darle mi confianza, aliviada de no depender exclusivamente de la pasiva atención de Chagané. Sin embargo, aquella noche, evitaba a Apamea. Sus burlas y su espíritu vengativo ya no se correspondían con mis sentimientos íntimos. Una concentración quizás egoísta pero que presentía esencial me exhortaba a replegarme en mí misma. No podía conciliar el sueño. Vivía una espera. Qué importaba el tiempo que me había llevado darme cuenta: estaba allí, desbordando mi corazón. Lo ocupaba sin duda desde mi nacimiento, creciendo sin yo saberlo con tanta determinación como una espiga de trigo prometida a la cosecha. ¿Era acaso la muerte la que me acechaba, lista para robarme mis días, para apoderarse de mis sueños?

Los astros habían palidecido. Había terminado por dormirme, triste y cansada, con el rostro apoyado en el hueco de mi mano. El cabello me caía sobre los hombros, liberado de los velos y de las peinetas. En mi sueño oía resonar las risas de la víspera. Al menos eso es lo que creí al despertarme, sin haber recuperado aún del todo mis sentidos. En realidad, se trataba de gritos de espanto. Frente a mí, Chagané lloraba agitando los brazos como un pájaro herido. Apenas tuve tiempo de sorprenderme por esta aparición: otras mujeres surgieron detrás de ella, con la respiración entrecortada, arrojándose sobre los cortinados. Mi habitación ya no me pertenecía. Las alfombras eran arrancadas del suelo, los asientos arrojados al piso. Por algún diabólico medio, el enemigo debía de haber penetrado en la ciudadela.

Me levanté apresuradamente, sin embargo no distinguí a ningún macedonio en el recinto de la fortaleza. Por una abertura que descubría las cimas del Aornos me decidí a enfrentar el temible resplandor del día. No era un amanecer como los otros. Ya no había cielo y nubes, sino formas blancas sostenidas por sombras minúsculas: ¡en lo alto de la aguja rocosa que dominaba el fortín, soldados desconocidos blandían pañuelos en señal de victoria!

Sentí latir contra mi cuerpo el estuche del estilete del que no me separaba desde nuestra precipitada partida de Bactra. Su movimiento, lejos de incitarme a controlar mis gestos, los volvía incoherentes. Me invadió una lacerante certeza: no quería ser capturada viva y convertirme en esclava. Y sabía que mi padre me habría aprobado plenamente. Un terror similar había llevado a las mujeres –concubinas, matronas y vírgenes– a agruparse en una de las grandes salas del palacio donde, bajo la mirada impasible de los carneros que adornaban los capiteles, gemían, presintiendo el sacrificio. No querían pasar inadvertidas, y trataban de destacarse por sus demostraciones de dolor.

Esperé estar sola. Con lentitud, saqué el estilete de su funda, mientras oía al heraldo anunciar triunfalmente lo que debían ser los detalles de una ejecución. ¿Mi padre ya se habría dado muerte? ¿O su voz se unía a los atroces aullidos de los hombres a quienes crucificaban como ejemplo al pie del acantilado y que subían hasta nosotras amplificados por el eco? Yo sólo miraba el cuchillo, lo miraba fijo, sin pensar en nada más que en la forma en que su punta encontraría su camino hacia mi corazón. Aspiraba a la suavidad de una mortaja que calentara mis miembros sin vida. El color de la hoja, apagado como un día sin sol, me incitaba muy a mi pesar y sin razón aparente a suspender mi gesto. Oía nuevamente gritos desgarradores y respiraba el olor de la carne quemada. ¿Cómo clavar el puñal sin fallar? ¿Dónde golpear para que el daño fuera irreparable? Ya no sostenía el estilete vertical sino horizontalmente. Mujer sin valor, ¿preferirías entonces tu vida a tu honor?

Entraron, se detuvieron en el centro de la habitación, sorprendidos de encontrar a un alma con vida. Dos hombres con el mentón lampiño: dos extranjeros. No se atrevían a avanzar. Cada uno de sus pasos dejaba una huella sangrante en el suelo. El primero me miró de arriba a abajo. El segundo, más bajo sin embargo, retuvo más mi atención. Su casco dorado estaba adornado con un penacho de plumas pero, sobre todo, me observaba de otro modo. De costado. Como si buscara oír el sonido de mi voz cuando en realidad yo callaba. De su boca surgió una frase que no comprendí. Así descubrí esa lengua griega con entonaciones suaves como la seda. Sus palabras impusieron silencio a las siluetas acorazadas con placas de metal que se habían lanzado tras de él. ¿Esos hombres pesadamente ataviados eran los soldados alados que habíamos imaginado? En ese desierto del Aornos, habíamos sucumbido a un espejismo...

El ruido de los escudos, las espadas y las lanzas me recordaban el tintinear de las cadenas que no tardarían en abrazar mi cuerpo de esclava. Pero el hombre de casco dorado se llevó la mano al pecho. Recién entonces supe que no sería su cautiva. ¿De quién eres hija?, volvió a preguntar. Yo no entendía sus palabras, sin embargo su sonoridad me envolvía. No temas, nadie te pondrá una mano encima. Frases huidizas, un murmullo cuyo significado exacto se me escapaba. Seguía el curso de esas palabras, sus inflexiones, envuelta por la magia de esa lengua desconocida, sin tratar de esconder mi rostro o cubrir más mi cuerpo.

Nunca conocí el sentimiento amoroso. Sólo el odio hacia nuestros enemigos. Desprecio por aquellos que, en nuestro campo, traicionaron. Ironía por los ridículos. Un poco de indulgencia, a veces, por los débiles. Piedad, unos instantes antes, por mí, que no había sabido morir con honor. Incomprensión por las risas contenidas y los primeros sobresaltos de mis compañeras. Además, nada era más propicio para estas tontas actitudes que nuestra reclusión. El círculo de las mujeres condena a la mediocridad. O a la afectación de la adolescencia que, para algunas, se prolonga más allá de la maternidad. Tenía la seguridad de las que tienen el corazón frío y las ideas claras. Y sin embargo, también la timidez de las jovencitas.

¡Es curioso, ese hombre imberbe, con la cabeza inclinada sobre el cuello como una flor sobre su tallo! Su pequeño escudo redondo, cubierto de salpicaduras de sangre, cayó rodando al suelo. No me tocarán, estoy segura: su boca me lo dice después de haber dado la orden a las sombras que lo siguen. La misma frase repetida, duramente para la tropa, con suavidad para mí. ¿Cómo un simple jefe de tropa puede ejercer tal autoridad sobre los demás? Incluso el guerrero alto que está a su lado se separa de él con respeto. Lo aprecia, eso se nota, y parece conocerlo mejor que todos. Recogió el escudo con naturalidad. Como si se hubiera tratado del suyo...

Ahora los dos guerreros están parados frente a mí. No se parecen realmente, sin embargo se comportan como gemelos. ¿Es una coincidencia, o los macedonios suelen ir de a pares, tomar un alma cercana y obtener nuevas energías en sus fuerzas recíprocas?

¿De quién eres hija?, repite el hombre de casco dorado. Yo sigo sin comprender sus palabras. Tal vez ese hombre es el asesino de mi padre o de mi hermano. Tal vez la sangre de los míos haya dejado una huella efímera bajo sus sandalias.

Efímera para ese asesino, indeleble para mí... Debería odiarlo, y ni siquiera se me ocurre despreciarlo, de tanta curiosidad y atracción que siento. El estilete se desliza de mis manos heladas por el miedo. Nadie se atrevió a recogerlo. Ni tampoco a acercarse a mí. Cuando alzo los ojos, los párpados de ese hombre armado bajan, provocándome la ilusión de que me respeta.

Nada en esa habitación fue destruido. No oí en la fortaleza el estruendo habitual de los saqueos. ¿Tiene todo eso algún sentido, alguna importancia? La guerra ya no está fuera de nuestras murallas; está en nosotros. Entró en mi corazón, me golpea el pecho, y aquí estoy, incapaz de contenerla.

De pronto, una columna de prisioneros. Desfila en el corredor que da a mi habitación. Una mezcla de obreros, nobles y jóvenes soldados, entre los que reconozco a algunos de los compañeros de juerga de la víspera que, con el cabello corto y la nuca descubierta para ser decapitados más fácilmente, ya no tienen ánimos para reír. Veo formarse lágrimas de vergüenza en los ojos de esos hombres conducidos a la muerte. Una columna de vivos a corto plazo, de diferente condición pero unidos por la misma humillación. Por todos lados se cruzaron con soldados macedonios que, para burlarse de su credulidad, llevaban una sábana blanca alrededor del cuello y ajustada a lo largo de los brazos.

¡Soldados alados! ¡La ruina de nuestro pueblo! ¡El veneno de nuestra paz! Se han burlado de nosotros. Les hemos abierto las puertas sin luchar. Hemos creído que eran esos vencedores venidos del cielo que nuestros magos describían. ¡Y a ustedes, hombres persas, de pronto los maldigo, hilera de ovejas, con la cabeza baja hasta el sacrificio! Siguen las órdenes de los conquistadores hasta el final. Por su culpa, nosotras las mujeres vamos a perder nuestro honor y a dejar la vida. ¡Soy joven! ¡Soy hermosa! Me siento única entre cientos de mujeres. No sólo soy querida por mi padre, protegida por mi hermano, mimada por Chagané, sino que saboreo el placer de borrar a las otras con mi sola presencia. Así que debo morir. Ahora no echo de menos los lugares. Ni a mis parientes, ni a mis seres queridos. Lloro ese destino que no tendré. Lloro por tener que morir en la ignorancia, por tener que ir a una tierra desconocida sin la menor certeza, por haber tenido la brevedad sin haber podido probar la intensidad, por no haber podido arder en el fuego de la pasión, por dejar mi alma yerma, mi envoltorio humano a merced de los buitres.

Recojo mi puñal. Lo empuño con toda la mano pues no puedo creerle a ese hombre que, por sus gestos, parece prometerme que mi vida estará a salvo. La muerte que rehuía, la llamo con toda la fuerza de mi voz, aunque ningún sonido sale de mi boca. Estoy ciega; ya no distingo nada. Y levanto el brazo.

Dos gritos cayeron sobre mí como un rayo. Necesito un momento para recuperar el sentido y comprender. El soldado de casco dorado, rápido como un relámpago, ya se apoderó de mi puñal. Detrás de él, surgiendo de la columna de cautivos, reconozco a mi padre. Tiene el cráneo afeitado y grilletes en el cuello. Las palabras se entrechocan. Unas, familiares, en mi propia lengua. Otras, desconocidas, cuyas sílabas saboreo inconscientemente.

He perdido todo: mi arma, mi determinación, mi orgullo, las palabras. El que me salvó la vida ahora ordena que perdonen a mi padre. Lo adivino porque hizo que le quitaran las cadenas. Se acerca a mí como nunca lo ha hecho otro hombre. Siento su respiración y su fuerza. Ya no baja los ojos cuando yo levanto los míos. Dos cuchillas de hierro oscilan en el centro de sus pupilas. Acabo de ser elegida por ese hombre de cabello rizado ante quien los guardias macedonios, a pesar de su aplomo, interrumpen su jactancia. Bajo el sudor que cubre su rostro, adivino los rasgos de la juventud. En él descubro un deseo, una curiosidad cuyo sentido quiero penetrar. En ese preciso momento, llega un hombre para traducirnos sus palabras. Entonces nos llevan aparte, únicamente a mi padre y a mí. Siento deslizarse a mis espaldas el peso de las miradas, oigo un murmullo discordante. Los más tontos se ríen groseramente. Los que ya comprendieron demuestran su desaprobación sin rodeos. Chasquean la lengua, levantan el codo y se secan la boca con el antebrazo. Entre los macedonios, aparentemente, es tan poco frecuente guardar la lengua como el machete en su vaina.

Mi padre, de rodillas, agradece a nuestro salvador. No tuve miedo al conocer su nombre, ni siquiera al comprender que me deseaba como mujer. No, el miedo llegó más tarde, en la noche, cuando las vírgenes irrumpieron en mi habitación llorando. Me abrazaban, me acariciaban el cabello, como animales de sacrificio a los que se hubiera perdonado la vida y se disputasen los favores de una divinidad protectora. Las que antes me envidiaban más, eran sin duda alguna las más zalameras. Yo permanecí muda ante la miel empalagosa que manaba de sus bocas. Algunas que jamás me habían dirigido la palabra ahora redoblaban sus efusiones. Otras parecían sinceras al descubrir de pronto que eran buenas amigas mías. "Nuestro pájaro va a alzar vuelo", repetían. "¿Qué sabremos de tu vida ahora? Tú, que vas a ordenar, ¿seguirás estando aquí para secar nuestras lágrimas, para consolarnos de la hiel de las mujeres viejas o del amargo brebaje de las promesas incumplidas? ¿Te acordarás de tus compañeras, de la corona de flores que habrán trenzado para ti y de nuestras últimas plegarias antes de tu noche de bodas? ¿A qué oído atento le confiaremos en adelante nuestros misterios, hermanita? ¿Quién sabrá interpretar como tú nuestros sueños y reconstruir para nosotras el perfil del hombre amado? ¿Nos dirás qué gusto tienen los besos de ese hombre sin barba, y si sus manos tiemblan por la noche por haber derramado demasiada sangre?"

En lugar de responder, elegí callarme. Estaba lo suficientemente lúcida como para adivinar lo que se contaría sobre mi encuentro con el rey de Macedonia. Mi belleza sopesada. El regateo al que ella habría dado lugar para salvar a mi padre, convicto de alta traición contra Darío. Si se aplicaba la ley persa, él no habría tenido ojos para verme, ni manos para tomar las mías. Ni nariz para oler, ni orejas para oír... "Si su hija no hubiera sido tan hermosa", murmuraban, "Oxiartes, primero expuesto en la sala del trono en presencia del vencedor, luego habría arrastrado de pueblo en pueblo su cuerpo sanguinolento. Esto es lo que le habría ocurrido a ese Grande del reino si no hubiera tenido a su hija Roxana a su lado...".

¿Era necesario, ante el giro que tomaba mi destino, que me mostrara tan desconfiada, que tratara de apartar los humores malintencionados? Más valía, finalmente, rechazar esas dudas para dejarme llevar por la embriaguez de mi sueño, el de un amor naciente, ya vivaz, que me ataba a mi pesar a ese extraño del que ya presentía los enojos, las alegrías y la sed de descubrimiento. También la tristeza. Porque ese rey parecía ser un joven dominado por la melancolía, que disimulaba con el entusiasmo y la determinación ese sentimiento difuso. Al conocerlo tomé conciencia de lo que yo rehuía de los demás: la risa sonora, las gruesas manos confortablemente apoyadas sobre el vientre, los bostezos y las lenguas pastosas por las comilonas. El reducido universo de los vapores del alcohol y del conformismo en el que, muy a menudo, los hombres se aíslan.

También me sentía ajena a las efusiones de las mujeres o de los eunucos entre sí. Me desagradaba hacer testigo a los demás de mis indignaciones, de mis arranques de alegría o de mis penas. Tampoco me gustaba formar parte del círculo que traza la amistad. A la multitud y los movimientos de masa estaba acostumbrada desde la infancia. Y más aún desde nuestra huida de Ecbatana. El tumulto, el aterrador peso de la cantidad me habían predispuesto a considerar como un bien preciado cada instante robado a los ritos colectivos, a las palabras de circunstancia, a los gestos convencionales. ¿Lograría apartarme de esas reglas cuando fuera reina?

Primavera de 328 a.C.

Por ahora no puedo concebir mi destino de reina. No me dieron tiempo. Nunca me dejan sola. A veces, me vuelvo a ver como una chiquilla, recorriendo las salas de nuestra ciudadela de Derbent en busca de consuelo. Mi mano de niña acariciaba entonces las paredes en toda su longitud, sin encontrar en sus asperezas nada que me reconfortara. Sólo sabíamos construir interminables paredones, que a veces se convertían en estrechos corredores. ¿A quién confiarse? En el interior de nuestras murallas, el ocre y el azul de los esmaltes reforzaban miserablemente la pobreza del día. Afuera, por contraste, se desplegaba una naturaleza cautivante. También en azul y ocre. Colores cortados por la línea de horizonte, acerados por la violencia de la luz.

El miedo. Un miedo sagrado, inconfesable pero omnipresente, poblaba tanto los palacios reales como los modestos fortines. Yo había crecido con él sin llegar a domesticarlo. Por cierto, no tenía ningún poder, no albergaba ninguna ambición. Pero cuando la belleza se adueñó de mi rostro, mi padre vislumbró un peligro suficiente para mantenerme al margen de las rivales de mi madre, cuya muerte prematura le seguía pareciendo sospechosa. Comprendí lo que eran la envidia y el odio. Para defenderme aprendí el arte del disimulo, reprimiendo los arrebatos de ternura que sin duda le habría dedicado por completo a mi madre si hubiera podido.

Poco les importa a los demás, incluso a mi padre, que yo esté enamorada o no del rey de Macedonia. Mi cara y mi cuerpo ya no me pertenecen: ellos pagan los errores de mi pueblo y les devuelven su orgullo a los persas. Lo demuestran las palabras deshilvanadas de mis compañeras: "Hermanita, misteriosa estrella que unió su trayectoria a la del rey conquistador, gracias a ti nuestras derrotas hallan consuelo. Eres tú, mujer persa, quien desarmó la crueldad de Alejandro, quien transformó a ese vampiro en oveja, a ese enemigo en benefactor. Por ti y tu descendencia, nuestro imperio va a revivir. Sí, gracias a tu mediación Ormuz eligió triunfar sobre Arimán...".

En realidad, apenas había visto al conquistador. Primero lo había mirado como a un soldado común, impresionada por la influencia que tenía sobre los otros. No obstante, Alejandro me había parecido diferente desde el principio. Aquel día, el polvo afinaba los contornos de su rostro y reforzaba el brillo de sus ojos. Unos ojos de colores cambiantes, uno vuelto hacia el tumulto de las armas, el universo de los gritos y la sangre, el otro hacia un ensueño interior en el que parecía refugiarse lo más a menudo posible. Uno es azul, el otro marrón, como si contemplara al mundo de dos maneras distintas.

Hoy mi corazón está invadido por un extraño bienestar, cuya sensación es más penetrante aún porque sucede a ese momento en el que estuve a punto de caer en el campo misterioso de la muerte. No dejo de pensar en él, a la vez emocionada y sorprendida. Tiene la nariz recta, el mentón redondeado, cabellos claros, manos finas y robustas a la vez. Sueño que un día, tal vez más cercano de lo que imagino, manejaré su idioma de sedosa sonoridad, que será el mío, que obedecerá a mis pensamientos. Tengo ganas de formar mis primeras palabras como un niño articula sus primeras sílabas. No logro discernir si esta lengua me agrada por su belleza y su armonía, o porque le pertenece.

No podría explicarlo aunque quisiera. ¿Cómo puedo recordar a veces con tanta precisión el rostro de ese joven rey, mientras que en otros momentos los esfuerzos de mi memoria son vanos? ¿Cómo pude enamorarme de ese ausente apenas vislumbrado, que no parece apurado por estar conmigo? ¿Aprenderé a lo largo de los días a reconstruir su fisonomía, a saber con precisión las mil formas en que sus labios se desatan y sus ojos se abandonan? ¡Y sin embargo...! Cuánta sangre derramada entre nuestros pueblos. El Erecteion. Persépolis. Sus ruinas humeantes, la sombra de los braseros sobre el fondo del cielo. El brillo de las espadas, la barrena oculta de las sarisas. Ríos de sangre más anchos que el Tigris y el Éufrates. Ya no trato de justificarme desde que volví a pensar en esos dos ríos de curso caprichoso, en la metamorfosis permanente de esos paisajes donde el agua, a veces cavando su lecho, a veces enarenando sus orillas, modifica los contornos.

Sin embargo, siento orgullo al saberme deseada por un hombre poco acostumbrado a la compañía de las mujeres. Dicen que se relaciona con mucha libertad con las cortesanas griegas. Incluso siguió el consejo de una de ellas, que le pidió la destrucción de Persépolis, tal vez porque estaba borracho, tal vez porque le disgustaba que una mujer se burlara de él por mostrarse magnánimo con los vencidos. Tal vez, incluso, porque la intervención decisiva de una prostituta en el curso de la Historia ese día lo había divertido por alguna perversa disposición de ánimo. Ahora sé que se arrepiente de su acto. ¿Por qué si no me eligió como legítima mujer, a mí, Roxana, mujer persa, para desposarme según nuestros ritos? Él creía que nuestros sátrapas eran corruptos, que estaban dispuestos a todas las perfidias para conservar sus poderes, creía que nuestro amor propio se podía comprar a cualquier precio. No siempre se equivocaba. Desde su incursión en Oriente también descubrió cuán encarnizados eran nuestros combates. La amplitud de los campamentos en la soledad de la noche, el fasto de nuestros palacios levantados sobre sus terrazas con toda la fuerza de sus columnas, alejándose victoriosamente de una naturaleza estéril.

Aprecio en Alejandro la ausencia de sonrisa. Sólo me gustan los hombres cuyo único interés es la verdad. La generosidad con la que nos trata transformó nuestras convicciones en dudas: ¿es realmente el grosero patán del que se nos hablaba no hace mucho tiempo? ¿El secuaz de Arimán, uno de sus genios malignos? Me dejé enternecer a mi pesar por ese joven temerario, convencida de que su desprecio inicial por nuestro pueblo cede lugar a nuevas impresiones. Puede ser bastardo o de baja condición, pero al menos sabe reconocer lo que es superior a él. La grandeza. Un cierto arte de vivir. El orgullo legítimo de los que construyeron un imperio secular.

¿Lograremos olvidar lo que nos separó durante tantos años, atravesar ese río de sangre y de incomprensión para poder unirnos finalmente? La altivez de los soldados no tardó en manifestarse. Muy rápido adiviné sus sospechas hacia mí. Elogian mi belleza pero execran mi origen. Se inclinan ante la decisión del rey pero la reprueban en silencio. El que está siempre junto al soberano y que llaman Hefestión me demuestra un respeto glacial. ¡Y sin embargo...! Yo no saqué partido de nada, no alimenté ninguna intriga. Cuando el rey de Macedonia detuvo mi brazo, me disponía a morir para no tener que soportar la deshonra. No imploré el perdón de nadie. ¿Hefestión no fue justamente testigo de esto? Mi belleza sin duda me sirvió, pero yo no me serví de ella. No tengo que avergonzarme de ninguno de mis actos, de ninguno de mis silencios. No sé si algún día me libraré de la desconfianza de Hefestión o del sarcasmo de los soldados, pero me reconforta la certeza de haberle devuelto, de ahora en adelante, la dignidad a mi pueblo.

Cuando olvidan mi origen, los macedonios bajan la mirada. ¡Que pueda cegarlos el brillo de mi tez y mi aliento disipar su desconfianza! Que pueda mi vientre redondearse e imponerles un príncipe a quien amar, al que deberán obedecer.

Cada momento que paso lejos de ti, Alejandro, me devuelve tu imagen. Tu ausencia, lejos de dejar un vacío, recrea una emoción. Viajas en mi corazón, caminando como un nómada, sin constancia alguna. Adoro esos repentinos arrebatos, el desorden de los pensamientos que desencadenan la violencia del deseo. A cada ruido de pasos, espero tu llegada; a cada paso que se aleja, siento alivio. Repito sonidos recogidos al azar de las conversaciones, me dejo acunar por su música. Bajo el enigma de las palabras, bajo el compás de las frases, penetra el dolor propio de los exiliados nostálgicos de su tierra. Mi memoria retiene aproximadamente lo que oyó, invirtiendo los vocablos, deformando las sílabas. Estoy rodeada como nunca lo estuve por un enjambre que no cesa de zumbar alabanzas, y sin embargo siento que escapo a mi lengua natal, que me abstraigo de aquello que, ayer nomás, constituía mi único universo.

Mi hermano, del que ignoraba si estaba vivo o muerto, apareció repentinamente. Llena de alegría, quise confiarme a él, describirle las circunstancias en las que había conocido al rey. Ya informado de todo, poco le importaba. Ante todo venía a anunciarme, con los ojos brillantes, su incorporación a la caballería macedonia. Mi padre, por su parte, fue confirmado en sus antiguas funciones como sátrapa de Bactriana. Ambos me informaron que las tropas macedonias a las que se habían aliado nuestros hombres se disponían a moverse hacia el fuerte de Corienes. El último bastión de la provincia, mantenido por Sisimitres.

Éste, informado de nuestra rendición, no había interrumpido sus trabajos defensivos, aprovechando la situación ideal de su fortaleza. Construida sobre un pico rocoso, se parecía a la nuestra, enclave aéreo erigido sobre el pedregullo. Sin duda no le disgustaba a ese personaje caprichoso y solitario que lo creyeran el más resistente de sus antiguos compañeros de armas. Ese Sisimitres, si no me equivoco, nunca se preocupó por los principios. Disponiendo de sobrinas y primas púberes, había elegido a su propia madre como concubina oficial. Los niños nacidos de esta unión son a la vez sus hijos y sus medio hermanos. Muy a su pesar, lo habían mantenido al margen de los asuntos del Imperio. Alejado de Persia, había gozado de toda la libertad para sostener un entorno de dudosa reputación: turbios contadores expulsados de su provincia, nobles que ya no contaban con la confianza real, reducidos a saciar su sed en simples copas de cerámica luego de haberse embriagado con copas de oro. Esos excluidos de nuestros clanes y de nuestra vida social habían reconstruido un pequeño mundo privado donde cada cual se consolaba de su desgracia comparándola con la de su vecino. La muerte de Darío y el desmantelamiento del Imperio devolvían las esperanzas a esos desterrados. La resistencia al enemigo se les había vuelto indispensable, no por moral sino por conveniencia. De ahora en adelante, su mayor interés era demostrar su valentía para recuperar los privilegios perdidos. Poco les importaba el nombre del vencedor: Darío, Beso o Alejandro; se trataba de impresionar al nuevo amo del lugar mostrándose combativos. Si era persa, se sentiría agradecido. Si era griego, admirado. En ambos casos, resultaba ventajoso.

Todos esos comportamientos propios de épocas de derrota ahora me resultan indiferentes. Sólo quiero pensar en mí, en mi próximo casamiento, y escucho a mi padre y a mi hermano con despecho. ¿Por qué entonces, apenas unos instantes después de encontrarnos, me hablaron sobre Sisimitres y objetivos militares? ¿Por qué mi padre, que habitualmente considera inútil informarme acerca de sus decisiones, me describió con tanto detalle los esfuerzos que va a desplegar para convencer a este último de entrar en combate? ¿Debo servirles de mensajera con Alejandro sin tener derecho a compartir con ellos mi felicidad, a confiarles mis temores?

Confusamente, me había imaginado que el verano que comenzaba y que sería el de mi noviazgo me pertenecería. Con el candor de mis diecisiete años, también con el egoísmo irreflexivo de aquellos cuyo destino acaba de modificarse. Había borrado de mi memoria la guerra, los sufrimientos y los asesinatos para reemplazarlos por mis esperanzas, llenas de nuevas certezas aunque también invasoras, como si las hubiera mantenido encerradas por siglos. Después de haber despreciado a mis compañeras Artakama y Artonis, tan dispuestas a acomodarse a la nueva alianza de su padre, yo seguía su ejemplo. Y ese extraño cambio de situación me emocionaba muy poco, mucho menos en todo caso que mi título de prometida del rey.

Chagané, que se había olvidado de nuestro antiguo odio –ella que antes juraba escupir en la cara del primer heleno que apareciera– se mostraba feliz por mi suerte. "Yo sabía que habías nacido para ser reina", canturreaba ella mientras me alisaba el cabello. "Chagané, ¿cómo tocar el corazón de un hombre viéndolo tan poco? ¿Por qué está más con sus amigos que conmigo? No sé si realmente lleno sus pensamientos en la ausencia..." Estas palabras subían a mis labios pero nunca cruzaban el umbral. No entregarse, menos aún a los que han vivido. Guardar su universo para sí, sobre todo cuando uno sabe que rápidamente será objeto de desengaño...

Durante todo el verano, Alejandro se preocupó por terminar la pacificación de la provincia. Por más que comprendía y admitía que no debía subsistir ningún foco de resistencia, yo me obstinaba en que mi felicidad dependiera sólo de su presencia. No era para nada sorprendente que esos largos meses que precedieron a nuestra unión me hayan encontrado desarmada: las campañas en Bactriana o en el oasis de Margiana, la camaradería entre las tropas, las borracheras, que empezaban con alegría y a menudo terminaban en un delirio de lágrimas que ayudaba a que las horas se alargaran. Pocos eran nuestros instantes privados.

Sin embargo, gracias a esta espera comprendí en qué diferían nuestros pueblos. Alejandro no sabía contemplar nada. No tenía descanso. Ordenaba la construcción de una ciudad, la poblaba de veteranos, de soldados heridos, de habitantes de la región y de un contingente de mujeres, luego dejaba de inmediato el lugar para construir más adelante una ciudad similar, a su vez abandonada a su suerte por otras fundaciones. Ese movimiento incesante al que tuve que acomodarme de inmediato contrastaba con la indolencia persa. ¿Pero entonces de qué materia estaban hechos los hombres para que nada pudiera interesarles por más de unos instantes? ¿Cómo lograban abstraerse tan fácilmente de un pensamiento para adueñarse de otro? Yo, en cambio, tenía la impresión de obstinarme siempre con la misma idea, de complacerme con ella tanto en el dolor como en la alegría, de no poder nunca liberarme de la pesada memoria del corazón. Puedo vivir con una idea el día entero, darla vuelta en todos los sentidos, traicionarla, complicarla a gusto pues, en el fondo, no creo en lo simple.

Desde las primeras horas de mi encuentro con Alejandro, me sentí cerca del fracaso al tiempo que me negaba a admitirlo. Los comienzos amorosos deberían ser a ciegas. Incluso cuando se presiente su final decepcionante, descartamos el mal presagio como quien se deshace de alguien inoportuno. Penas, escrúpulos, déjenme vivir. Para ser la esposa complaciente debo abolirlos. Los he rechazado en nombre de la aventura que vendrá.

La juventud es poco exigente: para mi ceremonia de compromiso, cuando colocaron en mi frente una corona de flores blancas, la felicidad, como un perfume exuberante, se me subió a la cabeza. Creí entonces que mi belleza era lo suficientemente fuerte como para cerrarles la boca a los escépticos y para atraer hacia mí las miradas enamoradas pero algunas veces demasiado distraídas del rey de Macedonia. Abatir el fuerte de Corienes, someter la provincia, integrar en su ejército arqueros y jinetes persas, todo eso le preocupaba mucho más que la perspectiva de nuestra unión. Ésta parecía ser una señal de desafío cada día más adversa, a juzgar por los sarcasmos que se disparaban contra la nobleza persa. Muchos Compañeros de Alejandro se burlaban abiertamente de las prosternaciones con que los Grandes del reino saludaban a su vencedor. Yo misma los sorprendí imitando con poses insultantes la forma en que flexionamos la cintura. Evidentemente, los macedonios detestaban cambiar su saludo ordinario por nuestras marcas de respeto. Alejandro a veces aparecía vestido a la oriental –larga túnica roja con rayas blancas, ceñida al cuerpo con un cinturón de oro– y eso les disgustaba. La adopción de ese traje era, para nosotros, una marca de reconciliación. No obstante, mi padre se sentía herido por la desenvoltura de los soldados macedonios. Ya que se había nombrado a sogdianos para la guardia personal del rey, ya que su propia hija iba a convertirse en reina, ¿por qué seguía él inclinándose bajo las sonrisas mientras que simples mercenarios le daban una palmada en la espalda al soberano?

Yo también me indignaba. ¿Esos brutos ignoraban que le debían su vida a mi padre? Gracias a su gestión, Sisimitres había terminado deponiendo las armas. Con la garantía de que ni él ni los suyos serían ejecutados, había abierto las puertas del fuerte de Corienes. En los depósitos había pan, vino y carne salada en abundancia. Estas reservas fueron distribuidas en el ejército de Alejandro y creí que, una vez alejados los peligros de un prolongado sitio y los apetitos calmados, la vida retomaría su curso.

Recuerdo que ya en esa época Hefestión, el más cercano de los Amigos del rey, se daba vuelta para no verme. Alta silueta que se deslizaba entre las tiendas como una sombra pasajera... Esa actitud me molestaba. Para responder a su desdén, yo duplicaba mi dedicación al estudio de la lengua griega. Nunca me había aplicado tanto, luchando a la vez contra el aburrimiento y el desprecio de nuestros vencedores. También me había vuelto ávida de los espectáculos que se daban para mi diversión. Al menor movimiento de mis labios todos corrían, pero la angustia, como siempre, me comprimía el pecho: ¿todas esas atenciones no eran un pretexto para ocultar las numerosas ausencias de Alejandro?

Con la rendición de Sisimitres, el último bastión de la resistencia había cedido. Así que pudimos regresar a Bactra. El otoño se anunciaba radiante, libre para las fiestas. Una lenta tristeza se apoderaba de mí poco a poco. Con los combates apenas terminados, los hombres seguían mostrando entusiasmo por la caza y ánimo para los banquetes. Algunos declamaban versos hasta el amanecer. Otros lloraban su tierra lejana y exhalaban en los vahos del alcohol su queja por no poder regresar. ¿Acaso no daban lástima esos que, durante la conquista, se habían establecido en las ciudades de nuestro imperio, a veces fundadas por orden de su rey, esos que ya no se consideraban macedonios o griegos sino que, por eso mismo, permanecían ajenos a nuestras costumbres? Estaban resignados a poblar una guarnición, como peones intercambiables, y hasta les había costado trabar amistad con los helenos instalados desde largo tiempo atrás en estas provincias y asimilar los hábiles mecanismos sobre los que reposaba la prevaricación de nuestros sátrapas.

Costaba hacer bajar la energía brutal de los guerreros privados de acción. A los jóvenes soldados macedonios, a falta de blancos humanos, les quedaban las bestias salvajes para atravesar con sus armas. Pero para los veteranos que habían hecho campaña con Filipo en el pasado, para quienes habían seguido a Alejandro al morir su padre, el perdón concedido a los Grandes del reino y los honores rendidos a los mejores de los nuestros los indignaban como el peor de los insultos. Frente a la densidad de este odio, las palabras y los gestos de serenidad son impotentes. Incluso pueden herir aun más. De allí habían nacido esas extrañas miradas. Sin vida, sustraídas del mundo. En apariencia, nadie observaba a nadie, pero macedonios y persas habían desarrollado todo un arte por el cual la fisonomía dejaba transparentar el desprecio. Un pliegue de las aletas de la nariz, una sonrisa imperceptible, un rostro que esquiva. Bajo un violento resentimiento se simulaba tranquilidad.

¿Por qué razón el rey Alejandro, en particular después de nuestra llegada a Bactra, se mostraba tan huidizo conmigo? ¿Esa reserva se debía a la conducción de la guerra? ¿Acaso no me había confesado él mismo con una sonrisa que su adolescencia se había desarrollado muy lejos de las preocupaciones del gineceo? Ese día, habíamos sido interrumpidos una vez más por Hefestión, que venía a informarse acerca de sus órdenes. Alejandro había tenido que abandonar la habitación y no pude enterarme de más. Trataba de darme seguridad convenciéndome de que una mujer enamorada es, decididamente, una criatura exigente... Durante varias semanas, viví con un solo pensamiento. El interés o la ternura que

Alejandro, brevemente, me manifestaba, bastaban para llenar un día, y su recuerdo colmaba noches enteras. Yo desplegaba tesoros de memoria para hacer renacer esos momentos, mi vida se construía alrededor de esas reminiscencias. Sí, definitivamente, el amor es creativo; se inventa, se amplifica, se genera por sí solo. Puede travestirse en celos, evaporarse sin razón, quedar cubierto por el olvido o transformarse en rencor, en carne viva como una llaga.

Días de espera. Sobre mí, la pureza del cielo. Aquí sus colores son siempre profundos. A veces, su azul puro se posa como un mar inmóvil sobre la tierra amarilla como el azafrán. El paisaje carece de suavidad, incluso en las primeras horas de la mañana. La luz se vuelve densa con la salida del sol. Aquí no se conoce la pobreza de los tonos. La vivacidad de los contrastes está anclada en nuestra memoria. Yo sé adivinar la trayectoria de las aves de presa, puedo oler de lejos, sin verlos, los rebaños de ovejas o caballos. Toda una vida de libertad siguió retozando en la naturaleza mientras nuestras ciudadelas asesinadas ardían una tras otra.

Bactra no cambia en otoño. El calor sigue siendo intenso, las murallas ya no amontonan a sus pies esqueletos y residuos. Los macedonios pusieron las cosas en orden desde que instalaron su cuartel general en la ciudad. Las osamentas ahora son inhumadas y la basura enterrada a cierta distancia de la ciudad. Al no tener más cadáveres para descarnar, los halcones tuvieron que decidirse a abandonar nuestros muros. Sin embargo, en el interior, el desorden de las cosas fue sustituido por el de las almas. Los soldados reclaman a gritos los placeres de la buena mesa. Les tomaron el gusto a nuestros vinos, más espesos que los suyos y más perfumados. Peligrosos para los sentidos, como las mujeres orientales, porque uno se deja tomar por sorpresa, dicen ellos. Hefestión, por su parte, no está dispuesto a ceder. Ayer no asistió a la velada que se dio en mi honor. Me dijeron que lo retuvo un malestar pasajero...

El único mérito que los macedonios nos reconocen es el de no cortar el vino con el agua. Sus vecinos griegos, antes adeptos a esa costumbre, renunciaron a ella con rapidez durante la conquista. Evidentemente, no lo lamentaron. La euforia gana terreno. Noto que se la mantiene con mucho cuidado. Si por ventura cayera, los fortines correrían el riesgo de terminar ahogados en lágrimas. Porque sobrevivieron a combates encarnizados, los supervivientes sienten ahora la necesidad visceral de existir. Intensamente. Con desmesura. En medio de ruidos. A voz en cuello, bajo las pulsaciones de los tamborines y los címbalos que les recuerdan que sus corazones siguen latiendo. Comienzo a reconocer las zonas densas –¿momentos álgidos?– de esos banquetes. Las aclamaciones suben un punto cuando los vómitos se convierten en el deleite de las moscas o cuando una mujer se desnuda. Un buen público, que nunca se aburre, que disfruta eructando sobre las copas de oro o escupiendo en las bandejas de plata dorada robadas en el palacio de Darío...

Los excesos, ahora, no sorprenden a nadie. Ver una horda de juerguistas brincando, con una antorcha en la mano, por todas las salas del palacio se convirtió en un espectáculo común para eunucos y guardias. Para mí también, lamentablemente, incrédula y desengañada a la vez. En cuanto a los habitantes de la ciudad vieja, esto los tiene sin cuidado, demasiado contentos de haber sido perdonados. ¡Poco les importa que esos ebrios se diviertan disfrazándose de mujeres o que las mujeres de mala vida se disfracen de soldados! Después de la destrucción de Persépolis, se teme más a la pavesa de las lámparas que a las malas costumbres. Los hombres yacen en los divanes cinco días seguidos. Su sueño tiene la sonoridad profunda de una cuba de alcohol. Su humor fermenta. Sus intestinos se atan y se desatan, mientras que una criatura enajenada termina desmoronándose, con los ojos en blanco, en medio de un mar de ronquidos.

Entre los dormilones del día reconozco, de lejos, a un tal Calístenes. Ese cortesano gordo que pretende ser "historiador y poeta" escribió odas anticipando nuestra unión. No me gusta mucho su poesía y sus cumplidos me resultan pesados como un yunque. Sin embargo, Alejandro los soporta. Hoy, Calístenes canta y encanta; mañana tal vez, desencantará.

Desde nuestra llegada a Bactra, entonces, la fiesta se apoderó de los espíritus. Se preparan cacerías en los macizos del Alai, un gran banquete en Maracanda con concurso de bebida, campeonatos a los que serán invitados los mejores atletas. ¿Dónde encontrar mi lugar entre mercenarios y prostitutas? Ni siquiera tengo el consuelo de poder interrogar a las mujeres bactrianas o persas desposadas por macedonios. Se dice que son cada vez más, pero yo apenas las veo pues me mantienen obstinadamente separada de todos, excepto de los servidores.

Mi velo, ligera cortina frente a los ojos, me separa del resto del mundo. Chagané y los míos, que vienen a visitarme muy de vez en cuando, me entretienen con banalidades mientras esperamos el día de la boda. Y durante esas breves apariciones, el rey roza mi mano con sus labios como si temiera arrancar el pétalo de una flor. ¿Cree acaso que el ruido de las orgías está fuera de mi alcance? ¿Busca ahorrarme las decepciones y los disgustos? ¿O bien viene a disculparse, en silencio, de lo que podría parecerme extraño y que no es, para ellos, más que lo habitual en una vida sin combates ni la celebración de alabanzas a los dioses?

Ahora apoyo los pies en suntuosas alfombras de Sardes, observo tapices de púrpura. Estiro las piernas sobre un diván de oro macizo cubierto de telas de lamé. Estaba acostumbrada a la riqueza: ahora estoy sobrecargada. Jamás tantas melodías habían resonado en estos aposentos, nunca tantos dedos puntearon tantas cuerdas, ni tantas voces recitaron tantos cumplidos. Me traen leche fresca, carne de gacela, ocas grasosas con cebolla, uvas e higos impregnados de sol. Cuando estoy satisfecha, mi mirada se dirige entonces a mis brazos cargados de joyas regaladas por el rey, o hacia los esmaltes de las paredes cuyos motivos se deforman al antojo de mi fantasía. Según el camino que toma mi pensamiento, las flores de loto se convierten en estrellas, el drapeado de las telas en las arrugas de un rostro. Durante ese tiempo, una esclava me quita los brazaletes y anillos –pocas veces me adorno el cuello, pues a Alejandro le gusta admirar su blancura bajo las transparencias del velo–, después mis ropas, una a una, y mi cuerpo ilumina la pieza. Siento orgullo: adoro ese breve instante en que mi piel brilla en la noche. Finalmente, Chagané desata mis cabellos, los peina, extiende perfume sobre mi cabeza y se inclina en silencio.

Ciertas noches, me duermo reconfortada por las predicciones de los magos: una larga vida feliz, dos hijos que traeré al mundo, valientes y poderosos. Otras, en cambio, busco a tientas el sueño. Lo que cubre mi lecho es suave como una caricia, y, sin embargo, rechazo las sábanas con arrebato. Me siento obligada a controlar cada estremecimiento de mis hombros o el más mínimo movimiento de mis labios al paso de un cortejo, de una columna del ejército e incluso de una melopea de coreuta. Todo tiene que agradarme, pero nada debería emocionarme. Así lo quiere el protocolo. Lo ridículo de mis esfuerzos se vuelve pesado: ¿para qué formar una frase en griego, si para todos sigo siendo una "bárbara persa"? Mi belleza deslumbrante es considerada brujería y el amor de Alejandro, ceguera.

Dejamos Bactra y fuimos a Maracanda, la capital sogdiana. Allí, en esa ciudad en la que todo fue preparado para los juegos y las cacerías, espero que por fin ceda la monotonía. Como una maraña de adobe y ladrillos, la ciudad, levantada sobre una meseta, domina el valle del Politimetos. La proximidad del río, la irrigación por medio de canales artificiales, la fertilidad de los suelos explican la densidad de la población de los alrededores. A pesar de la magnitud de las masacres de los meses precedentes, los sobrevivientes regresaron a sus tierras. Al oeste, único lado al descubierto, una lengua de desierto se pierde en lo desconocido. A distancia, la vida se diluye para perderse en las arenas rojas o chocar contra la sequedad de las rocas. Extraña sensación... No sé qué me desalienta más, la chatura del Kizilkoram o el obstáculo franco, vertical, de los macizos.

Con el traslado a Maracanda, Alejandro no sólo quiso divertir a sus Amigos y a sus tropas. Él mismo empezaba a ahogarse en Bactra. No deja ningún recuerdo tras el letargo de esas murallas. Ninguna gloria particular. Sólo el lujo de un palacio. Aquí, en Maracanda, un denso silencio rodea todavía la desaparición de un millar de combatientes macedonios que sus compatriotas vengaron exterminando a los habitantes de la región. Hoy, ya no se persigue a los persas, a los sogdianos o a las tribus nómadas, aunque todavía se suelen descubrir en los campos abandonados cadáveres empalados en jabalinas. Las presas de caza, se dice en broma, cambiaron de naturaleza: onzas, osos, gacelas del desierto... El oso de pelaje negro ya no se siente atraído sólo por la miel; le gusta la carne humana y no teme atacar. Es mucho menos peligroso pero igualmente difícil encontrar onzas o, en pleno día, ver la silueta elegante de las gacelas.

Además del placer de estas batidas, los macedonios retomaron sus comilonas. Así, pues, de Bactra a Maracanda, poco ha cambiado. Yo renuncié a la esperanza de ver más seguido a Alejandro: en esta ciudad cuya feroz resistencia no puede evitar recordar, está demasiado ocupado multiplicando los sacrificios. Además, el esclavo Pélinas, con sus grandes pies desnudos y un taparrabo blanco, lo sigue como su sombra. Dicen que no tiene rival para decapitar con tanta pulcritud. Le fue regalado a Alejandro por su madre, la reina Olimpia. Muero por saber más sobre ella. Sin embargo, tuve que renunciar a mis preguntas ante la incomodidad de Alejandro. Y me veo reducida a algunas hipótesis y a una certeza –la única– que me dicta mi intuición: aunque ella lo irrita enormemente, él parece quererla a su manera. Sin nunca haber conocido a la reina Olimpia, adivino que ha de ser cruelmente mística, o místicamente cruel. "Un regalo te revela con más seguridad que tus palabras", dice el proverbio...

La desgracia ocurrió al segundo día de nuestra llegada, durante el banquete que siguió al sacrificio. Esa tarde, a la hora en que el sol comienza a ahogarse en la bruma roja del desierto, la voz del heraldo había pedido silencio. Al cesar los votos y las plegarias, los profanos se habían separado espontáneamente. Por la debilidad de los balidos, yo reconocía a las víctimas que los servidores semidesnudos arrastraban hasta el altar: corderos destinados a los Dióscuros, esos dioses gemelos hijos del gran Zeus según la creencia helena.

Comenzaron las libaciones, abundantes. Alejandro derramaba vino en las copas y en los cuernos de las víctimas. Vi a su esclavo a su derecha. Pélinas, siempre él. Un rápido hachazo. El movimiento del machete. Preciso, definitivo. Las patas que tiemblan y se aflojan. La sangre recogida también con celeridad. El virtuosismo para la matanza. La elegancia salvaguardada, pase lo que pase. Sobre toda la ciudad se extendía ahora, como una capa infecta, el olor de la carne quemada que suplantaba al del incienso. Asqueada, preferí retirarme a mi habitación. Esa noche se daría un banquete en honor al hiparco Clito, jefe del escuadrón real.

Nadie ignoraba que al final de la fiesta sería nombrado sátrapa de Sogdiana.

Descansaba, pero me mantenía atenta a los ruidos del palacio. De pronto, los ritmos saltarines de los tambores cesaron. Calístenes, el barrigón, debía declamar un ditirambo compuesto por él. Aguzando el oído, identificaba sin dificultad la voz del "historiador-poeta". Si se daba crédito a ese campeón de la hipérbole, la gloria de Alejandro superaba la de los Dióscuros y reducía las proezas de Heracles a pobres gesticulaciones. De pronto, un gran silencio, seguido de una explosión de ira cuyo origen no pude adivinar a tal distancia. Clito el Negro, embriagado, ladraba su rencor y escupía su desprecio. Sin duda la confianza con la que lo honraba su soberano esa noche había triunfado sobre lo que le quedaba de prudencia. "¿Cómo tú, el vencedor de Darío, puedes complacerte escuchando a esos retóricos declamar tales tonterías, a esos sofistas cantar tus loas sin creerlas en lo más mínimo? ¿Cómo puedes gozar del espectáculo de esos efebos de necedad apenas pulida?" Sorprendido por la violencia del ataque, Alejandro creyó haber oído mal. "Todo eso son puras tonterías", continuó Clito, en medio del silencio incómodo de los invitados. "¿Qué serías tú, Alejandro, sin todos aquellos que te precedieron? ¿Sin tu padre, el audaz rey Filipo, sin la asistencia de Parmenión y la devoción total de un ejército constituido y formado gracias a sus cuidados? Lejos de estarles agradecido, no has cesado de minimizar sus actos para engrandecerte, de caminar sobre sus pasos pero borrando su huella! Viejos oficiales y jóvenes Compañeros te son indispensables. ¡No eres nadie sin ellos, por más hijo de Zeus que pretendas ser!"

¿Quién habría soportado por más tiempo semejante insulto, en público, de parte de un hombre colmado de beneficios? Alejandro no podía controlar su furia, no más que Clito. Ambos estaban ebrios, pero por la fuerza de la costumbre a ninguno se le trababan las palabras. Me enteré de todo eso por boca de uno de mis fieles eunucos que acudió a mis aposentos, enloquecido. Luego, las palabras más ultrajantes dirigidas a los persas llegaron hasta nosotros. Alejandro, cegado por la cólera, retenido por sus amigos con mucha dificultad, buscaba un arma en vano. "¿Amenazas con matarme?", exclamaba Clito, "¡entonces mira este brazo! Contémplalo bien. Sin él, tú no estarías en este mundo. ¿Te acuerdas de Gránico? ¿Cuando rodabas, desmontado, en el polvo? ¿Y ahora quisieras hacerme morder ese mismo polvo? ¿O si no que me prosterne ante tu cinturón persa? Porque, después de todo, Compañeros –ironizó–, ya que nuestro rey adoptó el traje y el vino espirituoso de los vencidos, ya que en el presente congenia con sus antiguos enemigos, ¿por qué no desposaría a una de sus mujeres?".

Esta vez, sus amigos lo arrastraron fuera de la sala: Alejandro acababa de apoderarse de la lanza de uno de sus guardias... Pero con la obstinación de los ebrios, Clito volvió a aparecer por otra puerta: "¡Para que aprendas, oh Alejandro, contempla a un hombre libre!". La jabalina le atravesó el pecho. Clito el Negro, hermano de leche de Alejandro, jefe del escuadrón real y nuevo sátrapa de Sogdiana, expiró en silencio.

Lo vi tres días después porque nadie se había atrevido a llevarse su cuerpo, ni siquiera a desplazarlo por temor a enfurecer a Alejandro. Bruscamente sobrio, su crimen lo había horrorizado. Se había precipitado sobre la punta de la jabalina para morir sobre el cadáver de su Amigo. Sus Compañeros se lo habían impedido. Después de eso, no había abandonado la sala del banquete, negándose a comer y a beber, postrado entre los frutos caídos y los restos de comida, impregnando sus narices con el olor de la carroña, corrompiéndose en la putrefacción para expiar su falta.

No sé quién tuvo la idea de llevarme junto a él. Sin duda pensaron que una vez agotadas todas las palabras de consuelo, la presencia de una mujer podría distraerlo de la tristeza. Cuando crucé el umbral, un grito subía desde el fondo de su pecho: sí, él había distinguido muy bien la silueta de Clito en ese sueño que tuvo poco tiempo antes, envuelta en velos negros. Me costaba reconocer a Alejandro: esa voz con una nueva entonación no me resultaba familiar, ni ese rostro vuelto hacia el piso con obstinación.

Al principio me quedé callada ante sus sollozos, ante esa desesperación infantil. No sabía qué pensar de su gesto impulsivo, y menos aún de un arrepentimiento tan abiertamente expresado. ¿Cómo podía equivocarse un soberano, admitir sus errores y mortificarse de ese modo? Yo recordaba la discreción que se atribuía a nuestros reyes, esa especie de pudor en la venganza con que se los gratificaba aunque el castigo fuera feroz. Entre nosotros, el ejercicio de la crueldad se ordenaba a sangre fría. Se decidía el suplicio después de una madura reflexión. A los cegamientos, a la extirpación de orejas y a las desolladuras anunciadas por anticipado, se invitaba al pueblo. Y los que no habían quedado satisfechos con este espectáculo, después podían observar a gusto los despojos enganchados a las murallas.

Ahora, Alejandro se dirigía a nosotros con voz calma. Tal vez lo vencía el sueño, al que se había resistido durante tres días; tal vez, aunque no hubiera demostrado nada, me había visto, con las manos unidas por el estupor, detenida por el charco de sangre que se había secado sobre las baldosas. Un suave movimiento, el esbozo de un gesto me permitieron saber por instinto que era a mí a quien buscaba, que mi compasión de mujer, el roce de mi ropa, el dibujo de mis brazos le importaban más en ese preciso momento que las torpes palabras de aliento de sus Compañeros. ¿Cómo hubiera podido confiarles a ellos el peso de la infancia, remontar hasta las fuentes de su vida habiéndola compartido con ellos? No tenía nada que informarles: sabían cómo se habían hecho y deshecho aquellos lejanos días, conocían el color ambarino de los suelos macedonios, el estremecimiento de los cipreses, la redondez de sus colinas alrededor de Pella, reproducida a porfía en los mosaicos del palacio de Filipo.

Tenían siete años. Clito, rápido en las carreras, ágil en la rayuela, entusiasta de los juegos de canicas ya estaba allí, con él. ¡Cuántas veces, en la adolescencia, había visto su cuerpo desnudo, reluciente por el aceite, tensarse como una soga antes de la prueba de lucha! ¡Y su orgullo compartido, esa noche en que habían sido admitidos juntos a su primer banquete después de haber conseguido, con un venablo, su primer jabalí! Y mucho antes de acostarse uno junto al otro en el sofá tan deseado, porque significaba que finalmente entraban en el mundo de los hombres, había sido la hermana mayor de Clito, la noble Laniké, quien había amamantado a Alejandro. Compartir la leche, compartir los juegos, compartir la sangre... Clito, como Hefestión, había sido siempre leal, en todas las batallas. Y él, Alejandro, había matado a ese mismo que lo había salvado en Gránico, por un puñado de palabras desgraciadas que, sin duda, la mayoría de sus Compañeros aprobaba en silencio. ¿No había exigido demasiado de ellos en nombre de la aventura, no había sacrificado demasiado por el ideal?

Alejandro me habla con pocas ganas de sus primeros años. No es que los desprecie o que le resulten indiferentes, sino que la conquista lo aleja cada día más de lo que fue la modesta corte de Pella. No obstante, creo saber que Alejandro, de niño, ya se mostraba profundamente respetuoso de los ritos. Es cierto que hasta ahora, siempre lo vi respetuoso de su cumplimiento, librándose de la carga de la noche al participar en el primer sacrificio, ansioso por solicitar los consejos de Aristandros, su adivino favorito. Con ramos en la mano y la cabeza cubierta con un velo, éste acudía ante el menor llamado. Su ciencia consistía en adivinar la suerte en las entrañas de un animal, luego en dosificar sus advertencias pues sabía que la impaciencia de un jefe de guerra a veces se acomoda con dificultad a las recomendaciones de los dioses…

Hoy su tarea era más fácil, dada la desesperación de Alejandro. De manera que convenció al rey de que la furia de Dionisio era el origen de su acto criminal. ¿Acaso Alejandro no había ordenado la destrucción de la ciudad de Tebas, donde el culto al dios era particularmente activo? ¿No había provocado a ese mismo dios en Persépolis cuando, encabezando un cortejo, ebrio e imitando los rebuznos de un asno, había invocado su nombre alzando su puño al cielo? ¿No lo había irritado una tercera vez, justo antes del banquete de Maracanda, omitiendo proceder al sacrificio que se le debía ofrecer y, peor todavía, dedicándoselo a los Dióscuros?

Ahora Alejandro se reprochaba su negligencia. Yo lo escuchaba sin comprender del todo. Las palabras amargas, por fin, salían de su boca. Como un absceso que revienta y libera una llaga. Antiguos deseos resurgían en él: tomar un baño, descansar, recostarse. Recuperar la forma de su rostro imberbe, aunque estuviera hundido por la pena. Luego partir de Maracanda para volver a Bactra, allí donde nada había ocurrido, allí donde los ecos de las voces, incluso las noches de juerga, estruendosas y obscenas, no habían dejado ninguna herida, ningún remordimiento. Allí donde la cohesión de las tropas y el ardor de los veteranos no se habían quebrado.

Respiraba con suavidad, vencido por el sueño por primera vez en tres días. Tan suavemente que yo apenas percibía su aliento, el ínfimo temblor del codo contra el que había apoyado su frente. Estaba arrodillada, cerca de él, con el oído todavía atento a esa voz que acababa de apagarse. No lo toqué, pero mi angustia era tan intensa que me quedé con la extraña sensación de haberme mezclado con él. Tres miradas, densas pero aliviadas, se demoraban sobre mi silueta: las de sus Compañeros que lo habían velado sin descanso. Entre ellos, reconocí a Hefestión. No consintió dejar la sala sino hasta después de mi partida. Qué me importaba: esta vez, yo había tenido la última palabra.

Una vez sepultado, el cadáver de Clito dejó de atormentar a Alejandro. Respiraba otro aire, ya atraído por un nuevo misterio. El sueño de la India. Para mí, un territorio de fronteras mal definidas; para los hombres de la tropa, un país de caníbales donde una curiosa costumbre, la de los acoplamientos públicos, provocaba sobre todo su interés.

Por el momento, yo no estaba cautivada por el misterio de la India sino por el del matrimonio. Habíamos huido de Maracanda para ir a Bactra. Al aproximarse la ceremonia, me costaba disimular mi inquietud. ¿Qué cambiaría para mí el título de reina? ¿Vería a Alejandro más seguido o seguiría siendo ese extraño obsesionado por el deseo del descubrimiento, que le concedía muy poco espacio a la intimidad, postergándola sin cesar por proyectos de conquista? ¿Acaso era incapaz de disfrutar de la gracia del reposo? Temía que se evadiera cada día un poco más hacia regiones lejanas o, si se le ocurría levantar un campamento, hacia la parte de sus sueños que lo llevaba lejos, a pesar del tumulto de los banquetes. Contaba los escasos momentos en que habíamos experimentado, juntos, la fuerza del silencio en el cruce de una mirada. ¿No habíamos agotado ya el buen entendimiento comúnmente atribuido a los esposos? La decepción, insidiosa, horadaba mis pensamientos.

Hoy es demasiado tarde. Espero ese casamiento real desde hace casi un año. Debo desempeñar mi papel: caminar lentamente, la cabeza en alto, en actitud de recogimiento bajo el velo y la corona de flores. Mientras me dirijo a la tienda real, tengo miedo de dejar atrás la felicidad. Las representaciones teatrales, las locas acrobacias de los artistas ecuestres y los malabaristas pasan ante mis ojos. No consigo compartir el entusiasmo del pueblo ni, sin perturbarme, sostener el acoso de tantas pupilas dilatadas por la curiosidad.

Cuando aparecen los primeros signos del crepúsculo, los rapsodas comienzan a cantar sus baladas. En el aire repentinamente fresco, las voces parecen salir de una tierra ancestral perdida para siempre, cuya rudeza y cuyos códigos de honor evocan. No puedo dejar de mirar los bordados de mi vestido de novia. Lo cosieron sobre mi cuerpo: horas enteras consagradas a la búsqueda de la perfección. La tela respira sobre mí desde hace tanto, que llego a dudar de su presencia.

Justo antes de la ceremonia, ciñeron mi frente con pimpollos de rosa y de mejorana. Su aroma suave me transporta ahora a los juegos de mi infancia. En aquel entonces juntábamos esas flores en las laderas de las montañas. A la que recogiera la primera, se le prometía riendo un próximo matrimonio. Yo me mostraba reticente, alzando los hombros. Ahora, sólo evocar ese recuerdo basta para movilizarme. Para contener mi emoción, enderezo el cuello. La preocupación por mi compostura me permite superar el miedo. Un arpegio se despliega sobre las cuerdas de una lira y sigue vibrando, suspendido, en mi memoria. Trato de abstraerme de las alabanzas. Imposibles de callar y vanas. Muchas manos me han tocado para vestirme y perfumarme. Esto me desagradó, pues me gusta mi piel libre de caricias. Ahora no pienso en nada más.

Camino lentamente. Como si esculpiera el suelo con mis sandalias de oro. Hay elegancia en esta languidez calculada. No tendré que pronunciar ni una sola palabra. Soy una reina muda, solemne. Mi juventud no me predispone a eso, pero el deber me obliga. Nadie me lo ha dicho y sin embargo lo sé.

Soy llevada por el movimiento de mi vestido, me acompaña la fragancia de las flores que, contra mi frente, oscilan con suavidad. El sonido de las trompetas precedió mi entrada. En realidad, sus negras gargantas levantadas hacia el cielo entonaban la tercera fanfarria pero yo no había prestado atención a las dos primeras, una marcando la apertura de la ceremonia y la otra el comienzo de las libaciones. El esplendor de la tienda real es tal que todavía no distingo la silueta de Alejandro. Todo resplandece y, sin embargo, nada se destaca en el brillo de tanto oro, a excepción de las túnicas de nuestros magos, cuya blancura rivaliza con la de los adivinos helenos. Después de haber fustigado el aire con sus tallos de brezo, ahora callan, muy cerca de los fuegos sagrados. No me enoja el haber escapado a la rigidez de este ceremonial preliminar, suficientemente acortado para no cansar a los huéspedes extranjeros o macedonios, pero razonablemente preservado a fin de halagar a la nobleza persa.

Por más que mi padre y mi hermano estén ahí, con sus trajes de gala, y con ellos todos los Grandes del reino, no me guía ninguna fisonomía, aunque sea familiar. Las caras de los invitados, como manchas borrosas bailando frente a mis ojos, son iluminadas por la luz de las antorchas. De lejos, se confunden con los motivos de los tapices que colgaron contra las paredes de la tienda. Los cantos del himeneo, con sus ritmos insistentes, exaltan su alegría a partir de una única palabra repetida hasta el infinito. Yo les respondo con una lentitud aumentada. ¿Es el amor un sentimiento tan simple, para poder prescindir de los discursos largos? ¿O demasiado complicado, por el contrario, para que frases enteras evoquen su complejidad? Mi corazón, presa de un creciente terror, rehúye la ternura. Ya no logro encontrar ni un poco de la calidez de todos esos meses de espera, cuando la esperanza bastaba para alimentar una parte de mi felicidad.

Creo caminar al azar, pero inconscientemente dirijo mis pasos, en línea recta, hacia el centro de la enorme mesa. Sigo derecho, hasta donde Alejandro, vestido con una clámide púrpura, se apresta a recibirme. Hefestión está a su lado, ligeramente retraído, con el rostro inexpresivo. A excepción de mi padre, soberbio de orgullo pero sin ostentación, los mejores lugares se concedieron a los macedonios; los Grandes del reino vienen después. Una alternancia de curvas y aristas distingue a los dignatarios persas de los medos. Los primeros llevan sombreros en forma de cilindro, los segundos llevan gorros redondeados. Túnicas drapeadas para unos, lisas para los otros, todas sembradas con turquesas, cornalinas, lapislázulis, joyas que tiemblan sobre sus torsos como gotitas de lluvia.

¿Ve Alejandro mis ojos brillar debajo del velo? De lejos, me parecía impasible. Me equivoqué. Al acercarme, noto que sus rasgos por lo general tan móviles se han tensado. Acaba de apoyar una copa frente a él, donde deberemos mojar nuestros labios uno después del otro para beber del mismo vino puro. Ahora estoy frente a él. Ya no me muevo, atenta al menor aliento que pudiera perturbar el silencio. Solemne, imponente, vuelve perceptibles las palpitaciones de nuestros corazones, nuestra respiración entrecortada. Alejandro por fin levanta mi velo. Mi rostro se inscribe en su mirada. Liberada de la opacidad de la tela, tomo conciencia de su palidez. Me atraviesa una especie de orgullo, que parece confundirse con la felicidad: ¿compartimos la misma duda, los mismos sueños?

Alejandro bebe de esa copa que luego me ofrece uno de los magos con gravedad. Tiene los párpados cerrados. No se cierran los ojos así sin razón. Ignoro si ese brebaje es propicio para fortalecer el amor, si esa crátera de bordes gruesos se convirtió en la depositaria de un secreto. Mis labios, a su vez, van en busca de ese secreto, tímidos al principio, temiendo tocar ese vino, descubrir su tibieza, su gusto especiado. A ese sorprendente aroma le sigue el sabor familiar del pan. Alejandro lo corta en dos partes iguales con la ayuda de su espada en lugar del cuchillo, con la concentración que exige ese manejo inapropiado. ¿Cuántas veces mató, esa hoja? ¿Cuántos cuerpos atravesó antes de cortar, ante una asistencia de combatientes antaño adversos, ese pan redondo, inofensivo?

Cruzo la mirada con Hefestión. Me rehuye, me evita. Tanto como yo lo busco. Como desafío. También por curiosidad. Sobre todo para desenmascararlo. "Hemos emprendido duras batallas, unos contra otros", dice Alejandro. "Crueles, sin piedad. Me dirijo a ustedes, soldados macedonios, a ustedes, hombres de la Hélade. ¿Acaso han olvidado los horrores de la guerra de Troya? ¿Nunca les contaron cuán fuerte era el odio entre los griegos y los sitiados? Hay momentos para el combate. Y hay otros, propicios para la expresión de la grandeza. Aquiles, mi ilustre antepasado, sabía bien que no hay mejor modo de quitarles la vergüenza a los vencidos y el orgullo a los vencedores que unirse a una cautiva. Él dio el ejemplo tomando por esposa a la troyana Briseida, una prisionera que se distinguía más por su belleza que por su origen. Hemos triunfado. Tenemos que mostrarnos capaces de superar el rencor. Entonces, como digno heredero de los Eacidas, desposo hoy a Roxana, hija de Oxiartes, Grande del reino de Persia."

Su palidez desapareció con la animación del discurso, como cada vez que quiere convencer a los demás e imponerles su opinión. Tal vez piensa en las últimas palabras de Clito reprochándole el perdón acordado a los dignatarios de Darío y su enlace con la hija de uno de ellos. Tal vez, quiere incluso borrarlas de la memoria de sus Compañeros. ¿Bastará esa evocación del pasado para conjurar el destino, para acallar las protestas nacidas desde que se anunció nuestro matrimonio?

Me contemplas, Alejandro. Preocupado únicamente por mi presencia, al fin. Menos emocionado por mi belleza que por el gesto que debe realizar por primera vez. Furtivo, parecería reticente; ligero, demasiado casto; sostenido, demasiado fraternal; reflexivo, sin pasión...

Yo espero ese beso nupcial desde hace meses. Rostro contra rostro. Aliento contra aliento. Tus manos sobre mis hombros, tu frente contra la mía. Tu verdad, y no sólo tu apariencia. Comprendí hace mucho tiempo que desposo tu destino: mientras reines, yo estoy con vida y todos se inclinan ante mí; si llegaras a desaparecer, entonces mis horas estarían contadas. ¿O acaso me protegería Hefestión, actuando no ya por cuidar de mi persona sino por fidelidad a tu memoria? Ha sentido celos de mí desde el principio, temiendo perder sus privilegios de Amigo, tener que cederme su lugar. Porque sólo él es admitido bajo la tienda real sin hacerse anunciar, sólo él puede tomarse la licencia de leer tu correo, inclinado sobre tu hombro, consolándote cuando tu madre, de lejos, te colma de reproches y hace brotar lágrimas de despecho en tus ojos. Cuando ayer interrumpí involuntariamente la reunión, tú te mostraste confundido y Hefestión irritado. Salió apurado, mientras que tú te apresurabas a disimular ese famoso correo. Demasiado tarde, pues yo ya había reconocido el sello de la reina Olimpia, esa madre exigente que tiene el don de enternecerte y exasperarte. Ya ves, poco a poco empiezo a descubrir tus secretos. Pero Hefestión, definitivamente, siempre es el primero en conocerlos y en alentarte en tus proyectos, incluso en aquellos que podrían considerarse desmesurados. Demasiado gigantescos para abatirse sin perjuicio sobre las espaldas de tus guerreros. Has obtenido todo lo que esperabas de ellos, pero ahora los sientes agotados, amargos: los designios de un héroe son una carga para el común de los hombres. Tú sabes, en el fondo, que las palabras de Clito estaban llenas de sentido.

Recuerdo ese jarrón de alabastro incrustado de esmaltes que admiraba, de niña, en el fuerte de Derbent. Era el único adorno en uno de los aposentos de las mujeres, apoyado en una mesa, seguro de su belleza. Yo no me cansaba de mirarlo, atraída por su forma ovoidal y sus colores que cambiaban con la luz y se transformaban en el crepúsculo. Un día, sin embargo, lo contemplé de otra manera. El óvalo de mi propio rostro se había alargado, mis sienes, al ensancharse, daban profundidad a mi mirada. El jarrón, en cambio, perdía su brillo. Una fina nervadura lo recorría, de la base a la parte superior, discreta pero despiadada como la primera cana. Lo tiraron poco tiempo después. Sin remordimientos, pues el mal se había acentuado. Quizá contemplas hoy a tu ejército como yo lo hice con el jarrón: el desencanto suplanta al entusiasmo inicial. Los hombres de la tropa se cansaron de los saqueos, de la embriaguez ligada al descubrimiento de los palacios de nuestros Grandes Reyes. Ya no quieren conformarse con placeres pasajeros. Aspiran al bienestar. Disfrutar de su sueldo para abrir un comercio, volver a casa para cultivar sus campos y contarles a sus vecinos, las noches de reunión, cómo escaparon de las lanzas enemigas. Terminar su existencia, después de tanta gloria, a la sombra de los olivos proclamando que una parcela de tierra de macedonia bien vale, para el descanso, todo el fasto de los bárbaros persas...

No formo parte de esos desarraigados, pero pude sentir muy pronto su malestar. ¿No estoy, yo también, tironeada entre mi origen persa y mis nuevos deberes de reina helenizada, entre mi Oriente natal y ese Occidente del que sé tan poco? Del mismo modo que esos hombres sufren por estar lejos de su patria, yo me aflijo por estar lejos de Alejandro. Por la brevedad de nuestros encuentros. Por las migajas de las entrevistas, únicamente puntuadas por mis progresos en la lengua griega. Eso es todo lo que me queda de aquellos meses en suspenso.

¿Qué va a subsistir de nuestra unión fuera del honor que, a través de mi persona, se les hace los pueblos del Imperio? Y para mí, algunas imágenes sueltas, que girarán en mi memoria, de ese día poco común en que, pensando que estaba viviendo mis últimos instantes, vi aparecer en mi habitación a esos dos guerreros con las sandalias manchadas de sangre. Al verme, Alejandro había quedado tan desconcertado que dejó caer su escudo. La *pelta* había salido rodando hacia el otro lado de la habitación y, como él lo había admitido con una sonrisa, se había encontrado sin protección frente a una cautiva persa.

Espero este beso nupcial desde hace meses. Tus labios se acercan. Mis pestañas se inclinan bajo su breve caricia. Prefiero inventar esos momentos a vivirlos: son demasiado efímeros, demasiado pobres para competir con los matices infinitos de los sueños. Abro los ojos, decepcionada al ver el misterio disipado, ya arrastrada por tu mano hacia el sofá donde nos sentamos uno junto al otro. Ahora nos mantenemos erguidos y nuestros perfiles se ignoran. Un gran tumulto mengua en mi pecho a medida que aumentan su poder las atracciones de la escena: cuerpos retorcidos de las bailarinas helénicas, máscaras de ebrios de comedia. De esos rápidos encadenamientos, de las manifestaciones de entusiasmo del público, mi confusión saca provecho y mi espíritu se apacigua. Mi presencia en el sillón nupcial significa que soy reina desde hace unos instantes. Una reina frágil, cuya elección incluso es cuestionada. Felizmente, nunca tomé nada como algo definitivo. Estos últimos meses vi, por la fuerza de los acontecimientos, a demasiados fieles convertirse en perjuros, a demasiados privilegiados escupir sobre sus antiguos honores. Si puedo ocultar mi confusión de mujer detrás del velo, frente al mundo debo presentar el rostro imperturbable y perfumado de una soberana.

Nuestros perfiles se ignoran, o más bien *parecen* ignorarse. Sin intercambiar una mirada, cada uno adivina la fisonomía del otro, el contorno del rostro. "*¡Himeneo, Himen! ¡Oh Himen, Himeneo!*" Los cantos de alegría vuelven a resonar con la llegada de la noche. Cuando se arrastren las voces pastosas de los invitados, cuando el fin de este interminable banquete se aproxime... Mi vestido respira contra mi pecho helado por el temor de la partida. Ya no tengo derecho a correr, ni a ocultar la cara entre mis brazos. Ya no tengo el refugio del hombro redondo, un poco gordo de Chagané, ni ese aroma a violetas que impregna sus ropas y que exhala consuelo. Contengo mis lágrimas. Me niego a que nazcan, aunque sean discretas, aunque sean invisibles. Estoy a merced del miedo. Para escapar de él, observo las antorchas que desnudan violentamente ciertas partes de los trajes o de los rostros a la vez que relegan las otras a la oscuridad de la noche.

Vientres llenos, ojos humedecidos, ahogados en los vapores del alcohol, voces roncas por la risa y los esfuerzos de elocución, gestos torpes, las facultades de los invitados se embotan. Frente a este derrumbe, sigo pensando en levantar el cuello pero, en realidad, la ansiedad me atenaza. No tengo ningún deseo, ni siquiera de huir o de que me olviden. No sé si estoy cansada, feliz o triste. Quizá todo eso a la vez. Indiferente, con el corazón inerte y los miembros pesados. Abandonada por la imaginación. El dibujo de mis sueños me dejó, ya no puedo encontrar su forma; apenas reconozco a Alejandro en ese desconocido que está sentado a mi lado, joven pero ya labrado por el misterio.

Reprimo un gesto de estupor. Por un breve instante, el rostro de Hefestión se superpuso al de mi esposo. Sus narices, sus bocas, los rizos de sus cabellos se confunden en mi mente hasta formar un solo rostro. La duda me asalta con tal violencia que tengo que cerrar los ojos. Cuando por fin los abro, mi alucinación se ha disipado. Ahora vuelvo a contemplar a Alejandro. ¿Es un hombre, un héroe, un dios? ¿Un conquistador despiadado? ¿Estaré en condiciones, algún día, de responder a tales enigmas?

Callo hace tanto tiempo que estoy aprendiendo a oír nuevamente el sonido de mi voz. ¿Cuál será la primera palabra que pronunciaremos cuando estemos solos? A menos que nos quedemos mudos, de cansancio o de compasión, uno frente al otro, dubitativos, con una débil sonrisa detenida en nuestros pálidos labios.

Yo creía que el inmenso grupo de comensales estaba saturado de placeres, ahíto de comida. A pesar de su ánimo de juerguistas y de estar habituados a las comilonas prolongadas, el entusiasmo de los macedonios ha decaído. Hasta que los coreutas redoblan bruscamente su ardor en su canto triunfal –*"¡Himeneo, Himen! ¡Oh Himen, Himeneo!"*– al paso de un carro en el que un efebo rubio, con la frente ceñida por una corona de mejoranas idéntica a la mía, el cuerpo envuelto, él también, en un vestido blanco, lanza grititos con los ojos levantados hacia el cielo. Con su mano derecha agita un velo amarillo semejante al mío, jugando con coquetería. Para mostrar a Alejandro cuántas obligaciones le esperan de ahora en adelante, blande dos antorchas que arden con una única llama y señala a la asistencia, haciendo morisquetas, los atributos de la trampa marital: un anillo de oro en el dedo y trabas en los pies. ¿Acaso Hefestión se siente mal? ¿O es simplemente el brillo de una antorcha lo que hace que su rostro me parezca tan lívido?

La alegoría del carro y del efebo encanta a los soldados. ¡Pobres idiotas! Los que más ríen serán los primeros engañados por la astucia femenina... Ni siquiera pienso en ofuscarme ante una representación tan ingenua. ¿De qué servirían el yugo y las trabas para un esposo que sólo se preocupa por la extensión de su imperio o por el descubrimiento de tierras desconocidas por sus geógrafos? Por cierto, dudo de que lleve con Alejandro una existencia al unísono. Pretender que me he resignado a la separación o que me he consagrado a la soledad también sería inexacto. Espero secretamente retenerlo junto a mí, ocupar sus pensamientos sin que él lo haya deseado. Cultivar la discreción y el desapego. Insuflar, a través de la ausencia y la distancia, el deseo y la falta.

El tronco de caballos avanza a rienda suelta, arrastrando con él risas pícaras y burlas de todo tipo. El sentido del grotesco, tan particular en los pueblos de la Hélade, tiene la característica de desviar la atención. Así que nadie nota detrás de mí que la sombra se vuelve más espesa, que el Inmortal hace un gesto furtivo. Nadie, salvo Hefestión, aunque se esfuerza por mirar el espectáculo. Yo sólo siento la caricia de los pliegues del cortinado y el soplido del aire que me besa la nuca. El cortinado cae lentamente. Paso al otro lado como quien pasa a otra orilla.

Primavera de 327 a.C.

Atracamos. Frente a nosotros, una tierra lodosa recuerda la que dejamos atrás. Pero en lugar de cerrarse en un bosque, el relieve se ensancha para transformarse en llanura. Al este, mucho más allá del río de aguas turbias que acabamos de atravesar, se extiende la última provincia de Asia. Delante de nosotros, la aventura ya toma el aspecto de un agua salobre. Durante el cruce, me dejé engañar por falsas impresiones debidas a la fuerza de la corriente. Aquí, la pureza del aire es ilusoria. El tufo produce malestar, como si penetráramos en una tumba enmohecida. ¿O serán esas miradas que caen sobre mí, con pupilas inquisitivas acechando un eventual ensanchamiento de mi cintura? Ante su insistencia, yo no puedo ignorar que las suposiciones van a buen paso desde nuestra partida de Bactra hace unas semanas.

Me esfuerzo por ser parca en mis gestos. A pesar de esto, los recursos de la imaginación son tan grandes que mi placidez es vista como un nerviosismo característico. Atribuyen mi cansancio a un estado particular. Una reina no puede estar cansada, de esto me enteré a costa de mí. Ahora bien, al abordar esta orilla, tuve la mala suerte de tener náuseas. No estoy embarazada, de eso estoy bien segura. Simplemente estoy cada día más agotada por esta vida cuyo sentido no comprendo. Transcurre en los convoyes, se pierde en un movimiento perpetuo. Ver todos los días las mismas filas de hombres armados: jinetes, infantes, piqueros, arqueros... Estar acompañada sin cesar por el traqueteo de las carretas donde se amontonan víveres y material de sitio... Escrutar invariablemente tras las jorobas de los camellos la línea del Hindukush, colina de carne viva delante de la montaña tullida por el frío. Y, sobre todo, ver tan poco a Alejandro, en esos campamentos, ¡casi a escondidas! Sentir que teme que sus Amigos hablen mal de él porque se demora conmigo. Dejarlo partir sin emitir una queja. Odiar en secreto esta guerra que lo acapara, esas fiestas que lo distraen, esas juergas, ocasionales por cierto, pero que lo pierden y lo alejan.

El descanso decretado en Bactra al día siguiente de nuestro casamiento sólo fue un pretexto. Una vez que los últimos bastiones sogdianos fueron destruidos, la pasión del descubrimiento se apoderó una vez más de Alejandro. Irremediablemente. La ciudad, desde hacía unos meses, había comenzado a parecer un gigantesco astillero. Barcos desmontados se instalaban en los carros. Los hombres habían retomado el entrenamiento y verificaban el estado de sus armas. Por la forma en que cada uno se afanaba por quemar el equipaje superfluo, cumpliendo órdenes de Alejandro, por el entusiasmo multiplicado en las numerosas fogatas, comprendí, no sin asombro, que la pasión de su rey había contagiado a las tropas, e incluso a las unidades compuestas por combatientes de nuestro imperio. Como si la sangre macedonia, ardiente e impulsiva, fuera arrastrada por no sé qué artificio en nuestras venas.

"¡Quemen el equipaje inútil!" Este grito proclamado por los heraldos a los cuatro puntos de la ciudad nos perforaba los tímpanos sin cesar. Esperábamos el fin de la primavera para ponernos en marcha. Sorprendí a Alejandro, abocado a la fiebre de los preparativos, hablando en sueños; les rogaba a las nieves, como a una amante deseada, que se derritieran. O, tal vez, como a un Amigo entrañable, tan cierto es que buscaba, con el mismo interés, la compañía de los soldados. Yo detestaba por adelantado la idea de esa partida, y sin embargo no me gustaba estar en Bactra. Los cuidados obsecuentes que me prodigaban los esclavos contrastaban con el desapego y las ausencias de Alejandro. Nuestras sábanas ya se parecían a esas coronas de flores arrugadas que exhalan decepción y aburrimiento. Estaba enamorado de mí de una manera que me perturbaba, distraída, egoísta, pero no obstante tierna. Yo confiaba más en los ojos duros de Hefestión que en las promesas de Alejandro de volver al caer la noche o que en el calor de sus palmas apoyadas en mi nuca. Sí, gracias a esos ojos yo saboreaba mi triunfo, modesto por cierto. ¿Hefestión se habría preocupado por mí si le resultara indiferente a mi esposo? Hasta ahora, había permanecido junto a nosotros, velando celosamente, temiendo que la atracción del rey por una mujer terminara desviándolo de sus designios de conquistador o que su amistad, cuya exacta naturaleza no lograba captar, se entibiara. Ahora me alegraba de ver alejarse a ese inoportuno.

El ejército se dividiría en dos cuerpos diferentes. El primero, dirigido por Hefestión, bordearía la orilla derecha del Cofenes hasta el río Indo, donde tendría que construir un puente flotante. Alejandro conduciría al segundo por las regiones montañosas del norte y yo formaría parte de ese convoy. Dejaríamos atrás al gordo Calístenes. Había participado de un complot contra el rey y ahora se pudría en un calabozo, reducido a declamar sus poemas ante un auditorio de pulgas. Sólo tengo respeto por las palabras sin maquillaje. Por eso siempre había recibido con reservas los ditirambos de Calístenes. A pesar de la desconfianza que me inspiraba, me sorprendió enterarme de su arresto pues lo consideraba bastante vanidoso como para conformarse con su posición de adulador. Quizás incluso, con el tiempo, podría haber terminado encontrándolo divertido. En todo caso, nunca habría creído capaz a ese rimador de empujar al crimen a seis jóvenes cadetes, sospechosos de complotar contra el rey. Uno de ellos, azotado por orden de Alejandro por haber desobedecido, había buscado vengarse de esa humillación. Los otros cinco lo habían seguido en el proyecto, exhortados por Calístenes a demostrar que eran verdaderos hombres. Tal vez, halagado por haber logrado seducir a la juventud, Calístenes se había unido al juego... Sea como fuere, mientras que los cadetes fueron lapidados de inmediato, al "historiador-poeta" lo habían eximido. Me había sorprendido tal mansedumbre por parte de Alejandro. Y como, justamente, yo le guardaba rencor por haberme hecho esperar en vano su visita varios días seguidos y haber preferido la compañía de jóvenes reclutas a la mía, no me privé de hacerle notar que elegía muy mal a sus amigos. ¿Acaso, antes de hacerlo caer en desgracia, no había llevado a Calístenes al pináculo? A Alejandro, evidentemente, no le gustó mi ironía. Pero se contuvo y me respondió con calma que, según él, no valía la pena gastar ni una piedra en ese mediocre.

De ahora en adelante, los combates serán terribles, anunciando la feroz resistencia que nos espera del otro lado del Indo. Desde Bactra habíamos bordeado el Hindukush por el nordeste. Drapsaca, después Alejandría del Paropámiso: un mes y medio de marcha sin matanzas, bajo la sombra de los álamos y los pinos en lo alto, y de datileras al pie de la montaña. A pesar de la dura ascensión, recuperábamos la quietud que inspira volver a la vegetación. La ciudad del Paropámiso, creada por iniciativa de Alejandro tres inviernos atrás, me sorprendió por su amplitud. Aprovechando su situación estratégica entre Bactriana y la India, numerosos comerciantes la habitaban o la transitaban. Los techos puntiagudos de las casas me recordaban la terminación de nuestras tiendas. Las construcciones parecían inconclusas. De lejos, se podía creer que los habitantes todavía dudaban entre ser nómadas o sedentarios. En el macizo completamente blanco que dominaba la ciudad no había un solo árbol. La cruda desnudez del relieve contrastaba con la riqueza de los mercados. El dinero circulaba en abundancia, y una buena parte parecía ir a los bolsillos del sátrapa.

Apenas había tenido tiempo de acostumbrarme a ese paisaje, y los soldados de confraternizar con aquellos compatriotas que habían elegido establecerse en el lugar, cuando ya nos anunciaban la partida. Al paso de nuestros carros, algunos de los colònos alzaban los hombros con sonrisas de conocedores, irónicos ante nuestro afán por proseguir la ruta. Entre esos desengañados, reconocía a los antiguos heridos ya curados, a los lisiados de por vida o a los simples voluntarios que, habiendo sufrido como todo el resto del ejército el hambre y el frío, se consideraban afortunados por no tener que realizar las caminatas agotadoras impuestas por su jefe. Sus risas sonaban más justificadas que las nuestras. Todos habían engordado un poco, la mayoría había formado una familia. Bandadas de niños de dientes muy blancos y piel tostada se aferraban, despreocupados, a los vestidos de las mujeres indígenas. Yo, esposa a la vez abandonada y amada con pasión, tan a menudo desconcertada por la actitud cambiante de Alejandro, envidiaba esa inocencia.

A pesar de la presencia de esos niños de sangre mestiza y de la prosperidad del comercio, Alejandro había juzgado a la ciudad de Paropámiso insuficientemente desarrollada para su gusto, en consecuencia había ordenado que deportaran allí a varias tribus de la región. Nuestros emisarios nos informaban con regularidad las noticias de Hefestión quien, como estaba previsto, se movía hacia la orilla derecha del

Cofenes a la cabeza de tres falanges. ¿Por qué el corazón se me encogía de ese modo? Hasta ahora, movida por un rencor tenaz, me había obstinado en negar todo parecido de Hefestión con Alejandro. Pero cuando lo vi desaparecer en dirección al río, me acordé del desprecio de la reina Sisigambis el día en que, prisionera de Alejandro y creyendo que su hijo Darío había muerto en combate, se encontró por primera vez en presencia del vencedor. Se había dirigido a un guerrero ricamente vestido pensando que hablaba con el rey, conjurándolo a dejarla abrazar los restos de su hijo. El soldado había retrocedido un paso y le había señalado a otro hombre, disimulado un instante antes por la sombra abrupta de la tienda. Al comprender su error, Sisigambis había sido presa de un inmenso terror. Pero ese guerrero de cabellos rizados, más bajo que su compañero, le habría dicho, desgranando las palabras en una lengua desconocida e inmediatamente traducida al persa por el intérprete Melón: "Madre, no te has equivocado, pues ése también *es* Alejandro". Todavía hoy, algunos embajadores esbozaban ante el Amigo un gesto de homenaje y luego se corregían, advertidos de su error por los ujieres del palacio.

A fuerza de vivir juntos, los dos hombres habían llegado a intercambiar comentarios elípticos cuya concisión me sorprendía. Hefestión adivinaba e incluso anticipaba las decisiones de Alejandro. Las aprobaba a todas. Ventaja sobre mí, que, a veces, me atrevía a develar mis reticencias... Sobre todo, una especie de mimetismo lo había llevado a reproducir la mayoría de las expresiones de Alejandro –hasta ese curioso movimiento de la cara, torcida hacia atrás, tan particular de mi marido–.

En lugar de inspirarme el alivio tan esperado, la partida de Hefestión me había hecho pensar. Mis celos de pronto me parecieron absurdos, tratándose del doble de Alejandro.

¿Acaso no había notado yo, desde nuestro primer encuentro en el fuerte del Aornos, la existencia de un vínculo mucho más poderoso que la complicidad, mucho más fuerte que una simple alianza? Y después hubo esa noche –¿o ese sueño?–, hace dos meses, de la que guardo impresiones confusas, ese sueño que no cesa de perseguirme a pesar de mis esfuerzos por olvidarlo. Ese sueño cuyo recuerdo me fuerza a admitir la ambigüedad de mis sentimientos por Hefestión.

Fue al final de la campaña de Sogdiana, poco después de nuestro casamiento. Los hombres erraban sin objetivo, sin nada que hacer. Alejandro, retenido por las fiestas y bebiendo a veces más de lo normal, tardaba en venir a verme. Yo lo sentía absorbido por otra presencia. En realidad, ya soñaba con la India. Yo, por mi parte, estaba agotada por todo lo andado, decepcionada por sus ausencias, ahogándome en lágrimas de rabia y despecho en mi lecho demasiado a menudo desierto. Aquella noche, cuando Alejandro por fin vino a visitarme, se limitó a anunciarme nuestra próxima partida. Ante la idea de tener que partir hacia la India, no pude contener mi cólera. Es una locura, exclamé. Incluso nuestros Grandes Reyes, en el pasado, habían renunciado a tal viaje, conformándose con recibir demostraciones de fidelidad y tributos de manos de sus vasallos indios.

Furioso por mi audacia, Alejandro me respondió, con una vehemencia que nunca había usado hasta entonces, que sin duda no sería una mujer quien le dictaría su conducta. Por otra parte, yo no triunfaría precisamente donde la gorgona de su madre había fracasado. Aunque no conocía a Olimpia, mi suegra, ser comparada con ella no me pareció muy halagador. Pero llevada por mi arrebato, eso me preocupaba poco, pues, a decir verdad, estaba demasiado feliz por haber obligado a mi esposo a reaccionar. ¿Acaso no solía eludir la mayoría de mis preguntas? Como yo intentaba una vez más disuadirlo de emprender semejante viaje, él comenzó a gritar.

¿Desde cuándo debía admitir él la opinión de una bárbara? Ante el insulto, mi sangre se exaltó. "Y esa puta de Atenas, ¿acaso no la escuchaste, a ella, cuando ordenaste incendiar Persépolis?" Me arrepentí de inmediato de mi estallido. Se había puesto lívido. Desenvainó su espada y yo creí por un instante que seguiría la misma suerte que el desdichado Clito. Retrocedí tres pasos. Entonces, ante mis ojos horrorizados, decapitó uno de los jarrones que adornaban nuestra habitación –el regalo de bodas que yo más apreciaba–. Cuando estuve bien segura de que se había ido, rompí, a mi vez, de un solo gesto, las copas de la bandeja dispuesta a su cabecera.

Temblando, despedí a las sirvientas que, alarmadas por el estruendo, al principio no se habían atrevido a acudir. Les impedí juntar los restos, resistiendo la tentación de pisotearlos. Un poco más tarde reconocí, entre voces de hombres achispados, la de Hefestión y, me pareció, la de Alejandro. ¡Reían! Sí, después de semejante pelea, mi esposo osaba reír y hacer bromas con sus Compañeros. ¡Tal vez se burlaban de mí! Escuché, como una provocación, resonar los eructos y lo que parecían besos. Percibí, indignada, gritos sofocados un poco extraños que no eran producto de mujeres o de niños. Me lancé sobre la cama, exasperada de cólera y agotada por la emoción que me había producido nuestra pelea. Era la primera desde nuestro casamiento pero, debía aceptarlo, no era inesperada. ¿Acaso, a lo largo de los meses, no había acumulado pena sobre pena? Por su parte, Alejandro no podía ignorar el descontento que yo manifestaba cuando Hefestión, para separarme de él, inventaba algún nuevo mensaje de importancia estratégica.

Estaba soñolienta, con los ojos hinchados de pena. Me parecía percibir cuchicheos entrecortados de risas sofocadas, pero me sentía tan cansada que todo me resultaba indiferente. En el momento en que el sueño iba a invadirme por completo, escuché un ligero crujido. Oscuridad total. De todos modos, mi conciencia estaba apagada...

Frotamientos de seda. Cortinas ondulantes, Alejandro, con lentitud, me acaricia la espalda. Jamás lo ha hecho así, pero mi instinto me dice, confusamente, que ha venido para hacerse perdonar. Por otra parte, sus manos se muestras dudosas, casi tímidas. Un poco más calientes que de costumbre, tal vez. Entreabro los ojos, penosamente, incapaz de discernir su sombra. ¿Por qué caminaste sobre los restos del jarrón? ¿Olvidaste que acabas de romperlo? Se queda extrañamente mudo. Qué importa, mi pregunta era estúpida. Paso la mano por sus cabellos. Hay un movimiento de retroceso y no emite, ahora, el gemido que me resulta tan familiar. Y sin duda son sus cabellos los que toco, la forma de su rostro y su torso imberbe los que acaricio. Debe de ser el cansancio: no logro encontrar la pequeña cicatriz que, en lo alto de su muslo, habitualmente sorprende mi mano. Sonrío con indulgencia porque, ante su beso torpe, comprendo el motivo de su molestia. Debe de reprocharse su comportamiento...

Me besa el cuello y me abandono a ese placer nuevo. Luego estiro las piernas perezosamente, apenas un poco asombrada, de pronto, de no rozar sus pies. ¿Por qué me parece tan grande? Trato de acercarlo a mí pero no parece comprender. Pronuncio su nombre pero me cierra la boca con besos. Me encuentro tan desconcertada como a la mañana siguiente de nuestra noche de bodas, de nuestras primeras noches. Lleva su perfume. Sin embargo, este sudor que se le ha mezclado... ¿Quién está ahí? ¿Hefestión?... ¿Seré presa de una ilusión? ¿Eres tú, Alejandro? Como si hubiera adivinando mis dudas, redobla el ardor y, sorprendida por sus caricias, olvidando mis sospechas, no pienso en nada más. Hasta el paroxismo. ¡Hefestión! ¡Soy una antorcha incandescente en tus brazos! Nuestros gritos desarticulados se mecen en desorden. Nada se parece a nada. Esta noche no se pareció a ninguna otra.

Había mirado a Hefestión partir en dirección al Cofenes. Lamentándolo. Poco a poco me sorprendía amándolo, porque al conocerlos mejor, no se los podía disociar a uno del otro: ni el conquistador del chiliarca ni el rey del Amigo del rey. Pero había sido necesaria esta separación, de los montes del Paropámiso a las orillas occidentales del Indo, para que midiera el alcance de este descubrimiento interior. Y esa noche equívoca, cargada de deseo, de la que no podía distinguir entre la realidad y la alucinación. Porque Hefestión, después, había cambiado de actitud respecto de mí. Me había saludado, justo antes de dejarnos, sin buscar evitarme ni dirigirme esa mirada llena de altanería que me destinaba antes. Por el contrario, había bajado los ojos, ruborizándose ligeramente. Esta actitud me desarmó. De pronto comprendí que era un hombre valiente, totalmente consagrado a la persona del rey. Lo descubrí sensible y amante. Bello con sus bucles claros y sus brazos vigorosos. Él también me consideraba de otra manera, y por más que yo me prohibiera pensarlo, todo eso me molestaba más de lo razonable. Tal vez yo misma hubiera cambiado de una forma que no le desagradaba. De la jovencita persa elevada al rango de reina, en efecto, no quedaba gran cosa. Me expresaba con soltura en lengua griega. Estaba decidida, a cualquier costo, a seguir a Alejandro en todas sus campañas, presencia discreta que, esperaba, terminaría por vencer las reticencias macedonias. Dominaba mi orgullo cuando desfilaban las unidades salidas de nuestro Imperio, cuyo número se había vuelto progresivamente superior al de los combatientes de la Hélade. Por último, todavía no le había dado un hijo a Alejandro cuyo cariño él hubiera podido disputar. ¿Estábamos, entonces, a punto de concluir una tregua? O más bien, ¿compartíamos un secreto?

Había llegado nuestro turno. Esta subida en dirección al norte, por la región montañosa que bordea la orilla izquierda del Cofenes, nos reservaba al comienzo pocas sorpresas. Dos plazas fuertes se habían rendido sin condiciones cuando nos acercamos. El caudal de los cursos de agua, acelerado por el derretimiento de las nieves, constituía hasta ahora la advertencia más seria. Temía de antemano las reacciones de Alejandro. Lo veía esperar con ansiedad la vuelta de los mensajeros enviados como exploradores a múltiples principados indios, preparándose para cualquier eventualidad. Incluida la de recibir respuestas ultrajantes y verse obligado a responder de manera enérgica...

En las Altas Mesetas, donde se expandía una luz cruda, encontramos pastores con sus rebaños. Las ovejas estaban acostumbradas a esas magras pasturas. Las adivinaba de lejos por su olor fuerte, repugnante. Los nómadas apenas nos lanzaban una mirada. Ya estaban informados de la rendición de las ciudadelas en los valles; sabían que toda resistencia era inútil y su indiferencia tenía por fin que fuéramos respetuosos, no por la fuerza de las armas sino, en su defecto, por la del desdén. Éramos un grupo considerable: ciento veinte mil hombres, cientos de carros, quince mil caballos, sin contar los hemíonos, camellos, búfalos y otras bestias de carga sacrificados a nuestras necesidades.

Nos disponíamos a franquear el curso del Euaspla cuando nuestros exploradores se nos unieron con retraso, extremadamente agitados. Apenas abrieron la boca, la parte macedonia del campamento prorrumpió en una alegría y una excitación que pronto comprendí. Nuestros emisarios se habían enterado de la existencia de una ciudad que respondía al nombre de Nicea, en el alto valle del Pech, al noroeste de nuestra posición. Espoleados por la curiosidad, habían abandonado su orden de ruta y avanzado más con sus exploraciones, hasta un lugar descripto por los indígenas. Lo que habían descubierto les cortó el aliento. No les habían mentido: ¡Nicea, cuyo nombre les resultaba familiar desde la infancia, estaba allí, delante de ellos, radiante! Lloraron de alegría, tras haber perdido la sensatez, como es normal, después de todo, en la ciudad natal de Dionisos. En efecto, su dios de la Viña y del Vino había crecido allí, lejos del Olimpo, entre ninfas y sátiros.

No había duda posible. También nosotros renunciamos al itinerario previsto para internarnos tierra adentro. Alejandro no había dormido esa noche. Atravesó nuestra tienda a grandes pasos, muy agitado, con los ojos perdidos. Yo no me atrevía a interrogarlo. Al alba, me quedé sola, separada de esa efervescencia cuyos motivos me costaba captar. Empezaba de todos modos a temer los efectos del culto dionisíaco, pues los extravíos a los que daban lugar esas invocaciones nunca habían tenido nada de tranquilizador. Para mí, todavía poco imbuida de las aventuras de la divinidad griega, la región de Nicea evocaba otros recuerdos, que databan de la época en que nos enseñaban las desgracias de los pueblos que se rebelaban a la autoridad central. Dada su lejanía de las capitales imperiales, era una tierra de exilio. Las poblaciones jonias habían sido deportadas allí bajo el reino de Darío I. Al descubrir ahora el aspecto alegre de estos territorios entre los cuales se abre paso el río Pech, no podía dejar de admirar la mansedumbre de los Grandes Reyes. Los helenos, por su parte, pensaban en algo totalmente diferente. "¡Viñas! ¡Viñedos!", gritaban, rompiendo filas para abalanzarse sobre las cepas cargadas de uvas verdes. "¡Estamos de vuelta en casa!", aullaban. "¡Aquí estamos, oh Dionisos, nosotros, tus hijos, los hijos de la Hélade! ¡Ya lo verás, sabremos mostrarnos dignos de ti!"

Dejándoles apenas a sus gritos el tiempo de desdoblarse, el eco nos trajo otros ritmos con una intensidad creciente. Pífanos, albogues, liras y panderetas venían, en efecto, a nuestro encuentro en un cortejo jubiloso, precediendo a los dignatarios y los habitantes de la ciudad. Todos avanzaban sin temor, los hombres blandiendo tirsos ornados de pámpanos o de hojas de hiedra, las mujeres llevando canastas de frutas en equilibro sobre la cabeza. Calmado el jaleo, su jefe tomó la palabra. Dijo llamarse Akufis y nos invitó a la capital, que él dirigía junto con un consejo compuesto de treinta miembros. Se expresaba en un curioso idioma y su pueblo pretendía descender, en línea directa, de un tal Indra, en el cual los macedonios entusiastas reconocieron también a su Dionisos.

A medida que nos acercábamos a Nicea, yo extendía el cuello, afinaba mi oído para oír mejor, ganada a pesar de mí misma por la impaciencia de las tropas. Estas últimas, en gran medida, se habían desbandado, sin pensar más en el cansancio. Me asombraba ver correr lágrimas a lo largo de mejillas tan rudas, que esas manos acostumbradas a matar temblaran de emoción acariciando el tronco de los almendros. A cada descubrimiento, nuevos gritos de estupor. Todo el valle estaba orlado de verde, de un verde intenso que yo no había visto en otra parte. No era como nuestros *paraísos* reales, suntuosos por cierto, pero mantenidos por irrigación artificial. Esta naturaleza, por el contrario, había inventado sus formas por sí misma, creando una belleza sin ataduras, un poco loca, exuberante, borracha de libertad. Yo abría los ojos con todas mis fuerzas para llenarlos de ese espectáculo. ¿Acaso Alejandro no me había confiado en voz baja, depositando un beso ardiente en el hueco de mi oreja, que lo que veía allí era la viva representación de Grecia?

La ciudad, de tamaño modesto, me había seducido de entrada. Por primera vez desde muchos meses atrás recuperaba el apetito, me conectaba con mi juventud. Sentía que mi belleza se expandía. En apariencia, llevaba una existencia pautada, puntuada por los cuidados, las comidas y las sesiones de música. Nada había cambiado, nada, salvo la plenitud inspirada por esos paisajes. Y además soñaba. Soñaba en revivir esa noche de extravío en que mis sentidos habían sido sorprendidos y se despertaron deseos hasta entonces inconfesados. ¿Alejandro lo sospechaba? ¿Los había favorecido? ¿Había podido, después de nuestra disputa, empujar a su amigo hacia nuestra cámara nupcial? Este pensamiento me provocaba resentimiento, atemperado, es cierto, por la dulzura del recuerdo. Soñaba también con Grecia, esa comarca lejana que parecía haberse separado de Occidente para transportarse aquí, a la orilla del Pech. En este lugar inesperado donde descansaban nuestras esperanzas, me descubría deseando traer al mundo un niño. ¿Era eso lo que se llamaba la serenidad del alma?

Las tres crestas del monte Mero se destacaban con nitidez contra el horizonte. No había una sola nube que viniera a manchar la blancura de las cimas, majestuosas y apacibles, que los griegos insistían en identificar, por su nombre y su situación geográfica, como el muslo de Zeus en persona...

Anunciadora de borracheras y de desfiles solemnes, la omnipresencia de las prensas y las cubas debería haberme alertado. Las costumbres de los hombres autóctonos que vinieron a recibirnos con palmadas que eran casi golpes de mano no incitarían a la moderación. Por el contrario. De su dios Indra pretendían haber aprendido el arte de cultivar la viña y conmemoraban este acontecimiento al final de cada estación. Todavía estábamos lejos, pero como no faltaban ni el deseo ni la producción del año anterior, las fiestas tuvieron lugar a partir de nuestra instalación. Después, al menor pretexto, cotidianamente, degenerando en arrebatos cada vez más frenéticos.

Lejos de sentir repugnancia, Alejandro se entregaba a ellos con la misma extravagancia, jamás cansado ni desagradado ante esos estallidos de risa llenos de idiotez. Mi irritación iba en aumento, pero él todavía sabía tomarme desprevenida cuando estaba rabiosa y deshacer una nueva discusión mientras se refugiaba en mis brazos, deshecho de fatiga, mendigando mis caricias. ¿Cómo este niño frágil había podido ser un conquistador? Divagaba, se justificaba explicándome que estas bacanales representaban, simplemente, la repetición de la marcha triunfal de Dionisos a través de la India. Siguiendo su huella y a partir de Nicea, el dios había arrastrado antaño a ménades impúdicas y sátiros ebrios, totalmente desarmados pero seguros de la victoria, irresistibles juerguistas armados de copas y de tambores...

Tranquilizado por las novedades que había recibido de Hefestión, Alejandro no parecía en absoluto deseoso de poner fin a su estadía. Se había mostrado muy consagrado a mí muchos días seguidos, al punto de convencerme de que su pasión por mí seguía viva. Ahora, sus visitas eran menos frecuentes, sin que yo pudiera desentrañar el motivo exacto. ¿Era para ahorrarme una imagen poco agradable de su persona? ¿Tenía algún reproche que ocultarme concerniente a esa noche de Bactra, tan particular pero que, tal vez, no había sido nuestra? Para atenuar la amargura, yo dejaba correr a lo largo de mi garganta cucharadas de miel; la manera de recoger el néctar de la abeja moteada era otro legado de Dionisos, inofensivo en este caso. Me esforzaba por eludir sus preguntas. Por encontrar la felicidad en mí misma.

Fue en Nicea donde renuncié a las ilusiones del matrimonio. Ya no pensaba en un hijo. Ni en los remordimientos ni en las indignaciones: remordimientos por no saber retenerlo mejor, indignación ante las costumbres más bien desconcertantes de los soldados macedonios. Todo eso llegaba demasiado tarde. En Nicea había madurado. Tal vez esta evolución había tomado más tiempo, pero había estallado aquí, en esta naturaleza rebelde a los humores de los hombres. Mi destino estaba ligado al del ejército y, sin embargo, de ahora en adelante me proponía interpretarlo a mi manera. Sentía mi corazón libre de lazos, mi espíritu lo suficientemente lúcido como para guiarme en mis sueños y abrir un camino a mis esperazas, mis únicos tesoros. Ahora tenía la fuerza interior para encogerme de hombros al ver a Alejandro, de pie sobre un tonel, declamando pasajes de la *Ilíada*, ese librito que ponía bajo su almohada pues su música, sostenía, lo calmaba mientras dormía. Y hasta de sonreír con distancia al ver a mi esposo de pie sobre un carro arrastrado por panteras, con una corona de racimos de uva sobre la cabeza, regando a la asistencia con vino contenido en copas y pequeños toneles. Bajo el efecto de la bebida, los hombres de la tropa cometieron muchos asesinatos. La intoxicación era tal que algunos ya no lograban dominar su lengua ni los ofendidos su cólera... De este lugar bucólico habíamos hecho una inmensa taberna, receptáculo de todas las nostalgias perdidas.

La primavera siguiente, en el momento en que la vida sedentaria y sus desórdenes comenzaban a volvérsele pesados, Alejandro recibió un mensaje de Onfis, un rajá con el cual había anudado lazos de amistad. Onfis nos puso en guardia contra los asacenos, un pueblo belicoso del valle de Coaspes. Aprovechando las dos estaciones que habíamos pasado en Nicea, estos indígenas se habían preparado para sostener contra nosotros feroces combates, y habían anudado relaciones secretas con Abisares, el poderoso príncipe de Cachemira, que les envió refuerzos. Cuando lo supe, temblé, porque ese nombre me inspiraba un temor irreprimible. Misterioso Abisares, cuyos mensajes de amistad alternaban con los actos provocativos... Me alarmaba esta duplicidad que no auguraba nada bueno.

"¡Los cortaremos en dos, a esos indios bárbaros!", gritaban nuestros soldados, entonando con toda la fuerza de sus pulmones su peán. Estaban dispuestos a irse a las manos, un poco contrariados, por cierto, de dejar la ciudad vitivinícola, pero entusiasmados sobre todo por seguir los pasos de Dionisos y –¿por qué no?– darle una lección al dios... Yo me encogía de hombros. Al borracho, nada le parece imposible.

Entonces volvimos a ponernos en marcha, valientemente. Frente a las dificultades que encontramos y los caprichos del relieve, el silencio, lentamente, se había hecho su lugar. Después, combates esporádicos y sin embargo violentos permitieron tener una primera impresión del vigor de las tribus indígenas y de su habilidad en el manejo del arco. En el mismo momento, Hefestión nos hizo conocer su nueva posición, el sur del Cofenes, donde tuvo muchos problemas para apoderarse de una ciudadela que estaba en manos de un príncipe indio.

Las zonas que atravesábamos tendrían que haber estado muy pobladas, a juzgar por la cercanía de las ciudades y el cuidado prestado al cultivo del mijo, pero estaban desiertas. Sólo algunos viejos abandonados allí seguían velando sobre sus magros bienes, moviéndose tan poco que parecían piedras adosadas a los muros. La leyenda decía que habían pasado cien años. Esos pueblos muertos nos confirmaban el mensaje del rajá Onfis. Los asacenos, en efecto, se habían refugiado en sus fortalezas. Masaga, Ora, Bacira, tres nombres para hacer temblar de horror, en lo sucesivo, al más aguerrido de los combatientes, al más frío de los mercenarios. Una corriente de sangre hasta perderse de vista, mezclándose con las aguas del río ya ancho por sus afluentes...

De Ora y de Bacira sólo me enteré de la carnicería y la rendición. Pero del sitio de Masaga fui testigo. Porque el cortejo de las mujeres y los niños, aunque marchaba a distancia del peligro, podía seguir las etapas del ataque. Avanzadas y retiradas se alternaron durante muchos días. Recuerdo la ciudadela, cuyas almenas de tonos bermellón me habían inspirado una especie de malestar. Hoy aún, cuando pronuncio la palabra "rojo", pienso en Masaga, ese lugar consagrado a la maldición. Humaredas, gritos bestiales, tumulto de torres rodantes que se adosaban a las murallas, carneros que destruían paredes a patadas, granizo de flechas y de proyectiles, todo convergía en sembrar el pánico y el caos.

Alejandro fue herido por una flecha en el pie. Una viga cayó junto a él sin tocarlo. Me repetían que estaba a salvo sin lograr calmarme. Como yo no daba fe a las palabras de los macedonios, tuvieron que mandar a buscar a Pecestas, que conocía mi lengua, para que me convenciera. Ningún soldado gravemente herido pudo volver al campamento: los asacenos, ebrios de furor, liquidaban a los heridos y se encarnizaban con los cadáveres. Los civiles ya no éramos nada, impotentes ante un salvajismo que superaba el entendimiento. Yo llevaba en los oídos el estertor de los agonizantes. Ese canto horrible se elevaba en el valle desde que los combatientes acosados se replegaron a fin de descansar. Sus quejidos me acompañaron en el sueño, que se volvió corto y entrecortado. Me habían mantenido apartada de los cuidados prestados a Alejandro. Él estaba ausente, Hefestión había partido y yo vivía en la angustia de encontrarme sola.

Una noche, para sorpresa general, las poternas se abrieron. El príncipe de los asacenos yacía sobre una camilla, muerto en combate sin que nosotros lo hubiéramos sabido, tan grande había sido la confusión. Su cuerpo fue expuesto en mi presencia, dispuesto al pie de mi trono. Entonces me sentí invadida por una áspera ferocidad: ¿este hombre no había estado a punto de arrebatarme a mi esposo, cuando lo hirió? Yo no era una viuda, sino una reina triunfante. Después, un vocero vino a implorar gracia en nombre de los habitantes. ¿Qué quedaba por defender, aparte de las vidas humanas? La enorme ciudadela lloraba sus ruinas, abierta, con las paredes desvencijadas. Fuera lo que fuera que se hubiera dicho de su brutalidad, parecía que los asacenos, admitiendo su derrota, aceptaban poner fin a la carnicería para salvar a sus mujeres y a sus hijos. Muchos mercenarios indios se hallaban dentro de las murallas, y Alejandro exigió que fueran liberados. Quería integrarlos en las falanges a fin de aprovechar su bravura, pero también para dirigir al proveedor de ellos, Abisares de Cachemira, una advertencia bien clara.

¿Maniobra de los asacenos o equivocación nuestra? En medio de la noche, distinguimos –o creímos distinguir– movimiento en el campamento de ellos situado a cierta distancia. Después de esos días de rudos combates, los macedonios todavía no se sentían del todo satisfechos por la rendición de Masaga. No me había equivocado: los efluvios de Nicea, mal disipados, retomaban el primer plano. Se habían formado columnas de mercenarios indios que enfilaban hacia el Indo. Ganado por la rabia, Alejandro –sin importarle que se hubieran llevado con ellos a la mayor parte de las mujeres y los niños de la ciudad–, dio orden de rodearlos. La masacre duró hasta el alba.

He visto el río arrastrar la sangre de siete mil mercenarios y de miles de inocentes. He visto cómo nuestros infantes, antes de dormirse, enjugaban sus espadas melladas o embotadas. De Masaga sólo queda el nombre. Una guarnición que habíamos dejado en el lugar vigila el río en silencio, muda tras haber oído demasiados gritos. Ante ese despliegue de muerte, me sentía extrañamente ausente. Los sobrevivientes habían logrado huir en dirección al este. Otra ciudadela, otro sitio. Otra persecución, otro baño de sangre...

En el otoño nos acercamos al Indo, ansiado desde mucho tiempo atrás. Imposible detenernos en sus orillas: todos los asacenos de la provincia y los que habían huido del sitio de Masaga se habían reagrupado en el último refugio a su disposición, la ciudadela de Pir-Sar. De sus murallas no se distinguía nada. Sin embargo los caminos llenos de curvas, las rocas que se deslizaban, el profundo barranco cavado al pie de las murallas me resultaban familiares: este fortín se parecía, al punto de confundirse con él, al de Aornos, lugar de mi encuentro con Alejandro. Advertida ahora del temible ingenio macedonio, no dudaba en absoluto de nuestra victoria. Los accesos de delirio que se sucedían en nuestro campamento llegaron a la altura del estallido. La entrada en la ciudadela se hizo al son de tambores y trompetas. Aunque sus descubrimientos los tenían acostumbrados a conocer lugares hermosos, los macedonios no pudieron dejar de lanzar gritos de admiración a la vista de los jardines y las fuentes que se escondían detrás de las murallas, insólitas islas de vegetación en un lugar separado del mundo. Ocupados en gozar de la belleza del lugar, nuestros soldados se contentaron con liquidar los accesos inmediatos. Los muertos caídos al fondo del abismo bajo el fuego del adversario se amontonaban en el barranco, con los miembros entreverados. Yo podía verlos desde mi ventana, minúsculos, montón de insectos salidos de un hormiguero devastado.

Alejandro buscaba noticias de Hefestión, ya ansioso de preparar la unión de sus dos cuerpos de ejército. Impaciente, también, por encontrar a su amigo, ganado nuevamente por los amores viriles. Un constante deseo de llorar se había apoderado de mí: ¿recuerdo de otra cresta rocosa donde yacían esperanzas muertas al nacer? La ausencia de Hefestión no me acercaba en absoluto a Alejandro. Por más que me convencía de que me amaba a su manera evasiva, eso no me hacía sentir satisfecha de mi suerte. Escuchaba a Chagané hablar con sensatez: ¿habría yo representado más para un esposo persa, sogdiano o bactriano? ¿Acaso no había obtenido algunos momentos de abandono, arrancados a las perpetuas exigencias impuestas por el mando de un ejército? Yo esperaba a Hefestión, ahora, con la misma impaciencia que Alejandro, harta de esa existencia suspendida entre cielo y tierra, de esos momentos ya experimentados y que quería revivir. Volver a ver a Hefestión se me había vuelto una necesidad. Esperaba y temía a la vez ver que su vergüenza respondía a las sonrisas enigmáticas de mi esposo, encontrar en ello una confirmación a mis sospechas.

Alejandro, frente a mí, se había quedado silencioso. Estábamos solos, en nuestra habitación. Antes de que él hubiera pronunciado una palabra, supe, por el color cambiante de sus ojos, la ligera contracción de sus cejas, que había venido a anunciarme nuestra partida. Y a la mañana siguiente, en efecto, volvimos a bajar a la tierra. Los movimientos de la vida ordinaria no tardaron en retomar la delantera. Ante la constitución de un nuevo bolsón de resistencia, nos vimos obligados a responder ferozmente: la menor duda hubiera sido una confesión de debilidad. Comprendí que Alejandro no tenía otra opción; la conquista comenzada unos años antes con entusiasmo se le imponía, ahora que no la dominaba. A su lado, nunca conocí el descanso. Desgraciadamente, no podía compartir con él la exaltación que ofrecen las victorias; debía admitir que me resultaban indiferentes. ¿Por qué obstinarse en someter comarcas a las cuales los más emprendedores de nuestros Grandes Reyes habían tenido la sabiduría de renunciar? ¿Qué dejábamos atrás, si no purulentos centros de corrupción? El hermano del príncipe de los asacenos muerto durante el sitio de Masaga había reunido un ejército al este de nuestras posiciones. Al enterarse de que nos encaminábamos en esa dirección, sintió miedo y dejó la meseta desértica, donde acertadamente se consideraba al descubierto, por las tierras menos expuestas de las orillas del Indo. Entonces, siguiéndolo, penetramos en un espeso bosque virgen... El indio huía. Si deliberadamente hubiera querido perdernos no se habría conducido allí de manera diferente. Nos habíamos hundido bajo la cúpula de los árboles. Asimismo, otro universo sonoro surgió, mareante, en el que gritos desconocidos se respondían de una lejanía a la otra, inquietantes en su proximidad como en su súbita distancia: gritos roncos o sobreagudos de pájaros invisibles, chillidos de monos. "Ya atravesamos pasos, desiertos o países sin caminos", decían los hombres. "Hemos estado privados de calor, de alimento, de agua, pero nunca de la presencia del cielo." No exageraban: hubiera sido en vano espiar, sobre nuestras cabezas, la eclosión del alba o la caída del día. La luz, amortiguada por los troncos y la densidad del follaje, no podía pasar. Nos sofocábamos, avanzando con una lentitud tan inhabitual que rozaba el ridículo. Dejé de preguntarme por el avance del día. ¿Era de mañana? ¿De tarde? Qué importancia tenía, después de todo. La penumbra continua me inclinaba a una triste resignación, aquella, tal vez, que acompaña a un condenado. Hay momentos en que el cuerpo toma el relevo del espíritu; yo vivía en uno de esos momentos. No pensar en nada, abandonarse al fluir...

De pronto, saliendo de mi letargo como de un sueño, me di cuenta de que no rodeábamos a hombres sino a elefantes abandonados por ese ejército en desbandada. Los asacenos, por su parte, ya habían franqueado el río. Unos desertores, que encontramos errando en el bosque en busca de nosotros, le traían a Alejandro la cabeza de su nuevo príncipe en forma de regalo. Envuelta en seda e hirviente de gusanos… Sonreí para disimular mi malestar. Darío, Beso, Espitámenes en Persia; el soberano de los asacenos en la India: un mismo repudio se abatía sobre los jefes de guerra indecisos. Traición y muerte cubrían el mundo con sus abominables colores.

Salimos de un espacio sonoro –el del bosque– en cuanto cesó el entretejido de árboles y lianas. Los indígenas habían organizado una batida, acorralando a los elefantes en un claro al borde del río. Librados a sí mismos, los animales habían buscado espontáneamente ese punto de agua. Sólo los hombres de a pie se habían presentado como voluntarios. Los caballos, en efecto, se mostraban cada vez más nerviosos. Evidentemente, habían percibido mucho antes que nosotros un olor que les hacía temblar las patas. Mis fosas nasales se dilataban a su vez. Ya lo había sentido en el pasado, ese olor agrio, reconocible entre todos. Pero nunca habían evocado a tal punto para mí el calor, el poder. Los bramidos llenaban el claro. Los indios calmaron a los elefantes y los trajeron entre nosotros. Un baño cotidiano a menudo bastaba para calmar su impaciencia, que aumentaba con la caída del sol. Más hacia el oeste, sobre la orilla opuesta, se adivinaba un amontonamiento de nubes, bajas y pesadas, aferradas al relieve. Una vez que los paquidermos estuvieron dominados, Alejandro decidió que seguiríamos el curso del río para encontrar a Hefestión quien, después de haber pacificado la región de Cofenes, se había ocupado de lanzar un pontón sobre el Indo y nos esperaba para penetrar antes del invierno en la provincia del Punjab.

Otoño de 327 a.C.

Brillantes encuentros, alegres efusiones. Emisarios del rajá Onfis, nuestro aliado, ya están junto a Hefestión, listos para guiarnos hasta su capital, cargados de suntuosos regalos para Alejandro de parte de su soberano. Nuestros hombres no han haraganeado: una sucesión de navíos sólidamente atados unos a otros y entre los cuales han lanzado planchas y postes se mojan en esas aguas de caudal caprichoso. Resisten a la corriente por la sola fuerza de sus ataduras. A esas embarcaciones sin remeros ni bancos se les sacó la empavesada, las piedras y las catapultas de combate. Con la madera de los árboles de los alrededores se construyeron algunos navíos: otros han sido rearmados pieza por pieza y adaptados a las necesidades de la travesía.

La mayor parte del ejército va a franquear el Indo así. Me encuentro en compañía de Alejandro y de su escolta, en una galera de treinta remeros enteramente cubierta. Un aire fresco venido del Norte atempera la fuerza del sol. Me inclino un poco para observar, desde el alcázar, la línea efímera que traza sobre el agua cada golpe de remo. Una vez que la tierra estuvo a la vista, todas las miradas convergieron en ella, atentas. Yo me había imaginado un bosque parecido al que habíamos dejado en la otra orilla, pero es una llanura lo que descubrimos. De pronto, hace un calor sofocante. Al poner el pie en tierra, me siento débil, con poco entusiasmo al abordar esa orilla. El suelo da vueltas alrededor de mí. ¡Malditas náuseas, que han vuelto a atacarme delante de toda la escolta real! Ahora le prestan mucha atención a mi indisposición, atribuyéndosela a un comienzo de embarazo cuando no se trata de eso.

Tendida en la penumbra descanso, con los ojos abiertos. La bilis me ha dejado un gusto amargo en la boca. Mis vómitos expresan una especie de rechazo. Rechazo a dejar lo que todavía era, a pesar de todo, un territorio del Imperio persa bien identificado, por lo que se supone que es "la última provincia de Asia", pero que en realidad constituye una simple etapa hacia nuevas perspectivas de conquista. La India... Tierra misteriosa, poblada de hombres de piel oscura. Sobre su frente oscila una perla en forma de gota de rocío. De los territorios del Este nos llegaban antaño polvo de oro, telas, gemas preciosas y elefantes de guerra. Allí se detenía para mí el deslumbramiento. La lejanía y las dificultades de acceso no eran las únicas causas. Una especie de repugnancia me impedía interiorizarme más de los confines de nuestro imperio, como si tuviera miedo de encontrar allí un mundo reacio a las órdenes del Gran Rey y que no respondiera a ninguno de nuestros ritos. Me limitaba a adivinar la belleza de ese mundo indescifrable.

Alejandro vino a visitarme pero yo estaba en otra parte, desanimada. Pensaba en Hefestión, en su incomodidad manifiesta cuando nos encontramos. En la larga mirada con la que me había envuelto. ¿No estaba allí la confesión que esperaba de él, después de muchas semanas de separación?

Hefestión equilibra ahora, por su presencia, las ausencias de Alejandro; divide en dos mis penas, ocupando la mitad de mis pensamientos. Al despertarme, a menudo, me pregunto si no es él quien ha dormido junto a mí, aquella noche, en Bactra. Atesoro cada indicio. ¿No habrá caminado, en la penumbra, sobre los restos del jarrón, ya que a la mañana siguiente llevaba un vendaje alrededor del pie? ¿Qué habría podido adivinar yo, en la oscuridad? Tiene la misma forma de rostro. Y las manos... No es necesario acariciar las de Hefestión para saber que sus caricias son similares, que obedecen a los mismos deseos impacientes y distraídos.

Levanto las colgaduras. A lo lejos, una pareja de búfalos ruedan en el cieno, luego resoplan, nada molesta por nuestra ruidosa presencia. Más lejos aún, campos de trigo atravesados por manchas rojizas que anuncian aldeas. La población es muy densa en esta llanura aluvial. El rajá Onfis ya nos había dicho que su reino era muy vasto.

A la mañana siguiente, mi estado no preocupa a los médicos de Alejandro, que me consideran apta para retomar el camino. Arrozales, ciudades con muros ornamentados, mujeres de tez oscura envueltas en saris de colores brillantes, que llevan jarras en equilibrio sobre la cabeza... A menudo, árboles llamados higueras de la India se levantan en nuestro camino. Al principio, los tomé por chozas de madera, con sus ramas caídas que echan raíces en el suelo. Nos dirigimos hacia un cantero de azaleas, orquídeas y rododendros. Las flores, allí, tienen un perfume poderoso, los suelos, un color carnal.

Los templos, dispersos por todas partes, y las *stupas* donde veneran reliquias no nos revelan nada, por ahora, de sus secretos protegidos por monumentales puertas de piedra. Justamente, nos acercamos a uno de esos templos. Bajorrelieves esculpidos de escenas guerreras. Aquí, una avanzada victoriosa. Allá, una carga de elefantes. En la otra cara, hombres y mujeres se contorsionan, con numerosos brazos y piernas, mezclados en la mayor confusión. Las sonrisas, que pretenden ser graciosas, a menudo parecen muecas. Al pie de los muros de piedra, los mercaderes esperan al cliente, sentados con las piernas cruzadas delante de una exposición de pequeños platos con montículos de polvos de tonos fuertes.

Son, nos explican los emisarios indios que ahora nos guían, sustancias destinadas a los maquillajes rituales. Alrededor de la muralla hay jardines dedicados a las divinidades de la zona: helechos arborescentes, flores odoríferas, palmeras y más higueras de la India, de las que ciertos especímenes, gigantescos, han superado los doscientos años.

Los indios nos señalan, en dirección al norte, una cadena de montañas nevadas y, más allá, el reino de Cachemira. El del enigmático Abisares. Lo olvido de inmediato pues una inmensa ciudad se impone a la mirada, frente a nosotros. ¡Taxila! ¡La capital de nuestro anfitrión, el rajá Onfis! Distingo su palacio de arenisca roja y mármol blanco, coronado por un conjunto armonioso de cúpulas en forma de bulbo. No tengo el tiempo necesario para examinarlo: un cortejo cuya magnificencia supera todo lo que se me ha dado ver hasta hoy avanza a nuestro encuentro en una procesión interminable. Cientos de elefantes con arneses de seda avanzan lentamente uno detrás del otro con la cabeza adornada de gemas preciosas, las patas y los colmillos rodeados de brazaletes de oro macizo. El más grande de esos paquidermos transporta un palanquín con pequeñas columnas coronado por un dosel. Allí está el trono del rajá Onfis, silueta minúscula en relación con tales dimensiones, pero de la que se disciernen, a medida que se acerca, los rasgos finos y majestuosos. Su rostro, cubierto por una delgada barba negra, me sorprende por su juventud. Bajo el turbante incrustado de pedrerías, una perla contrasta con la coloración oscura de su piel. Sus largas manos, inmóviles, reposan como pétalos de flores sobre el ropaje de brocato. Está rodeado de soldados de guardia que llevan de la traílla tigres domesticados. Siguen miles de jinetes y de infantes con armaduras de plata y adargas de piel de rinoceronte.

Como parezco cansada, me llevan al palacio real un poco antes que a los demás. Las esposas del rajá, cubiertas de joyas, vestidas con saris de lamé, se ocupan de mi persona. Se apresuran. Bajo el efecto de esta agitación, su piel exuda un curioso olor a especias. Las percibo asombradas por mi belleza y sin embargo ellas son muy hermosas. Admiran la blancura de mi tez, un criterio de distinción, aquí, que acentúan por medio de sucesivos maquillajes. Envidio la existencia sedentaria de estas mujeres, que sin embargo no sonríen. Serias y humildes, parecerían más bien resignadas. ¿Es para ocultar sus dientes que, según la muy crítica Chagané, estarían lejos de ser irreprochables, o porque sufren por su perpetua reclusión? Sus miradas se ocultan demasiado a menudo bajo sus párpados alargados por el kohol para que no me incline hacia esta última hipótesis. Sin embargo, el palacio no carece de animación. Constituye por sí mismo una verdadera ciudad, con sus parques exuberantes, sus estanques tapizados de nenúfares en los que se reflejan pequeños templos de mármol. El reflejo es también un elemento de decoración interior: reflejos mate del mármol blanco, reflejos definidos de los espejos o abigarrados de los mosaicos de vidrio que proyectan sobre las paredes la claridad de los jardines.

Me dispensan de estar presente en la ceremonia en la que los príncipes indios vienen a reconocer la autoridad de Alejandro sobre sus tierras. Se van de la sala de audiencias ya confirmados en sus funciones y sus títulos, aliviados de sus suntuosos regalos y cargados, a cambio, de copas de oro y de vestimentas de gala. Mientras me abanican o me perfuman los pies, me impaciento, presa de una especie de frenesí. En estos aposentos adonde sólo pueden ingresar mujeres, en número restringido, llevo una vida retirada. Objetos y telas despiertan en mí una sensualidad latente. Cada material precioso reclama la caricia de mis dedos: la madera y el marfil de los cofres y de los escaños, el cobre rojo de las bandejas, las pieles de tigre, sobre todo, extendidas sobre el piso, todavía impregnadas del calor animal. El aburrimiento me envuelve mientras espero, impasible, una visita de Alejandro. Sin embargo, la ceremonia debe de ser más monótona aún que la espera: desfile de turbantes, prosternaciones y cumplidos de sinceridad calculada...

Felizmente, una sorpresa viene a perturbar el desarrollo de la recepción. Se anuncia la llegada de un personaje inesperado: el hermano de Abisares de Cachemira. Se lo creía hostil, parece que luce una gran sonrisa pensada para disipar todos los malentendidos. Prevenida por Chagané, lo distingo furtivamente cuando retoma el lugar en su carro: pluma corta unida al turbante, chal sobre un hombro, vientre retenido, en sus desbordes, por un gran cinturón de seda. Impresión demasiado rápida, por cierto, para forjarme una opinión, y sin embargo... ¿No es Abisares quien ha provisto, en secreto, armas y mercenarios a las tribus del valle de Coaspes?

A la salida de la ceremonia, Alejandro se muestra preocupado. Sonrío, muy cómoda, porque adivino lo que lo inquieta: Abisares, el invisible... Le queda este enigma como una sombra que se cierne sobre esta jornada feliz. Al enviar a su hermano como embajador, ¿no ha eludido Abisares una vez más sus obligaciones? Pero hay algo más: lo siento por la forma en que mi esposo se abandona a mis caricias y, sin confesarlo, busca mi opinión. Taxila, me dice, no es sólo la capital de un reino. Es también un lugar donde abundan las prácticas religiosas particularmente fervientes. Se encuentran allí penitentes que se infligen con desapego las peores mortificaciones. Olvidados del calor, de la sed, del hambre o del sueño, cultivan el sufrimiento corporal como un arte de vida, reprimen sus necesidades y sus sentidos sin esfuerzo aparente para concentrarse en una intensa vida interior.

Kalanos es uno de esos ascetas, un jainita, que provoca las risas torpes de nuestros soldados burlones, pero a quien Alejandro respeta y colma de beneficios. Molesto por la reacción de sus Amigos, encuentra en mí, por fin, el sostén que esperaba. Saboreo esa victoria, esta vez sobre todo el ejército, sobre los Compañeros de falange y, a menudo, de excesos. ¿Acaso Alejandro se rendirá a la razón? Fogoso y lanzado por naturaleza, está fascinado por la existencia contemplativa del sabio Kalanos. La inmovilidad lo impresiona. La fuerza del espíritu, superior a la de las armas, lo intriga. A propósito del rey de Cachemira, ¿acaso el indio no le ha replicado que "el animal más astuto es aquel que el hombre todavía no conoce"?

Me conmueve la presencia frecuente de Hefestión. ¿Ha adivinado hasta qué punto la soledad, con el correr de los días, se me ha vuelto insoportable? Está a menudo junto a mí, poco locuaz pero preocupado por mi bienestar. Tal vez me dejé engañar por una impresión de ternura; tal vez simplemente vigila, él también, el engrosamiento de mi talle con temor disimulado. ¿Qué importa? Me da más placer –¿por qué negarlo?– ver su rostro fresco y sus músculos firmes que la barba rala de Kalanos. ¡Me encantaría que mi esposo entrara en razón, pero al mismo tiempo ardo por lograr despertar el deseo de Hefestión! Retengo con gran dificultad miradas elocuentes, palabras ambiguas... ¡Y sin embargo! Espero secretamente verlo desenmascararse. ¿Terminará por confesarme su atracción? Si fue cómplice de Alejandro, ¿osará develarme su perfidia? Chagané me sorprende perdida en mis ensueños. Me apresuro a dirigirle una de mis sonrisas indescifrables. No quiero entregar nada de mí a esa testigo demasiado perspicaz.

Decididamente, no me inclino por las costumbres que gobiernan este curioso país. Caminar con los pies desnudos sobre vidrios rotos, fingir que uno se traga la cabeza de una serpiente, realizar abluciones rituales hundida hasta la cintura en un agua estancada... Seamos justos, sin embargo: del refinamiento de los sabores no tengo por qué quejarme; hasta me costaría privarme de ellos de ahora en adelante. El refinamiento de las carnes asadas alcanza, en la corte de Taxila, una perfección incomprable. Cada día me sirven platos nuevos o alternan especias y dulzores, tantos gustos y aromas se potencian unos a otros. Los mercaderes que acompañaban nuestros convoyes, insaciables aficionados a las delicias que se pueden vender, no se equivocaron en eso. Recorren la región en busca de granos de cardamomo, de corteza de canela o de benjuí.

Como es habitual, Alejandro no aprovecha nada de estos regalos. Un tal rey Poro le ha enviado un mensaje insolente, una carta que es una poción amarga, porque en ella le hace saber que irá a encontrarse con él, no para rendirle homenaje sino con las armas en la mano. Hefestión me hizo algunas aclaraciones. Contrariado, porque no le gusta, evidentemente, exponer hechos tan serios a una mujer. "El rey Poro", me dice, "en realidad es un usurpador más en un país de genealogía caprichosa. Tiene reputación de guerrero temible, y no ha dejado de agrandar sus territorios en detrimento de los principados vecinos." Estas palabras arrancadas a la confidencia no me desconciertan. Ya sé a qué atenerme. Inútil acunarse con ilusiones: no hemos establecido nuestros cuarteles en Taxila para contemplar indefinidamente las posturas excéntricas de los gimnosofistas. Nuestro anfitrión, el rajá Onfis, nos había informado desde largo tiempo atrás de la rivalidad que lo oponía a Poro, su poderoso vecino. Así, el día de la partida de acerca...

Lo que veo desde la ventana de mi cuarto me inquieta. Antes azul, el cielo se ha cubierto de nubes. Sopla un viento caliente venido del Sur. La temperatura se eleva, y con ella la opresión. Todavía no hay chaparrón ni tormenta, sólo la espera, algo vaga, de un desenlace. No es el tiempo sino los acontecimientos lo que evoluciona primero, con la confirmación a través de los mensajes de nuestros espías y de nuestras vanguardias de un movimiento de tropas a lo largo de la frontera oriental del reino. Alejandro ya está listo, él también, para dirigirse al encuentro del enemigo. Cinco mil indios, aclamados por la población, desfilan ahora por la ciudad. Se batirán de nuestro lado. Detrás, los elefantes de guerra siguen asustando a los caballos macedonios.

Cuando dejo el palacio, las mujeres lloran, inquietas por mi suerte, después, confusas por haberse dejado ir, enjugan una lágrima furtiva. Esposas, concubinas, sirvientas... Presiento que están tan extraviadas como mis compañeras persas tras la toma del Aornos. Tengo conciencia de haber perdido ese candor a menudo conmovedor, pero tan aburrido, a cambio de un temperamento mejor templado. Alejandro sin duda tiene razón en su locura: la vida consiste en dar un paso tras otro. ¿Por qué buscar ocultarse allí donde es inevitablemente obligatorio avanzar?

No se podían haber previsto peores condiciones. Las nubes, amenazantes desde hacía varias semanas, esperaron a que nuestros convoyes se alejaran para hacer estallar su carga gris. Caminamos bajo el gruñido de tormentas más o menos lejanas, con la nuca y las palmas de las manos mojadas de transpiración. Los cabellos se pegan contra las mejillas y las sienes. Los nervios y el calor me impiden respirar con normalidad. Siento los latidos de mi corazón, la falta de aliento de alguien que hubiera corrido, a pesar de que, estatua en un carro que se sacude, ni siquiera he tocado tierra firme o, más bien, un suelo empapado que transforma nuestra marcha en una lucha contra el hundimiento. El horizonte declina hasta perderse de vista en una infinidad de grises. De difusa, la lluvia ha pasado a ser fuerte y el calor acentúa su presión. La noche no aporta ninguna calma a esta penosa sensación. Llueve sin cesar, tanto en la noche como en mis sueños. Ningún refugio posible, siquiera para la conciencia. El único consuelo para los miembros de la falange es que las tropas del rey Poro, que han levantado sus campamentos a la orilla del río Hidaspes, deben estar pataleando en el cieno.

Alejandro está muy adelante, a la cabeza de su ejército. Nos separamos muy rápido, como si, de común acuerdo, temiéramos exteriorizar demasiado. Con o sin razón, me parece que así exorcizamos el peligro y dominamos nuestros temores. Comparto con retraso los sufrimientos de este inmenso cortejo. Consuelo de reina pero desilusión de mujer… Las confidencias de Chagané, una vez más, me mantienen viva. Por ella conozco los ruidos y los rumores del campamento, gracias a ella sondeo el alcance del desencanto. Por intuición, por fin –esa que vive únicamente en los seres dados a la tristeza interior–, adivino la erosión creciente en la moral del ejército.

Observo a Kalanos, máscara indescifrable. Un taparrabos en la cintura como toda vestimenta. Ignoro el motivo que lo empujó a aceptar la invitación de Alejandro a seguirlo de ahora en adelante en todas sus campañas. ¿Por qué habrá dejado las calles en damero de Taxila, sus callejuelas propicias a la quietud del alma, por estos caminos de diseño borroso? He terminado por acostumbrarme a esta silueta descarnada, plegada y replegada en poses complejas con una naturalidad desconcertante. Hoy, la tortuga: cara contra la tierra, brazos alargados verticalmente bajo las piernas en gran apertura perfecta. Horas inmóvil bajo las trombas de agua, que no parece sentir. Sin embargo, a veces quiebra el aire con un gesto rápido y nos describe, de lejos, las escenas del combate. Nadie piensa en contradecir a ese espíritu visionario que parece conocer el resultado de cada acontecimiento.

Por sus ojos veo el río Hidaspes. Sus aguas impetuosas. En la orilla opuesta, el ejército del rey Poro, dispuesto en orden de batalla según la tradición india. En primera línea, la infantería y los elefantes de guerra. A los costados, la caballería y los carros, los temibles arqueros con flechas empapadas de veneno. Kalanos no está inquieto. La astucia de Alejandro triunfará sobre el empuje combativo de su rival. El indio, en efecto, va a atacar de frente; Alejandro, de costado. Allí donde el primero se atendrá a la costumbre, el segundo usará la táctica.

¿El río es infranqueable? ¡Bueno! Alejandro engañará al rey Poro por medio de actos de distracción. Hará atravesar sus tropas de elite más lejos, río arriba. Kalanos tiene razón en eso: Poro, con los ojos fijos sobre la orilla opuesta, se fía de los movimientos de las tropas que lo enfrentan.

¡Horrible cuerpo a cuerpo! ¡Horrible carnicería!, grita Kalanos sin emoción. El hermoso edificio de Poro se deshace. Su caballería está quebrada. Sus carros se atascan. Los elefantes, privados de sus conductores, pisotean todo a su paso, destripan y abaten sin distinción. Los dos hijos de Poro mueren en combate. El propio Poro está huyendo, loco de dolor, después de haber lanzado con un coraje inconcebible todas sus fuerzas a la batalla. Honor a este vencido, de soberbio valor, que tal vez antaño usurpó el título de rey pero no el de jefe guerrero. Ante este relato, me tiemblan todos los miembros. Kalanos calló y nosotras, las mujeres que formamos un círculo alrededor de él, sentadas en torno a un fuego de vivaque, respetamos ese silencio, convencidas de la veracidad de su relato.

Nuestro convoy, compuesto en lo esencial de civiles, avanza ahora a lo largo de las orillas del Hidaspes. O, más exactamente, el informe pantano que hay allí. Atravesado por una corriente violenta, el río está por salirse de su lecho. Nos movemos a ciegas. Nuestro único punto de referencia es, a nuestra izquierda, un poderoso bosque que despliega su cabellera bajo la lluvia. No hay esperanza de que escampe. Mi desaliento aumenta con el correr de las horas. Las orillas se hunden por zonas, arrastrando en su caída hileras enteras de cañas. Hemos llegado a un punto de reunión perdido en la atmósfera gris. El calor se ha vuelto insostenible, el sentimiento de inutilidad también. Al contacto de esta humedad malsana los víveres se pudren. Este olor pesado me persigue con sus tufos pútridos. Me atienden y sin embargo me siento descuidada. Un rencor me anuda la garganta. ¿Qué buscamos exactamente en este clima insalubre? Como no engordo, más bien lo contrario, algunos han hecho correr el rumor de un falso embarazo. Esto tranquiliza a los macedonios: ¡falta todavía para que deban obedecer al hijo de una persa!

Alejandro ocupa lo que fue el campo de batalla, al que por fin llegamos, agotados y macilentos. Las tumbas abiertas me hacen retroceder. Acaban de enterrar a los muertos deprisa, por miedo a las epidemias. Incluso los indios tienen derecho a una sepultura. Kalanos, con las manos juntas ante la frente, no ha pronunciado una sola palabra desde nuestra llegada. ¿Es el peso del dolor frente al ultraje infligido al carácter sagrado de la vida? ¿O indiferencia ante lo que ya sabía que ocurriría? Me pregunto qué experimenta ahora a la vista de este inmenso campo de barro bautizado pese a todo "Nikaia" –"victoria"–, donde han perecido miles de hombres. ¿Qué piensa de este combate sin cuartel, donde los heridos han sido rematados y los jarretes de los elefantes han sido cortados a hachazos? ¿Esas existencias tienen para él más valor que las de los insectos que teme aplastar bajo sus pies? Comprendo mejor la pena de Alejandro: él llora a su fiel caballo Bucéfalo, muerto de vejez en el momento en que atravesaba un vado. Como todos los bactrianos, amo los caballos espantadizos y Bucéfalo era de esos. De esta raza orgullosa que sólo reconoce la autoridad de un solo amo y muere de pie, sin una queja. ¿Tendré yo ese coraje el día que sea preciso?

Se han acordado treinta días de descanso. No les vendrán mal a los cientos de heridos afectados por llagas entumecidas que, en la humedad ambiente, cicatrizan con mucha dificultad. Los gemidos de esos desdichados se oyen en las ceremonias de sacrificio ofrecidas a los dioses para agradecerles su apoyo. La lluvia sofoca la llama de las fogatas y los altares nos brindan un refugio improvisado. Los prisioneros y los indios traídos aquí por la fuerza, emprenden trabajos según los planes trazados por Alejandro, con los pies y las rodillas hundidos en el fango, para nada ayudados por sus dedos de los pies, que se comentaba que son palmeados, cosa que ha revelado ser una broma de la soldadesca.

Me han ponderado la belleza de la región pero, bajo esta lluvia incesante, ¡parece tan triste! Mi curiosidad se ha apagado, aniquilada por los meses de campañas sucesivas, de falsas esperanzas y de abandono. Escruto sin complacencia ese lugar que me produce horror y del que sin embargo no me puedo ir. El lecho, esta mañana, está vacío, abandonado. Sedas extenuadas, deshechas. Las caricias de Alejandro se han deslizado sobre mi cuerpo sin que yo guarde memoria de ellas. ¿Cómo resucitar aquí nuestros momentos de pasión? Sólo tengo conciencia del contorno de mi rostro, de esta línea perfecta sobre la cual la mirada de los otros se fija desde que aparto mi velo.

A fuerza de soledad, el egoísmo me invade. La exclusiva

preocupación por mi persona se ha convertido en una necesidad para sobrevivir a estas pruebas. Mi rostro, liso, resplandece en la oscuridad. Se podrían guiar por su luz. No me canso nunca de contemplarlo, único reflejo que acepto de un mundo que no quiero ver más. La India no será la última amante de Alejandro: habrá otros lugares, otros deseos y, para mí, muchos otros momentos de desasosiego. Confundo a Hefestión y Alejandro en un mismo amor desencarnado. Se han convertido en nombres, en palabras más que en seres. Está también el miedo, en el fondo de mis sueños, de no saber cumplir con un destino. Un hijo, ¿sería un medio de volver a la vida? Chagané quería prepararme una infusión de hierbas, pero rechacé su oferta. Eso es bueno para los débiles. Si Alejandro un día se cansa, siempre podrá repudiarme.

A lo largo de las semanas, el campamento de Nikaia se desdobló. Tiendas y lugar de trabajo. Lo provisorio y lo definitivo. Macedonios y persas de un lado, indios del otro: en los primeros, la lluvia provoca una especie de rabia contenida; los segundos, por la fuerza de la costumbre, son a ella indiferentes. Las nubes, a ras del horizonte, nos envuelven en un calor pegajoso. Los pliegues de las piernas y de los brazos nadan en sudor. Es una hazaña no caer en la indolencia. Incluso las fiestas han adquirido un carácter lánguido. Tranquilizados acerca de mi estado, los médicos han abandonado mi cabecera para apresurarse junto al rey Poro, vencido pero recibido con generosidad por Alejandro. Se comenta que les ha sido muy difícil extraer su hombro herido de la coraza de oro macizo. ¡Estoy liberada, gracias al enemigo de ayer, de este encarnizamiento por sondear mis órganos o tomarme el pulso!

Los días se parecen, desesperadamente monótonos. Se levantan sobre la misma cortina de lluvia que barre la llanura y diluye sus contornos. La tierra gredosa con la cual, a falta de otro material, la mano de obra local construye la ciudad, ¿podrá resistir mucho tiempo? De pronto, ruidos metálicos acompañados de gritos emergen de la bruma de calor en diversos puntos del campamento. Son los indios, que, tomando ejemplo de los guerreros macedonios, se alientan al combate golpeando el escudo con su pica, visiblemente contentos de este nuevo efecto acústico.

Alejandro no me habla nunca de Abisares de Cachemira, pero sus intrigas lo irritan a más no poder. ¿Se creerá intocable ese soberano, al abrigo de esas montañas que rodean su reino? Vuelvo a ver la silueta redonda de su hermano, en los jardines de Taxila, subiendo a su carro con satisfacción. Eso no presagiaba nada bueno. Hoy nos enteramos de que las maniobras de Abisares continúan: estaría azuzando contra nosotros a los pueblos del país de Gandara. Frente a nosotros, mil reverencias y protestas de amistad; a nuestras espaldas, perjurio y actos desleales.

Me quedaré en Nikaia. Todavía alejada de mi esposo. Desfile de partida, fanfarrias e interminables filas de soldados de rostros cada vez menos tranquilos. El hastío merodea sin osar declararse abiertamente. Sin embargo, está allí, y nos amenaza. Sólo mis sueños exudan vida. Siempre movimiento pero nunca felicidad. ¿Son ellos el reflejo de mis inquietudes o la transposición onírica de los relatos de Kalanos? Veo en ellos bosques amortajados en la penumbra. Nuestros hombres se pierden, engañados por el rugido de un torrente o por los chillidos de los monos. De pronto, rayos de luz atraviesan el suelo, hojas de espada por donde se filtra un pálido sol. Una claridad calma en apariencia, donde las tropas creen por fin poder reconfortarse, ha estallado repentinamente. Impresión engañosa: unos pasos más y las primeras flechas se abaten. Los cuerpos, por cientos, se derrumban sobre la hierba, quebrados por los ataques de ese fuego inesperado. Son clavados al suelo, los miembros tensos, el cuello torcido. Entre esos heridos, reconozco a Hefestión. Aúllo de dolor, sin control, revelando a mi esposo, a pesar de mí, la naturaleza de mis sentimientos por su Amigo. Lejos de sentirse contrariado por ello, se muestra complaciente y hasta feliz de compartir eso.

Me despierto sobresaltada, empapada de sudor a pesar de la finura de las sábanas. Ahora la lluvia, que lamentablemente se ha vuelto demasiado familiar, desgrana su canción en mis oídos. Estoy en Nikaia, lejos de los contrafuertes de Cachemira y de las emboscadas. ¿Al abrigo, también, de sospechas o intrigas? El ocio y la melancolía son mis compañeros más próximos: temibles sentimientos que alternativamente cultivo y reprimo. Pero sobre todo, desde el comienzo de nuestra estadía en India, un nuevo temor me atormenta: las serpientes. Sus picaduras provocan más víctimas que las propias batallas: victoria restallante del silencio sobre el tumulto, del veneno sobre el hierro...

Siempre espero ver a una de esas criaturas ondular sobre el suelo de mi habitación, llevada allí por una mano invisible. ¿No sería acaso un medio discreto de desembarazarse de mí? Porque los macedonios no aceptaron nunca realmente a la "bárbara" de quien Alejandro tuvo la mala idea de enamorarse. Algunos se muestran burlones, otros fingen respeto. Pero todos, en privado, alientan a Alejandro a repudiarme por mi esterilidad o a investigar placeres desnaturalizados. En cada canasta de frutas espío la sombra maléfica. Si la viera, no sé qué provocaría exactamente en mí: ¿horror?, ¿resignación? O más bien –es lo que creo finalmente– ¿la satisfacción de haber adivinado, de encontrar una confirmación a mis sospechas? Tal certidumbre, antes de morir, ¿me traería un consuelo de lo que fue mi vida? Sí, prefiero el odio inscripto en el rostro a la dulzarrona hipocresía. Desde mi casamiento vivo inmersa en sentimientos hostiles, en un nido de serpientes que no se atreven a picar y que se contentan, por ahora, con silbar.

Miro en derredor. Ninguna serpiente amarilla disimulada bajo las sábanas, ninguna cobra de cabeza inflada. Sólo una aurora macilenta. Las nubes están pegadas al cielo como chancros sobre la piel de un animal. Imposibles de desalojar, impotentes para moverse. Nubes paralíticas de la India de los monzones. Vuelvo poco a poco a la realidad. Un mensajero ha llegado ayer por la noche con una noticia importante: los indios rebeldes han terminado por capitular, sus ciudades se han rendido una tras otra y, al asistir al derrumbe de sus vecinas con una inquietud legítima, el rey de Cachemira ha rendido un homenaje tardío, pero esta vez en buena y debida forma, a Alejandro. Me encuentro a la vez aliviada y desilusionada pues Abisares sigue siendo misterioso para mí.

Alejandro ya ha apartado los ojos de esta región para consagrarse a un proyecto más ambicioso. Se me escapa, una vez más... En Nikaia se ejecutan sus órdenes con un notable placer pues los hombres sueñan con volver a ver el mar. Una parte de la flota es reconstruida pieza por pieza o vuelta a poner en buen estado. Todo esto habría podido indicar una partida próxima si no hubiera un nuevo adversario que combatir. Desengañada, me asombro de la eterna ingenuidad de los hombres de la tropa, que piensan, tras cada victoria, en poner término a la conquista. El primo del rey Poro, en efecto, ha tomado las armas en la provincia de Gandara y Alejandro se ha lanzado en su persecución en dirección al este.

Ya había sufrido la travesía del Hidaspes cinco meses antes, pero no era nada comparada con la del Acesines. Convertido el río en torrente bajo el efecto del monzón, lo alcancé a mi vez en un segundo convoy. La región se ha pacificado. Ya no hay rastros del primer paso de los macedonios. Ni la mínima vestimenta enganchada en las ramas bajas, ningún resto de naufragio en la superficie del agua, allí donde decenas de canoas habían zozobrado. Sobrecogida, veo a los hombres retener sus lágrimas. Para respetarlos aparto la mirada. Me explican entonces que los cuerpos de los ahogados no pudieron encontrarse, para gran desesperación de sus camaradas, ni para recibir sepultura. ¡India odiada, India aborrecida, que no ofrece una tumba a los valientes! Hay en esas aguas negras y su caudal violento una amenaza apenas velada que produce terror antes de que uno se entregue a ella. De los cinco ríos del Punjab, el Acesines es sin duda el más retorcido. Lo atravesamos sobre pieles de machos cabríos cosidas en forma de bolsas, solidamente unidas y consolidadas por postes y planchas. Por experiencia, sabíamos que ese medio era el menos peligroso de todos.

Sobre la orilla opuesta, me informan que, a costa de muchas pérdidas, Alejandro y su cuerpo del ejército han terminado con la resistencia de Gandara, luego de aquella, encarnizada, de los catenos. Sangala, inmensa ciudad rodeada de una triple muralla, más allá del río Hidraotes, era su capital. Hoy sólo quedan escombros. Alejandro, antes de su partida, había dado orden de destruir lo que todavía se mantenía en pie –es decir poca cosa–. Ese vasto pantano que se prolonga hasta un lago está erizado de haces de venablos, donde se empalaron los fugitivos. El lago con su superficie estriada de olas me inspira repulsión. Vidas devoradas de mujeres, de viejos y de niños cuyos alaridos parecen todavía vibrar en la brisa de la noche. Yo no había visto nada tan triste como esa cortina de lluvia cayendo sobre el agua. La masacre en el barro completa su fealdad.

Alejandro se ha ido. No consideró acertado advertírmelo. ¿Hasta cuándo me agotaré persiguiendo a un hombre inalcanzable? El convoy del que formo parte se dirige a su vez hacia el Hífasis, quinto y último afluente del Indo. Extraña sensación. Es el límite del mundo conocido, más allá del cual está la nada, o bien el misterio. Unas montañas de vegetación tupida cortan con nitidez las nubes. Cae la noche. Las ruedas de los carros rebotan sobre el suelo pedregoso sin por ello desviarse de su trayectoria. Hay muchas aldeas diseminadas a uno y otro lado del río y de los campos, al abrigo de murallas de ladrillo. De día, buscaremos allí reaprovisionarnos sin peligro: Sopites, el rajá de la región, ha recibido espontáneamente a nuestras tropas.

Agudizo mi mirada. Bajo las higueras, las mujeres están ocupadas tejiendo saris. Brazaletes estrechamente apretados unos contra otros tintinean en sus brazos. No interrumpen su trabajo a nuestro paso y hay mucha gracia en ese movimiento en el cual todo el cuerpo participa. Las aldeas están todas concebidas en damero. Calles y callejuelas interrumpidas a intervalos regulares por montículos cubiertos de alquitrán, donde los creyentes semidesnudos se apresuran para realizar sus baños rituales. Gritos de niños resuenan en el centro de las casas, tal vez, de patios internos. Termino por distinguirlos sobre los techos que forman terrazas: siluetas delgadas, ojos brillantes de curiosidad. Predominan los olores a cari, atemperados por aquellos, dulzones, de las almendras, los pistachos y la leche de coco. Comerciantes de sonrisa desdentada exponen a la entrada de los templos estatuillas de dioses en esquisto o en estuco. Por todas partes, moscas cuya vivacidad encantaría a Kalanos.

El convoy avanza con más lentitud. Me inclino para conocer el motivo. Sin la menor duda, esta masa sombría, allá abajo, indica que estamos en las afueras de una capital. Protegida por altas murallas, prolongada en barrios muy extendidos. Llegados al pie de las murallas, discernimos uniformes macedonios. Las puertas están abiertas. Nos esperan. Como prueba, esta fanfarria cuyos sonidos gangosos se acercan. En vano distinguiríamos una línea melódica en ese curioso conjunto. En la India, decididamente, gustan los oropeles: colores vivos, aromas fuertes y, ahora esta música... Proviene de largas trompas de madera, de tambores y de campanas. ¡Los soplidos, la percusión y las campanas se articulan tan bien como la tierra, el agua y el fuego! Los indios, en todo caso, se muestran satisfechos de ellos, a juzgar por la expresión alegre de los curiosos amontonados a lo largo de nuestra ruta.

Alejandro, a caballo, ha venido a recibirme a las puertas de la ciudad. ¿Se esforzará así por redimir su conducta? No demuestro ninguna emoción. Estamos en público, nos observan. Y además está Hefestión a su derecha, muy atento, rodeado de una jauría de "perros-tigres", regalo de nuestro anfitrión el rajá Sopites, de los cuales Alejandro, para mi gran terror, no se separa más. Estos animales, de aspecto soberbio con sus músculos salientes, muchas veces han demostrado su coraje en las cacerías de león. Hefestión evita mi mirada. El disgusto que enrojece mi rostro, felizmente está atenuado por el velo. Me sonrojo por su disgusto, porque responde al mío. Alejandro y Hefestión... Ya no puedo distinguirlos. Creía que una separación de varias semanas me permitiría disociarlos en mi pensamiento; creía que, alejada de ellos, podría poner orden en esos sentimientos confusos donde me había perdido por no llevar una vida común. No sólo no es así, sino que mis deseos se han desdoblado. Amo y sufro dos veces. Cuando me abandono a la tristeza, ésta es mucho más intensa. Cuando, ciertas noches, espero a Alejandro en vano, mi lecho está dos veces vacío; mis sábanas, dos veces abandonadas; mi cuerpo, dos veces escarnecido.

Hefestión me dice las cosas más banales, y sin embargo nunca me aburren. Ha venido en persona a ocuparse de mi instalación. En nombre de Alejandro, por supuesto. ¿Pretexto para encontrarse, aunque sea brevemente, en mi presencia? ¿O repetición de ese juego en el cual él parece, con la aprobación de Alejandro, encontrar un placer perverso? ¿Cómo estar segura, con un esposo con inclinaciones tan múltiples y que se revela tan poco? Hoy, alabando al perro-tigre Peritas, se contentó con evocar para mí las cacerías de león de su adolescencia. Hasta ese momento yo no sabía que existían esas bestias en las montañas de Macedonia.

Como en la corte de Taxila, aparezco muy de vez en cuando. Reducida a la pasividad, me abandono a los relatos y a los cuidados corporales. Observo. La distracción preferida de los habitantes –sobre todo de los niños– consiste en formar un círculo alrededor de un encantador de serpientes. De una panera de mimbre, una cabeza se eleva y ondula, aparentemente sensible a las melopeas de una flauta de base redondeada. ¿Es para imitarla que la serpiente a su vez, silba e hincha el cuello?

Después de haber soportado tantos males, nuestra estadía en el principado de Sopites tendría que haber sido apacible. Así lo había esperado al franquear las puertas de la ciudad donde se había reunido una población sonriente, visiblemente sometida de muy buen gado a la soberanía macedonia. Me desdije después. Nunca fue tan palpable el malestar de las tropas. En los campamentos, al pie de la ciudad y en el interior de los muros, el ejército conquistador se hunde en el cieno. Por todas partes insultos, estornudos, rostros severos. Maldicen en silencio el clima de este país pues los vientos poderosos siguen trayéndonos tormentas. ¿Un ejército conquistador, ese conjunto de heridos que marcha con la cabeza baja para eludir la lluvia? Veo hombres que se arrastran en harapos. Todas las vestimentas, desparejas, provienen de saqueos y rapiñas, no de Macedonia, hace ya mucho. Sin embargo, los recuerdos del país natal no están hechos pedazos. Por el contrario, su vivacidad se impone cada día más. La redondez carnal de las colinas. Las puntas sombrías de los cipreses. Los tranquilos trabajos agrestes. La siesta al pie del olivo o, los días de lluvia, entre los brazos de una mujer. En el lugar de todo lo que antaño formaba la trama a la vez monótona y feliz de la vida cotidiana, los más afortunados, los que todavía están en condiciones, erigen ciudades o guarniciones sobre extensiones pantanosas...

A las picaduras de serpiente y a las heridas de guerra se agregan ahora las epidemias. Las tiendas de enfermería están llenas de pacientes afiebrados, disentéricos, que escupen y evacuan sin esperanza de curación. Pero la epidemia más extendida de todas, la que provoca más víctimas que las miasmas de los pantanos es, sin duda, la nostalgia. También yo soy presa de ella. No sueño con colinas y con cipreses sino con picos rocosos, los de mi Bactriana natal.

Una última ilusión cubre las apariencias: la idea de que esta estadía en la corte de Sopites será la última en la provincia india. Las órdenes recientes de Alejandro parecen ir en ese sentido. ¿Por qué se esforzarán en armar una flota poderosa en los talleres de Nikaia y de Bucefalia, si no es para ir río abajo por el Indo y dejar definitivamente esta región maldita?

Alejandro me vuelve a tomar en sus brazos con pasión como cuando está desocupado. Por sus caricias torpes adivino que atraviesa uno de sus raros períodos de duda: nunca duran mucho. Espera. No creo que sean los resultados de la exploración de las salinas de la provincia los que lo tienen tan perplejo. ¿En qué piensa cuando besa mi boca, el aliento ya lejano, los ojos perdidos? No en un nuevo adversario: estaría ya listo para ir a combatirlo. Es, por lo tanto, un sueño, más atrapante que los otros porque le quita la sed, el apetito, el sueño. Contemplo ese rostro joven que, decididamente, no conocerá jamás el aburrimiento. Inasequible movilidad de los rasgos y del espíritu, que se acomoda a todo salvo a la renuncia y a la traición. ¿Qué quedará de ti cuando no seas más? ¿Quién sabrá prolongar lo que tú logras, si tus decisiones siguen sorprendiendo incluso a tus Compañeros cercanos?

Los remordimientos están ahí. El de no poder tener un hijo me ha acosado toda la noche. Ando a destiempo, como siempre, en relación con los pensamientos de mi esposo, pero sé como nadie hacerlos salir del silencio. He comprendido su tormento antes que todos los demás, sin que fuera necesario que me lo confiara. Acaban de revelarle la existencia de una vasta comarca más allá de un río llamado Ganges. Los indígenas describen un país fértil, de población eminentemente instruida. Alejandro creía haber alcanzado los límites del mundo habitado, las fronteras de lo real. Este descubrimiento pone en cuestión nuestras concepciones y trastorna sus designios. No obstante, sigue callándose, sin duda para preparar mejor su ejército para este nuevo desafío. Duda, no de su voluntad de conquista, sino de la forma en que va a llevar a sus hombres a aceptarla.

El rumor no ha tardado en extenderse. Leo la inquietud en los ojos de Hefestión: se ha producido una revuelta sorda entre los oficiales. En cuanto a las tropas, su abandono es manifiesto. La única empresa que todavía hace unos días los animaba era la perspectiva de volver. Una contraorden sería muy mal recibida. Cada día, Alejandro tiene la cara más larga. Ninguno de sus cambios de humor se me escapa, por más que los domina en mi presencia. Conozco demasiado su temperamento, su impetuosidad, para no temer una explosión de cólera. Desestima todo lo que debe a su ejército, sólo percibe el descontento actual. Tiene una relación casi filial, pasional, con sus falanges, y les exige todo, incluso lo imposible. Desprecia a los que se adaptarían a volver a la vida común después de haber vivido prodigios junto a él. ¿Por qué volver a ser pastor después de haber tenido el honor de servir en el ejército de Alejandro? ¡Pensar que los sacó del anonimato y ahora recibe semejante ingratitud!

Ejército silencioso, inmóvil. La lluvia se redobla a tal punto que dudamos del próximo fin de la estación húmeda. Dos meses, todavía, antes de que la bajada de los ríos deje de ser perceptible y la navegación se normalice. Una demora interminable para tropas agotadas, minadas por las enfermedades, diezmadas por las serpientes, roídas por la lasitud. ¿Tendrán acaso la fuerza de amotinarse?

Me levanté esa mañana con el miedo pegado al vientre. Había dormido pero tendría que haber guardado en mi sueño el recuerdo de ese miedo, nacido, la víspera, del anuncio de la reunión de un consejo de estado mayor. La ciudad me parecía sacudida por el estupor, encerrada en un mutismo que equivale a un rechazo. Sé por Chagané que los jinetes persas y bactrianos, también ellos, se niegan a avanzar. Los contingentes indios ya han hecho saber, por intermedio de sus jefes, que desean quedarse allí y permanecer en sus tierras. Hasta los negociantes fenicios o helenos, bien provistos de una preciosa cosecha de nardo, tienen prisa por retomar el camino hacia Occidente.

Miro caer la lluvia, absorta a pesar de mí misma en ese espectáculo fúnebre, esperando el desenlace de esta crisis larvada. En el fondo, no sé qué es lo que verdaderamente deseo. ¿La calma de un palacio, como la princesa Estatira en Susa? Desde mi casamiento, nada había evocado ante mí la suerte de la hija de Darío. Su aislamiento forzado parecía, a mis ojos, una especie de muerte lenta. Ese recuerdo fijado en el tiempo me remitía a la imagen de una niñita. Pero, después de todos estos años, se habría convertido en mujer. Ay… No encontraría jamás, en mi condición de reina, con qué tranquilizarme. Al desposar a Alejandro, el peligro y la errancia se me impusieron. Debería sufrirlos hasta la muerte o hasta el repudio, esa otra forma, más cruel, de aniquilación. Tal vez la contemplación de ese paisaje gris, la poca luz, contribuyen a acentuar mi desazón. Ya no me siento más segura de nada y, sin embargo, no hay una mujer en Persia que no envidie mi belleza o no sienta celos por mi suerte.

Los oficiales se abren paso entre los charcos de agua y uno de ellos se encoge de hombros. La reunión del estado mayor ha terminado pero Alejandro sigue invisible. Tres días de silencio absoluto durante los cuales, retirado en su tienda, no acepta ninguna presencia. Esta soledad y este ayuno que se inflige parecen un duelo, el de sus esperanzas y sus ambiciones. Los oficiales se niegan a seguir la campaña de la India. Los adivinos consultados han alegado malos presagios. No puedo dejar de esbozar una sonrisa frente a esta ocurrencia de los magos. ¿Quién podría haber hallado una forma más atinada de expresar, sin decirlo, el desacuerdo del ejército?

No estábamos acostumbrados, con Alejando, a volver sobre nuestros pasos. No se muestra más, replegado sobre su herida de amor propio, deseoso también de humillar a los miembros de sus falanges por medio de su silencio. Lo ha logrado: la consternación se lee en los rostros, pero también la determinación a no ceder. Todo esto parece una pelea de amantes. De amantes… ¿Lo seguimos siendo, Alejandro y yo, ahora que nos separan ausencias cada vez más frecuentes? Me distraigo pensando en Hefestión. Me aferro a insignificancias: el matiz de una mirada, la calidez de una sonrisa, el abandono furtivo de un brazo sobre el posabrazos de un asiento. Mi vida rebosa de esos detalles, como si me construyera una felicidad al revés de todo y contra todo. Hay, en la soledad interior, todo un mundo que explorar. Las revelaciones estallan como mangos maduros y se profundizan en el secreto del alma. Lo que perdí en arrojo, lo gané en gravedad. El resplandor de mis ojos, atenuado por un permanente pesar, se ha vuelto mate, pero sé que mi mirada es más profunda y más osado el contorno de mi boca, que no nunca ríe.

Tres días de un silencio de muerte bajo ráfagas de viento y de lluvia, interrumpido sólo por las quejas de los heridos, el relincho de los caballos y el mugido de los bueyes indios que se envían en rebaños enteros a Macedonia. De pronto, a la tarde del cuarto día, una explosión de alegría se propaga hasta las murallas de la ciudad. Los oficiales acaban de anunciar a sus tropas que la partida es inminente: vuelta a las guarniciones de Nikaia y de Bucefalia. Se oyen cantos guerreros, confusos y desarticulados. Cacofonía, percusión de escudos, vociferaciones. Ese trueno de gritos, ese estallido de entusiasmo en un campamento todavía apático la víspera, ¡qué golpe para Alejandro! Está más lejos, en el extremo este de nuestras posiciones, al pie de doce altares en forma de torres que se han erigido allí y donde da gracias a los dioses. Me encuentro a pocos pasos de él. Distingo sobre su nuca inclinada cada bucle, no huelo más que el perfume que usa en abundancia y cierro los ojos, sumergida en una languidez secreta, el estremecimiento de un recuerdo: mis deseos, tal vez, deslizándose a lo largo de sus mechones o su cabeza rodando, a la noche, sobre mi hombro.

Contrariamente a las costumbres, la orden de partida no la ha dado Alejandro sino los oficiales de cada cuerpo del ejército. El cortejo real cierra la marcha en lugar de encabezarla. En el borde del desierto, a doce jornadas del río Ganges, abandonamos un campamento intacto, a fin de disuadir a eventuales invasores de franquear las fronteras del Imperio. Ningún recuerdo feliz me ata a esta ciudad vacía, guarnición sin jefe, puesto avanzado sin combatientes, y sin embargo sus telas de tienda sacudidas por el viento despiertan una especie de amargura. Tenemos el corazón encogido sin saber la causa, tal vez simplemente porque nos espera lo desconocido.

Octubre de 326 a.C.

Nikaia y Bucefalia están irreconocibles. Las habíamos dejado en sus inicios, las reencontramos en decadencia. Los diluvios del verano han provocado el desborde del Hidaspes. El terreno no es lo único que ha sucumbido: también las murallas de arcilla se fundieron. Crátero, el fiel Compañero del rey encargado de la construcción naval, ha debido abandonar provisoriamente los talleres para ocuparse de la refundación de las ciudades gemelas. Esta tarea ocupa a miles de colonos. Es la población más heteróclita que hayamos visto. A los indios de la región, los macedonios, los persas y los mercenarios se agregan ahora marinos venidos de Egipto, de Fenicia, de Chipre, de Caria, jonios y cretenses, sean barqueros o remeros, sin otro punto en común que la ciencia de la navegación y el amor al mar.

La alegría que parecía perdida para siempre reaparece, estimulada por la actividad y la perspectiva de volver a Occidente, pero sobre todo por el fin de la estación húmeda. Abarco con la mirada las dos orillas del río. De un lado, las colinas boscosas. Al pie se han construido o reacondicionado cientos de navíos. Transitan igualmente barcas de forraje, navíos de guerra y pilotes de abetos acarreados por el río. Del otro lado, la llanura aluvial se extiende como un cuerpo de mujer, antaño velado por la crecida de las aguas y los chaparrones y de pronto desnudo. En ella se distinguen claramente los brotes de arroz, de un verde luminoso, apretados unos contra otros, dejando poco lugar para el reflejo del cielo sobre las superficies de agua inmóvil. Por fin estamos liberados del dominio de las nubes traídas de lejos por vientos contrarios. Lentamente retornan las costumbres: los cursos de agua vuelven a su lecho; los paisanos, a sus campos; los soldados, a su ocupación. Y Alejandro, a mí... Ha superado su decepción y está curado de su pena, decidido a explorar el Indo hasta el gran mar del Sur en el cual desemboca, si hemos de creerles a los indígenas.

Saboreo mi triunfo. Tras cada uno de sus desacuerdos con el ejército mi esposo vuelve a sentir su pasión por mí. Brusca y sensual, como en los primeros días. Con el tiempo, ha nacido una nueva intimidad. Hablamos poco. Pero él conoce el valor de mi silencio, mide plenamente la fuerza de mi apoyo. Cada uno desempeña su papel: a los Compañeros del rey, a los veteranos, cedo gustosamente el privilegio del alboroto, las palabras grandilocuentes y los actos heroicos. Qué me importa. Hefestión, que había partido en misión de reconocimiento, todavía no ha vuelto. En su ausencia, todas las noches me pertenecen, y con ellas las caricias ardientes, los gestos atentos, compartir los pensamientos, de los más tranquilos a los más inquietos, los que se escapan de su boca o los que, por lejos los más numerosos, sé adivinar.

Una melopea, al alba. La voz se posa, frágil pero precisa. Extrañamente, un solo hombre canta, perdido en medio de decenas de otros que, a pesar del fresco de la mañana, ya tienen la espalda brillante de sudor. Están ocupados en cargar el trigo en chalanas. Más lejos, los guardas arrastran los caballos renuentes a los barcos. Un grupo de indios los miran hacer, desconcertados. Hace dos días que Hefestión ha llegado, dos días en que me esfuerzo por sofocar mi rabia. Porque el chiliarco esta vez fingió ignorarme y Alejandro también me ha abandonado para pasar la noche en la tienda de él. Como Hefestión le ha confirmado que no seremos recibidos con los brazos abiertos por los pobladores a lo largo de nuestro recorrido, estudian juntos los planes de campaña. No me dejo engañar por eso, porque los designios de Alejandro estaban claros desde hacía tiempo. Hefestión, a la cabeza de un tercio de las falanges y Crátero, a la cabeza de otro tercio, avanzarán por el río y se dedicarán a aniquilar los bolsones de resistencia de una parte y de la otra. El tercio restante del ejército, los civiles y unos trescientos caballos embarcarán en los trirremes, los cuatrirremes, las barcas y las chalupas, y apoyarán, desde el agua, el movimiento de las columnas que permanecieron en tierra.

La solemnidad de los sacrificios ofrecidos ayer a la noche a las divinidades del mar dejó estupefactos a los indígenas. En honor de Poseidón, el dios de los océanos, Pelinas reservó la hiel de las víctimas; concuerda, dicen, con la amargura del mar. Pues Alejandro está convencido de que lo alcanzaremos, al término de nuestro periplo, y llegaremos a las fuentes del Nilo. ¿Acaso no se ha advertido la presencia de los mismos cocodrilos en las aguas del Indo? Le ha escrito a su madre, la reina Olimpia, esa criatura feroz cuyas cartas, siempre llenas de recriminaciones, lo exasperan al máximo. Y sin embargo, me pregunto: ¿no le habrá inculcado ella, además de sus supersticiones, sus ideas de grandeza?

Respiro con toda la fuerza de mis pulmones. Me lleno la garganta de ese aire fresco que nos trae el movimiento del trirreme y que las velas, a golpes secos, arrojan sobre nosotros. Sus chapoteos precisos y un poco rígidos han tapado las fanfarrias de la partida. Los pueblos de los bosques miran desde las riberas los pabellones de colores vivos, estupefactos de ver caballos transportados en barcos. Mi ensueño se dificulta, a tal punto me concentro en escuchar los cantos de las tribus cuyo eco llega hasta mí. Kalanos afirma que hay uno para cada hora, día o estación. Lo que no es nada sorprendente, teniendo en cuenta la variedad de los timbres y la frecuencia de las modulaciones permitida por esa gama de sonidos muy cercanos. Las notas se atropellan. Cantos de invierno, cantos de partida, azules como las olas, naranja y verdes como las velas...

Un olor rancio emana de las axilas de los hombres que trabajan, y es barrido por la brisa. Capitanes y navarcas se muestran orgullosos y lanzan un primer "Alalá...". Al segundo, la cadencia está dada y la los remeros de cada navío retoma el mismo grito: "Alalá... Alalá...". El eco de los acantilados, a veces, nos reenvía un "...lá" a destiempo, que los remeros amputan sin piedad, a fin de conservar el ritmo. El tiempo despejado los torna animosos. El sol da en el agua. A cada golpe de remo, nos sentimos llevados hacia adelante, transportados un poco más lejos, irresistiblemente.

Los ochenta navíos de guerra han aumentado su velocidad, imitados a su vez por el trirreme real –ornado por su empavesada de púrpura– y por el resto de la flota. Hemos sobrevivido a las cataratas y a los rápidos que preceden la confluencia del Acesines y del Hidaspes. En un lecho encerrado sacudido por los torbellinos, asistimos, impotentes, al hundimiento de muchas unidades. Nosotros mismos estuvimos en gran peligro. En un momento dado, Alejandro se sacó la túnica para lanzarse al agua, pero luego desistió, porque la tripulación había recuperado el dominio del barco. Clavada a esta embarcación, impotente, yo sabía que mi suerte estaba atada a la suya y me abandonaba a la fuerza de la corriente. De todos modos, tenía demasiado miedo para pensar en gritar. Las orillas desfilaban ante mis ojos despavoridos. Árboles, hierbas, toda la vegetación parecía inclinada hacia el agua, donde se arremolinaba el reflejo ya invertido de los rostros y los cuerpos.

Necesité un momento para recuperar el ánimo. Navegábamos de nuevo en aguas calmas y nuestro trirreme, felizmente intacto, se deslizaba a lo largo de un brazo de río. Chagané me refrescaba las sienes con agua de rosas mientras los navarcas hacían el recuento de sus hombres e inventariaban los daños. Me daban vergüenza esta solicitud y los cuidados de mi aya, cuando todavía había marinos desaparecidos y sobre los puentes izaban a los ahogados. Sin embargo, su cariño se me había vuelto indispensable. Desinteresada, Chagané siempre había estado presente para mí.

Alejandro estaba a mi lado. Hefestión se nos había unido en tierra, donde habíamos atracado para reparar los navíos. Sus miradas se habían vuelto espontáneamente hacia mí y las sentía todavía sobre mi cuerpo, mejor que una huella, mejor que una caricia, orgullo y deseo desdoblados. Una vez que les dimos a los muertos una sepultura decente, nos separamos de nuevo. Esta vez, Alejandro y sus tropas de elite avanzarían sobre las ciudades hostiles, mientras que la flota seguiría su descenso por el Acesines. Nuestra despedida fue breve.

Otra vez llevamos vidas paralelas, Alejandro y Hefestión en tierra, yo en el agua. Observo las orillas a fin de distinguir los peligros ocultos. A medida que avanzamos hacia el sur, la tez de los indígenas se oscurece y su agresividad hacia nosotros aumenta. Cuando asisten, incrédulos, al paso de nuestra flota, su animosidad es contenida ante todo por el miedo. La hostilidad, sin embargo, no tarda en retomar la delantera. Siempre en el momento más inesperado, lo que no da ningún respiro. En el curso de sus ataques, la cadencia se acelera. Los latidos de mi corazón se esfuerzan por atrapar el movimiento de los remos, acompañar el jadeo de los remeros apresurados por escapar de la lluvia de proyectiles.

El río se amplía a estribor. Llegamos a la confluencia del Acesines y el Hidraotes, allí donde tenemos orden de fondear en espera de reunirnos con las tropas terrestres. Desciendo del trirreme real con aprensión. Alrededor, los rostros parecen afligidos. ¿Por quién es el duelo? Vacilo. Mi espíritu se pierde, ahogado por un inmenso miedo. Alas negras se despliegan y se repliegan ante mis ojos. ¿Alejandro...? Una mala herida, me murmura Kalanos. Cerca de la tetilla, pero felizmente del costado derecho del pecho. Su juventud y su vigor lo han ayudado: está en camino de curarse. Sin embargo, todos aquí retienen el aliento. Alejandro se ha salvado pero nadie quiere creerlo hasta que reaparezca. ¿Y si, a fin de prepararnos para el impacto de su desaparición, en un primer momento sólo lo han declarado herido? ¿Acaso seguramente no nos mentirían para evitar que las tropas cedan al pánico? Mi desazón de viuda, mi desesperación de mujer enamorada serían entonces de corta duración. Pues la muerte de mi esposo significaría mi perdición. Mi vida está suspendida de su destino; mi aliento, de sus labios; los latidos de su corazón podrían ser los míos. ¡Está a salvo! Felizmente he encontrado en el rostro arrugado de Kalanos la tranquilidad que tanto necesitaba. ¿Cómo no dar fe a las palabras premonitorias de ese puro?

Me cuentan de qué manera esta maldita ciudad de Kamalia, en manos de los malios, resistió los asaltos de las falanges. La impaciencia de Alejandro ante lo prolongado del sitio. Olvidando toda prudencia, se puso como un simple soldado a la cabeza de un grupo de hombres, dando gritos de rabia en jerga macedonia. De nada valen los insultos en ese momento crítico. Sonrío con indulgencia ahora que está a salvo, reconociendo en eso su carácter. Ha olvidado que lleva su casco con plumas, que su armadura, también, se distingue de las demás. Todos los tiros convergen en él. No le importa; está a punto de poner pie en el acceso a la ciudad. Un dolor. Un grito. Cae de espaldas. La punta de una flecha le desgarra la carne y la horrible quemadura parece no tener comienzo ni fin. Ha olvidado cómo Pérdicas, uno de sus Compañeros más fieles, logró arrancar la flecha de la herida. ¿Fue Pérdicas quien se inclinó sobre él en ese ensueño diurno? Transportaron a Alejandro, ahora dado por muerto, sobre su propio escudo. Sus miembros inertes, en apariencia desprovistos de toda su sangre, golpeaban suavemente contra esa camilla improvisada.

Alejandro me alejó con un solo gesto, con firmeza. Pertenece a sus hombres. Su primera mirada será para los veteranos, los macedonios, los persas que le sirven con lealtad. Los Inmortales apartan la cortina de púrpura. Desde la litera, levanta el brazo para saludar a la multitud. De inmediato, gritos y llantos se funden en un tumulto creciente. ¡Está vivo! Y no sólo vive, sino que quiere montar en silla a pesar de las objeciones de su médico. Alejandro le hace el mismo gesto de detención que me hizo a mí. Muestra sus fuerzas a la multitud y designa una cohorte de esclavos que se arrastra, con grilletes en los pies. Entre los hombres, no se encontrará ningún malio: han sido masacrados por haber estado a punto de hacerle perder la vida.

Los macedonios aman las disputas seguidas de reconciliaciones. A pesar del cansancio, a pesar de los disensos, un profundo apego une a Alejandro con su ejército. A sus hombres, sacudidos por la noticia de su herida, les otorga unas semanas de reposo. Sería exagerado decir que, por su parte, se ocupa de su persona: rechaza los consejos de moderación, se burla de mi inquietud y espera como siempre con gran ansiedad los mensajes de Hefestión.

Mi angustia disminuye. El breve retorno a una vida estable y la cura rápida de Alejandro me han vuelto a serenar. Todo, aquí, en la desembocadura de este río, me hace pensar en un inmenso remiendo: se vuelven a calafatear las embarcaciones afectadas, se zurcen las velas, se busca consuelo por la desaparición de los parientes, se curan las heridas. Yo reúno a mi vez mis pensamientos dispersos alrededor de múltiples terrores, aprendo nuevamente a no pensar en las emboscadas.

Los elefantes sacuden con lentitud sus orejas sobre el río dormido, los búfalos toman su baño de cieno y se demoran en él. El canto de los pájaros del alba difiere del de los pájaros nocturnos. No cantan al unísono, los llamados y las respuestas se suceden según un orden bien establecido. Las ruedas de los carros, ahora, sacuden el suelo. Braman como el trueno y sin embargo, encima de nosotros, el cielo está despejado, a lo sumo lo atraviesan franjas de color malva, rosa, índigo. Hasta el casco de los barcos parece nervioso. Se oyen los primeros crujidos sobre los puentes.

Dejamos esa bahía de descanso rumbo a la siguiente ciudad, Alejandría de Opiene, cuyos trabajos de fortificación ya están muy avanzados. Por fin estoy al lado de Alejandro en el trirreme real, envuelta en un largo abrigo. Me aprieta la mano de tanto en tanto, con solicitud. La tripulación macedonia me mira despectivamente con expresión maliciosa. Surge un olor tras otro: estiércol de caballo, especias indias, incienso de los sacrificios ofrecidos en agradecimiento por la curación de Alejandro. Ayer, hombres vigorosos se entregaron a las carreras, a la lucha, al salto, al lanzamiento de disco y de jabalina, al pugilato, porque los griegos les gusta mucho medirse unos con otros. De desafío en desafío, de aventura en aventura...

Nuestros navíos recuperan velocidad; los remeros, esa cadencia que vuelve sus espaldas aceitosas y les redondea los hombros. Hay, en ese ritmo, una especie de alborozo que irradia en todo el cuerpo y de la que no es posible escabullirse. ¿Será por eso que Alejandro, súbitamente me parece tan próximo? Me aferré a este viaje cuyas escalas ignoro porque prolonga la armonía entre nosotros.

Tal como estaba previsto, al ensancharse el río apareció Alejandría de Opiene. Tribus indígenas y mercenarios todavía siguen en plena construcción. Están terminando las fortificaciones. ¿Por qué estas poblaciones tienen la piel tan oscura? Hasta sus labios son de un color extraño, medio marrón, medio violeta. La nariz, más chata que la de los indígenas del Norte y, por influencia de la poderosa casta de los brahmanes, la susceptibilidad a flor de piel. Hefestión dirige los trabajos con su determinación habitual. Todo lo que ordenó Alejandro debe ser cumplido en los plazos fijados.

Proseguimos nuestro descenso del río sin encontrar obstáculos ni la menor manifestación de hostilidad. La capital de los indios sudras, ahora rebautizada Alejandría por los sogdios, gobierna el curso meridional del Indo. No estaba previsto que fondease una flota de la importancia de la nuestra. A lo largo de los pocos muelles existentes, se arrastran hombres descuidados que no tienen ánimo siquiera de espantarse las moscas del rostro.

Allí me espera una alegría: la visita de mi padre, recién llegado de Bactra. Es portador de novedades que por ser inesperadas no son menos molestas. Algunas provincias del Imperio se han rebelado. Aria, donde el sátrapa Ordates ha proclamado la independencia. Paropamisada, donde la administración deshonesta de Tiriapes exaspera a la población. Bactra, por último, donde absurdos combates oponen a facciones rivales de veteranos que se habían quedado allí. Me enteré de estos acontecimientos sin verdadera sorpresa, Conflictos de poder, ociosidad, ebriedad: la lejanía nos condena a esta serie de decepciones. Aquí, nos confrontamos con el odio de los brahmanes, que se empeñan en azuzar a las poblaciones contra nosotros.

Mi padre baja la cabeza con seriedad. Ha envejecido mucho. Profundas arrugas le marcan la frente, su mirada está apagada. Sin embargo, Alejandro, tras haber destituido a Tiriapes, le confía a él la satrapía de Paropamisada. Sin protestar, se dirige allí de inmediato para hacerse cargo de sus funciones. Lo veo partir, preocupada. ¿No está demasiado viejo para seguir asumiendo tales responsabilidades? A manera de adiós me ha acariciado con sus dedos ásperos el mechón más cercano a mi mejilla, como cuando yo era una niña. Ese signo me basta; equivale por sí solo a todas las manifestaciones de cariño. No me pregunta sobre mi suerte, sobre mi eventual felicidad. Sabe desde hace mucho que nada de eso depende de él. Una lágrima rueda sobre mi mejilla. Cuando me separo de él, ya no espero nada, a tal punto mi vida con Alejandro me ha llevado a temer lo peor.

Las orillas ofrecen un espectáculo de contrastes. A estribor, la llanura se vuelve amplia. Campos de trigo, de cebada, de mijo, arrozales. A babor, una cadena de montañas de aspecto arcilloso. Alejandro ya ha sometido la región, al precio de numerosas pérdidas. Sólo se ha respetado la ciudad de Alor, porque se rindió de inmediato. La descubrimos sobre una elevación, rodeada de viñedos en las laderas. Pasada esta ciudad, se apodera de mí un malestar indefinible. Desde las aldeas llegan humo y olor a quemado, hay sombras negras adosadas a los árboles o suspendidas de ellos: esas primeras impresiones se precisan, confirmando mi desagrado inicial. Las ciudades de la región, por haber resistido a Alejandro hace unos días, han sido entregadas al pillaje, y sus habitantes masacrados. Las sombras negras que se balancean en las ramas de árboles son los cadáveres de los instigadores de la revuelta: príncipes de los reinos de Sindh, brahmanes, sobre todo. Soportamos la procesión macabra, todo a lo largo del río, de crucificados y colgados. Incluso torturados, todavía parecen escupirnos su desprecio. Los bromistas, a bordo, lo hacen notar: "¡Eh, muchachos! ¡Miren al príncipe Musícano sacándonos la lengua! Y allá abajo, ¿no es Su Majestad Sambo que intenta mearnos encima? Pero ¡se diría que bajó los brazos, pobre!".

No podemos eludir, por el momento, la descomposición de los cuerpos. Los hedores no perdonan ni a la noble casta de los guerreros ni a la de los sacerdotes. Lenguas violeta, rostros azulados, estas imágenes van a acosar mis pesadillas. Me pregunto si estas terribles represalias bastan para compensar la pena de nuestros hombres que han perdido a muchos de los suyos. ¡Hay tanto odio insidioso en el veneno de las flechas indias! Nuestros heridos se saben condenados. Algunos agonizan en silencio, otros sufren entre imprecaciones.

Nos dirigimos hacia Pátala, confiando en la lealtad de su príncipe. Meris se comprometió a recibirnos y reaprovisionarnos, y a guiarnos, por fin, hasta las bocas del Indo. Pero llevamos apenas tres días navegando cuando nos enteramos de su defección; Meris ha huido al desierto, y con él los habitantes de la ciudad. La cólera de Alejandro es tan grande como su decepción. Jamás podrá acostumbrarse a la traición: es el único rasgo de ingenuidad de su carácter. Entramos así en Pátala, al término de siete meses de navegación, sin provisiones y engañados.

Julio de 325 a.C.

Pátala es una ciudad muerta. Casas desiertas, haciendas desaparecidas, pozos obstruidos. La ciudad del silencio. No hubo una masacre; simplemente, bajo la influencia perniciosa de los jefes religiosos, todos los habitantes se han ido. En vano buscaríamos una manifestación de vida. Ante semejante abandono, los tumultos se frenan. Hemos entrado en la boca de un inmenso desastre. Inclinamos la cabeza y bajamos los brazos, nuestras piernas ya no nos sostienen, nuestros labios secos aspiran a recuperar la dulzura del té o de ese jugo de caña machacada, tan común en el Sindh.

Nos encontramos precisamente en la punta del delta del Indo, un curioso embudo de caudal moderado sin el cual la provincia quedaría definitivamente librada a las arenas. El cultivo del algodón y de la caña de azúcar parece constituir la única actividad de los pueblos. Es lo único que sé acerca de ellos. Nos disponemos ya a dar nueva vida a la ciudad. Así, Hefestión vela por la fortificación de la ciudadela y la creación de un puerto.

Ahora Alejandro apenas recuerda que existo. Lo he visto partir y volver en dos ocasiones, a la cabeza de una escolta de barcos de treinta remeros. Recorrió los dos brazos del Indo hasta el mar, que, según él, también baña la costa persa y debería, por lo tanto, reunir las satrapías de la India con las del centro del Imperio. Me resigno a su ausencia, consolada finalmente por haber evitado enojarme en el momento en que Alejandro se muestra sobrio y poco deseoso de frecuentar a sus Cadetes. Vuelve, de sus exploraciones, entusiasta y soñador. El océano ejerce una influencia muy curiosa sobre el río. Rechazadas por el viento del sur, las aguas refluyen. La marejada, por su fuerza, obliga a los navíos a atracar precipitadamente y la flota lanza el ancla. Las olas se retiran, las embarcaciones se hunden en el barro. Este extraño fenómeno no sorprende a los indígenas, y los macedonios terminan acostumbrándose e incluso registran su regularidad. ¿Quién hubiera creído, hace todavía algunas semanas, en la existencia de estos humores erráticos? Por cierto no yo, que ignoro todo del mar...

Como la pared de la muralla ya está fortificada, las instalaciones portuarias ocupan a Hefestión sin descanso. No lo veo nunca, replegada en la sombra de mis aposentos, único refugio contra las tribulaciones del día. Un hilo de sudor corre por las sienes del eunuco que me abanica. En las habitaciones silenciosas, hundidas en la penumbra, muebles y objetos me parecen lejanos; las distancias, más grandes; la perspectiva, singularmente alargada. Hay profundidad en todo lo que contemplo; eso me intriga y me inquieta a la vez. Otro eunuco agita el flabellum con la mirada fija. Unas sandalias golpean contra el suelo. Chagané, delante de la puerta, se prosterna y me sonríe con sus ojos dulces. Me anuncia que partiré mañana con el rey, y que nuestro equipaje está listo. Es lo que yo esperaba desde que Alejandro designó oficialmente a Nearco el Cretense, hijo de Andromita y ciudadano de Anfípolis, comandante de la flota.

Compañero del rey respetado por todos, marino experimentado y con reputación de no desperdiciar sus hombres, nadie mejor que Nearco para reemplazar a Alejandro en esta tarea peligrosa. A él le toca penetrar el misterio del río-océano, determinar si este mar en el cual se lanzan los brazos del Indo recibe también al Tigris y el Éufrates y permite la vuelta a las viejas capitales de Persia y de Babilonia. Alejandro está exultante ante la idea de conectar entre sí esos puntos estratégicos del Imperio. Pero no puede correr el riesgo de dirigir en persona la expedición. Los ciento veinte navíos y los diez mil hombres que componen la flota tendrán que ser reaprovisionados desde la costa, todo a lo largo de su recorrido. Al ejército de tierra le toca organizar sus paradas, cavar pozos, instalar depósitos de víveres y rechazar los actos hostiles.

¿Cuántas mentes lúcidas hay en este inmenso convoy de veinticinco mil soldados y quince mil civiles del que formo parte? Yo recuerdo bien los relatos de la travesía del desierto de Gedrosia realizada por nuestro Gran Rey Ciro y sus tropas exangües, pero los macedonios, por su parte, no tienen realmente conciencia de lo que nos espera. Para ellos es una marcha más, una vuelta hacia Occidente. Contentos de ir allí, subestiman la dureza de la prueba. Dejamos Pátala en medio del verano, un mes antes que la flota, a fin de preparar mejor sus escalas. Nearco ha venido a saludarnos, impasible en apariencia. Pero tenía contracciones involuntarias en la mandíbula y las venas del cuello le palpitaban de emoción. Le espera una enorme responsabilidad. Se encuentra solo.

Descendemos hacia el sur. Los últimos campos de trigo, tapiz al pie de las montañas, se estrechan alrededor de un curso de agua bastante delgado. Hemos dejado detrás una meseta de vegetación escasa, desfiladeros y pasos que cortan el paisaje en dos. La costa comienza ya a revelarnos su rostro ingrato. Mujer sin pecho, cubierta de una arena muelle sobre la cual tropezamos con desagrado. Delante del mar, el relieve se vuelve abrupto, de pronto atravesado por acantilados. Los torrentes han trazado allí esas arrugas profundas, llevándose todo a su paso, excepto las plantas espinosas, tamarindos y mimosas que exponen de tanto en tanto las copas. El tiempo se desliza con una lentitud calculada. Sentimiento de fatalidad... Me esfuerzo por apartar de mi espíritu el recuerdo de la retirada de Ciro y aquella, más desastrosa aún, de la reina Semíramis quien, tras haber partido con ciento veinte mil hombres, volvió a Babilonia sólo con veinte... Desde nuestra partida, no he vuelto a ver a Hefestión. Dirige un cuerpo del ejército situado en la retarguardia de nuestras fuerzas.

El noveno día de viaje, no me atrevo a mirar mi imagen y sin embargo el óvalo de mi rostro responde siempre a la caricia de mi mano. A lo sumo, he adelgazado un poco, ¿se dará cuenta Alejandro? Por cierto, me ha llevado con él. A veces, bien entrada la noche, se tiende sobre nuestro lecho. Pero siempre lo bastante tarde como para que yo me haya dormido, vencida por la fatiga. Cuando me despierto, sólo queda la marca de su cuerpo en las sábanas, y su perfume. Hay experiencias, incluso cortas, de las que salimos envejecidos. Estoy viviendo una de ellas.

Desembocamos en el valle del Arabio, ante un río estrecho que atravesamos sin problema. Advertido de que nos estamos acercando, el pueblo arabita primero huye al desierto y luego vuelve sobre sus pasos a implorar la gracia de Alejandro. Como siempre en tales circunstancias, él se muestra generoso y no exige más que un tributo de víveres.

El océano, más abajo, está calmo, por más que el lugar tenga reputación de peligroso. Me horroriza ese muro de piedra calcárea que nos separa tan brutalmente de las olas. Hubiera querido descubrir el mar de otra manera. De más cerca. ¿Será ésta una última ilusión de juventud? En esta extensión, espera una amenaza adormecida, que tememos despertar. La cresta de las olas está recorrida por un hilo de una sustancia que los griegos y los fenicios llaman “espuma” y que se suma lentamente al flanco de las rocas. Una novedad increíble me llega después de haber recorrido nuestros convoyes: Tolomeo el lágida, herido por una flecha envenenada cuando descendíamos por el Indo, se habría curado. Hasta ese momento, los indígenas habían ocultado el secreto de las hierbas curativas que tanto necesitábamos.

Ya en el país de los oritas, alcanzamos el valle de Purali tras cuatro días de marcha. En su capital, Alejandro confía a Leonato, uno de sus fieles miembros del cuerpo de guardia, el mando de esta nueva satrapía y, sobre todo, la tarea de preparar una parada para la flota, que será nuestra última referencia certera. Nos internamos ahora en el desierto de Gedrosia. Pronto estamos enceguecidos por el sol, forzados a viajar de noche para escapar a la sofocación del día. Sospechamos que hay peligros por todas partes. Los primeros días de marcha, la presencia de algunos bosquecillos de datileras nos engaña. Al olor mareante del mar lo sustituyen los aromas acres de las matas de mirra. Los mercaderes fenicios, cuya caravana de camellos sigue nuestros convoyes, se precipitan, a la vez mortificados y encantados de que nadie antes que ellos haya pensado en recoger la savia. En cada parada los veo, ocupados, encarnizados en recoger el nardo indio. Así, el incentivo de la ganancia los mantendrá vivos. Allí donde muchos perecerán, ellos resistirán, negándose a abandonar su precioso botín en el camino.

La arena ahora invade todo. Cubre la costra y el interior de las tierras hasta donde la vista se pierde. Las primeras en sucumbir son las bestias de carga, cuya carne endurecida compartimos a la sombra de las tiendas. Veo caer hombres, pero sobre todo mujeres y niños, sin pensar en rebelarme contra la elección de este itinerario que Alejandro mantiene porque es demasiado tarde para renunciar, porque nunca se estableció que pudiera renunciar y porque está obsesionado con la idea de preparar las paradas necesarias para el reaprovisionamiento de su flota.

Está prohibido penetrar mucho en el interior, donde soñamos con percibir magros troncos de datileras. Ya no cuento los días: aquí el tiempo ha dejado de existir. La sed nos atormenta, la lengua parece de plomo. Todo es blanco: la arena, las piedras, las dunas en las que los hombres a menudo se hunden hasta mitad del muslo. La oscuridad, lejos de traer calma, es fuente de temores, de dudas. Nos hemos extraviado, hemos perdido la línea de la costa y, sin embargo, persistimos en avanzar, ejército de esqueletos, niños y civiles en agonía... Se sacrifican caballos y mulas que, de todos modos, no logran siquiera arrastrarse más. El trigésimo día de travesía, decidimos abandonar a los enfermos y los heridos. Ninguno de ellos podrá unirse a nosotros: nuestras huellas se borran de inmediato tras nuestro paso.

El convoy, perdido, sigue su marcha, derecho en la oscuridad. ¿Hefestión nos estará siguiendo con su cuerpo de ejército? Este viaje en el absurdo nos va volver locos. Alejandro sigue dando el ejemplo con su coraje y su tenacidad, pero esta vez llegamos al extremo. Nos burlamos tanto del futuro de la flota como de la unión, tras someter Gedrosia, de todas las provincias del Imperio. ¿Qué nos importa si existe o no una ruta marítima entre el Indo y Persia? ¿Por qué continuar caminado en esta mortaja que nos envuelve? Tras muchos días, los soldados, demasiado débiles para soportar la más mínima carga, han abandonado sus armas. ¿Qué pueden lanzas y jabalinas contra una naturaleza hostil? ¿De qué sirve ahora la protección de los escudos?

No pienso más. Me abandono al cielo, a sus lejanas estrellas, como si nada me atara a la tierra. Me ha sido imposible orar, a diferencia de Chagané, que se marchita un poco más cada día, y eso que somos privilegiadas y estamos convenientemente alimentadas. Los hombres de la tropa están hambrientos y sus jefes deben intervenir para que no acaben con las bestias todavía en condiciones. Esa noche, nos enteramos de que un destacamento va a ser enviado en dirección al sur con el objeto de reencontrar el mar. Alejandro ha hablado de cavar pozos, de preparar una estación para la flota. "¡Nearco! ¡La flota! ¡Sin duda una linda preocupación!", gritan los infantes sin el menor control. "¡Beber! ¡Comer!"... Unos gritan, otros callan: dos caras de una misma condena, de una misma revuelta. Alejandro, que lo sabe, baja la cabeza. Es demasiado tarde para renunciar; por otra parte, jamás ha podido pronunciar esa palabra o decidirse a encararla. Si yo desapareciera, ¿se daría cuenta?

El polvo me carcome la nariz, me destruye los pulmones. Oculto los ojos detrás del velo, máscara mortuoria sobre mi rostro. Maldito olor de la arena, débil, dulzón. ¡Sentir sobre mi lengua inflamada la caricia bienhechora del agua! Y de pronto, sobre mi piel, las caricias de Alejandro. Las reales o imaginarias de Hefestión. Los oigo reír juntos. ¿Sucumbirán ellos a los efectos del ocio posterior a la campaña? Intercambian confidencias de jóvenes, como es su costumbre. Alejandro entra muy rápido en la habitación, sus pasos son precipitados, como si lo hubieran empujado contra su voluntad. Después de un breve instante de duda, se dirige hacia el lecho a tientas. Esa torpeza... ¿Eres tú, Alejandro? Qué importa: tiemblo de placer representándome, detrás de los párpados, la silueta de Hefestión.

Ensueño interrumpido ahora por los gritos que saludan la vuelta inesperada del destacamento que partió a explorar. Los jinetes nos traen una buena nueva. Gracias a ellos, podremos obtener magras porciones de alimento: dátiles, trigo, carne de cabra, pescado. En efecto, han descubierto, al abrigo de miserables chozas de conchillas, un pueblo de marinos que se alimenta de pescado desecado y bebe de fuentes de agua salobre.

Alejandro, ansioso por el destino de su flota, ha hecho reservar de inmediato para ella una parte de los víveres recogidos entre los indios. No ha tenido en cuenta la desesperación de los hombres de la tropa. Algunos, que no soportan más, arrancaron los sellos, abrieron los bultos y devoraron las provisiones a riesgo de sufrir el castigo del látigo. Prevenido de tales exacciones. Alejandro no las castiga: ordena simplemente reforzar la protección de los convoyes. Las filas de civiles están diezmadas. Las del ejército, apenas menos ralas, se deshacen. Al sufrimiento se agrega el desorden.

El cuadragésimo sexto día de travesía acampamos en el lecho de un torrente seco. Una tromba de agua se abate por la noche. Terrible estrépito. En unos instantes, el río resucitado arrastra a su paso hombres, animales, las tiendas más expuestas... Por casualidad, Alejandro acababa de dejar a sus soldados y se encontraba junto a mí. Me tomó con mano firme, encontramos abrigo sobre la orilla. Mi cuerpo pegado al suyo, aúllo en su oído. Abrumados, con las manos temblorosas, buscamos sobrevivientes, sin convicción. No podemos siquiera quitarnos la sed: el agua asesina ha sido inmediatamente absorbida por las piedras.

Y de vuelta andamos errantes en un laberinto de dunas, pero ahora sabemos que Hefestión nos sigue a cierta distancia. Desde hace siete días, sobrevivimos gracias a las incursiones de nuestros exploradores en las aldeas costeñas. Casi todos los caballos han muerto; los que quedan, están en los huesos, rendidos. Incapaces de soportar el menor peso, son llevados de la brida. Alejandro, con sus últimas fuerzas, no deja de alentar a la larga columna de hombres a pie. Cuando por fin viene a verme, me callo. Podrá verme vengativa; débil, jamás. Concentrada en mi sola existencia, he elegido el repliegue para protegerme mejor. Había jurado, el día de nuestro casamiento, no importunar nunca a Alejandro con lágrimas.

En el quincuagésimo cuarto día de travesía, cuando hemos perdido por lo menos un cuarto de nuestros efectivos, un grupo de exploradores descubre vegetación en dirección al noroeste. Trágica coincidencia: algunos parecen haber esperado ese momento para sucumbir de agotamiento. ¿Expiran ante esta certidumbre, felices por el consuelo? Para nosotros, los que hemos escapado, la aparición de vergeles, extrañamente, más que consolarnos, aviva la herida. Amargura y remordimientos enterrados, lágrimas retenidas suben desde nuestro corazón. Esta alegría es dolorosa, tan encarnizadamente hemos luchado para sobrevivir. Dudo de mí, de mi voluntad de seguir viviendo, tras haberla puesto en funcionamiento tan bien durante estos sesenta días de prueba. Pero esta travesía fuera del tiempo nos ha hecho envejecer prematuramente.

¡Pura! La capital de Gedrosia tiene bien puesto el nombre, que, en sánscrito, significa "la ciudad". Esa palabra simboliza por sí misma todo aquello con lo que soñamos desde hace dos meses. En las afueras de Pura, los hombres se niegan a recuperar sus rangos, no quieren dar a los habitantes la imagen de un ejército a la deriva. Las sanciones no hacen efecto, las órdenes se oyen con oído distraído y rara vez se aplican. Alejandro los deja hacer. Ha salvado una parte de su ejército y ahora sólo piensa en su flota.

Por desgracia, en Gedrosia no nos espera ninguna novedad de Nearco. Y los mensajeros enviados cada día a la costa vuelven con las manos vacías de esos lugares desérticos donde las posibilidades de atracar les parecen ínfimas. ¿Se habrá equivocado de itinerario, Nearco? Alejandro, encerrado en su tienda, se carga de reproches. Su rostro, devastado por el ayuno, me entristece y me preocupa. Ahora estoy segura: esta melancolía es antigua. Todo comenzó en las orillas del Hífasis, en India, cuando el ejército se negó a seguirlo. Allí tuvo que renunciar a su sueño, allí se chocó con la incomprensión, con los límites de las capacidades humanas.

Tras quince días de reposo en Pura, he recuperado mis fuerzas. Incluso la vieja Chagané se repone lentamente. ¿Qué sería de mí sin ella? Porque Alejandro aparece cada vez menos. En vano Hefestión y sus Compañeros se las ingenian para extraerle una sonrisa, para distraerlo de su repliegue taciturno. Como me mantiene a distancia, no puedo darle consuelo. Nos iremos de Gedrosia a la provincia vecina de Carmania, con Alejandro invadido por los remordimientos. Por mi parte, estoy de luto por nuestro matrimonio: cada día que pasa, pertenece más al dominio de la ilusión. A pesar de todo, logro superar esta decepción porque mi esposo no se aleja únicamente de mí. El mal es más profundo: Alejandro se encuentra perdido en ese mundo que había creído poder modelar, transformar a su gusto y que, a pesar de todo, ha terminado escapándosele. Cinco años de ausencia han bastado para que los males que corroían el Imperio persa renacieran bajo una forma apenas diferente, para que los traidores de Darío se convirtieran en traidores de Alejandro.

Hemos marchado casi tres semanas antes de llegar a Salmos, atravesando valles y llanuras irrigadas por aguas malsanas. Sólo en Carmania, al término del viaje, Alejandro vertió lágrimas de dolor. En mis brazos, lejos de la mirada de sus hombres, a quienes teme llevar a la desesperación. Al fin sale de su mutismo. Yo llegué a estar tan inquieta que me ponía a vigilar el río, al crepúsculo, temiendo que se sintiera tentado de arrojarse a él. No podía olvidar su flota. Nuestras esperanzas eran tan tenues que nadie osaba evocarlas, excepto

Kalanos, que exhortaba a Alejandro a tener paciencia. Con el correr del tiempo, yo había aprendido a creer en esta sabia palabra. Por eso no me sorprendió oír que había señales de un campamento macedonio en la desembocadura del Anamis, a cinco días de marcha de Salmos.

Hombres perdidos en la bebida, mujeres presas de arrebatos histéricos: la ciudad de Salmos está hundida en la ebriedad. ¡Todos se apretujan alrededor del almirante Nearco! Con la frente ceñida con una corona de acanto, se lo reconoce fácilmente. Hace algunos días, cuando llegó aquí, con su larga barba y sus dudosos harapos, lo habían tomado por un bandido. Está afónico a fuerza de contar su periplo, aullar su alegría de encontrarse entre los suyos, cegado por las banderolas multicolores que arrojan de todas partes a su paso, al compás del redoble de los tamboriles. De tiempo en tiempo, incapaz de pronunciar una palabra, levanta la mano para saludar a la multitud. Percibo apenas el enorme rumor, dominado ahora por el sonido nasal del aulos. Con las mejillas hinchadas, los ojos alzados al cielo, la mirada perdida, el intérprete ha perdido la cabeza y se empeña en hacérnosla perder a nosotros, con su incesante melodía. Dos mujeres con el rostro muy maquillado, presas de un acceso de furor, responden a su manera al hechizo de la música. La multitud se aparta para dejarles espacio, con respeto; con temor, también. Pronto sus movimientos se hacen bruscos. Ojos, cabeza, vientre y cadera oscilan hacia atrás, mientras que una especie de espuma que no escupen ni tragan sube hasta su boca escarlata. Nearco, ganado por este frenesí, arroja las hojas de acanto a la multitud. Me mantengo lejos de esta barahúnda, sabiendo que va a durar varios días y que Alejandro no reaparecerá de inmediato. ¿No lo han visto ya ayer a la noche, disfrazado de marino sobre un carro tirado por asnos? Anuncian con gran estallido de gritos que se hará un concurso de bebida. Suspiro, fatalista: de este tipo de pruebas algunos no volverán. A la mañana temprano, los arrastrarán de los pies hasta una tumba fresca donde dormir la mona de la víspera.

Unas semanas más tarde, dejamos Salmos rumbo a Carmana. Las festividades recomienzan. ¿El pretexto? Nuestro encuentro con las tropas conducidas por Crátero, que nos habían dejado en India para ir a aplastar la rebelión del sátrapa de Aria. Cumplida su misión y tras ocho meses de marchas agotadoras, esas tropas se sumergen de nuevo en las orgías y la irracionalidad. Por centésima vez, le suplican a Nearco que cuente las peripecias de su expedición naval. Las ballenas. La tempestad. Los venablos de los indígenas. Los hombres sedientos que intentaban arrojarse al mar. Cómo Alejandro, al ver a su amigo solo con cinco oficiales, creyó que eran los únicos sobrevivientes de la flota. "Y entonces, oh mi rey, me tomaste la mano ennegrecida por el alquitrán y lloraste largo tiempo. Luego me dijiste: 'Mi dolor es menos abrumador por el hecho de que los vuelvo a ver, a Arquias y a ti. Pero, dime: ¿cómo perecieron mi ejército y mi flota?'. Con gran alegría te contesté: 'Oh, rey, tu ejército y tu flota están sanos y salvos: hemos venido a anunciarte esta buena nueva'."

Enero de 324 a.C.

Nuestra vuelta a Persia está decidida. Después de cinco años de ausencia, este viaje nos lleva hacia el pasado. No ha servido para nada, o casi, mostrarse generoso y magnánimo. Alejandro se muerde los labios de desagrado. En vano se esfuerza en ocultarme su cólera; conozco el motivo de su furor mal contenido. ¿Quiere disimular los resquebrajamientos del Imperio ante mí, una persa? ¿Crees tú, Alejandro, que no conozco a los sátrapas? Sé perfectamente cómo es esta raza de hombres. Me acuerdo de qué forma y con qué prontitud Abulites y Orixenes renegaron de Darío para recibirte, a ti, el conquistador. ¿Esperabas tú que su carácter se modificaría, que la fidelidad se convertiría en su regla? Tengo razón y sin embargo tendría que haberme callado. Alejandro es demasiado orgulloso para admitir sus errores. Y mi torpeza le impide comprender, justamente, lo que amo y admiro en él: la espontaneidad con que perdona, la fe que pone en quienes, antaño, han sido sus enemigos y le prometen enmendarse.

Ahora los procesos judiciales se suceden unos a otros. Las condenas a muerte no perdonan a nadie: después del sátrapa de Carmania, es colgado el de Persépolis, luego el usurpador Baxiares, que pretendía ser el sucesor de los Grandes Reyes. Por último, para estupor general, dos comandantes macedonios, denunciados por sus propios soldados.

La capital real de Pasargada y la de Persépolis se han convertido en focos de corrupción particularmente activos. En Pasargada, hubo un gran revuelo cuando se descubrió la violación de la tumba del rey Ciro. Yo misma he vertido lágrimas amargas ante la piedra removida que antaño protegía la cueva del ataque de los impíos, ante el ataúd violado, ante ese bosque sagrado abandonado desde hace tiempo, al parecer, por los magos y sus plegarias. Maldigo a los que, con su silencio, implícitamente han aceptado el vandalismo. Vergüenza para los que dejaron que un muerto de nombre tan glorioso fuera despojado de su mortaja, desprovisto de sus alhajas, privado de la letanía de los cantos fúnebres.

Alejandro, en mi presencia, da orden de volver a poner esa sepultura en buen estado y confía a un pintor la tarea de adornarla de frescos. Siento por esto un orgullo particular. No sólo Alejandro exigió que estuviera a su lado, sino que me ha mirado largamente, espiando mi reacción, feliz de haberme reservado esta sorpresa, Así, por ese acto de respeto ofrecido al Gran Ciro, Persépolis, ciudad devastada por las llamas, por fin ha obtenido una reparación simbólica. Y yo también, en cierta forma, porque el día en que se sacrificó la ciudad no había muerto en mi memoria. Alejandro no lo olvidó y yo le estoy agradecida. Mi cuerpo, hoy cubierto de telas sedosas, ha olvidado la rugosidad del vestido –bordado pero un poco gastado– que me aprestaba a usar para mi decimosexto cumpleaños, pero en cambio recuerdo muy bien lo que aquel momento de horror representó para nosotros. ¿Quién hubiera imaginado entonces que me convertiría en reina, después de semejante ofensa?

Cinco años han transformado las ciudades reales o, más exactamente, mi mirada sobre ellas. Si bien el recuerdo del incendio se mantiene vivo, Persépolis ha visto cohabitar a sus antiguos habitantes con la guarnición macedonia. Me alegré al enterarme de que el sátrapa caído había sido reemplazado por Pecestas, el único de los Compañeros del rey que habla nuestra lengua. El único que buscó interiorizarse de nuestras costumbres y que no teme mostrarse delante de sus Amigos macedonios vestido con nuestra vestimenta de gala.

Hefestión, que había emprendido con la mayor parte del ejército un itinerario más fácil, se nos unió en la llanura de Chiraz. Me sentí impresionada ese día por la madurez de su rostro, restallante de salud, demasiado, tal vez. ¿Había una advertencia oculta en su llegada triunfal a la cabeza de tropas perfectamente ordenadas? Era evidente que se enorgullecía de haber calmado las tensiones entre sus subalternos. Mis deseos, amortajados bajo la arena de Gedrosia, se despertaban lentamente. Favorecidos por el retorno a Persia, se confundían con la alegría de encontrarme en mi país. Un exceso de felicidad, algo que no me ocurría desde hacía tiempo... Alejandro contra mí, buscando el refugio de mi seno para abrigar sus labios, los ojos azul oscuro de Hefestión deslizándose a lo largo de mi cuerpo, devorando mi rostro, todo se mezclaba en mi cabeza, en una fusión de deseos verdaderos y ardores imaginarios.

¿Era un sueño o realmente había reencontrado, en Persia, a los dos hombres que amo? Me siento joven de nuevo y llena de fuerzas, exaltada por el despliegue de mi belleza y por las nuevas atenciones que Alejandro me brinda. Todas esas delicadezas de su parte, ¿no enmascararían una vergüenza? Descarto resueltamente esa duda. No recuerdo haberme vuelto a sentir abandonada, o triste, por haberlo esperado demasiado. En el momento en que nos internamos en los desfiladeros persas en dirección a Susa, mis esperanzas están casi todas satisfechas. ¿Por qué, entonces, Chagané baja la cabeza y el sabio Kalanos, con una expresión, afligida, se aparta de mí?

En Susa, ante todo, tenemos una cuenta que saldar. Cuando nos estábamos muriendo en el desierto de Gedrosia, el sátrapa Abulites nos había enviado, en lugar de trigo o ganado, tres mil talentos de oro. A Alejandro le había gustado muy poco esta ironía y hoy tiene intención de devolvérsela con la misma moneda a ese insolente. Apenas llegamos, los primeros días de primavera, convocó al sátrapa y lo llevó a las caballerizas reales. Allí, extendió en tierra los tres mil talentos de oro. Si los caballos se alimentan de ellos, le dijo, conservarás la vida. Este episodio les encanta a los macedonios. El ahorcamiento inminente de Abulites no le da pena a nadie aquí, pues los habitantes formulan numerosas quejas sobre él. ¿Será un puro efecto de mi imaginación? ¿Habrá otro tema de broma que se me escapa? Varias veces, desde mi llegada a Susa he creído sorprender alusiones irónicas a propósito de mi matrimonio. Creía que los espíritus estaban por fin calmos pero, lamentablemente, hay que admitir que la calumnia es tenaz. ¿Acaso un guardia no murmuró, con tono arrogante: "Decididamente, se enamora de todas sus prisioneras"? Tengo cada vez más la desagradable impresión de interrumpir, por mi simple presencia, conversaciones entre mujeres de mi séquito. ¿De qué cautivas se trata?

En el palacio de Susa, en el ala opuesta a mis aposentos, viven siempre recluidas las dos hijas del difunto rey Darío, Estatira y Dripetis, llenas de atenciones e instruidas por profesores venidos de la Hélade. Casi había olvidado, lo confieso, la existencia y condición un poco curiosa de esas princesas huérfanas. Hasta que, torpes y sonrojándose, reaparecieron las antiguas amigas: Apamea, la hija de Espitámenes, Artonis y Artakama, las hijas del venerable Artabazo. Sus gestos forzados, su confusión un poco ridícula –incluso de parte de la inteligente Apamea– me desagradaron de inmediato. Esos encuentros ceremoniosos, todos esos cumplidos sonaban falsos a mis oídos. ¿Qué era exactamente lo que se había quebrado en esas amistades lejanas? No llegamos a encontrar, después de años de separación, los impulsos, incluso imperfectos, de nuestra infancia. La adolescencia, ya, nos había aislado a unas de otras. Desde mi casamiento real, los celos hicieron su obra.

Me vuelvo a ver niña, observando a una futura esposa, con una corona de mejorana en la cabeza. Se había levantado el velo porque estaba rodeada solo de mujeres y niñas. Todas se lamentaron y yo también, sin saber por qué, quizá por imitación. No recuerdo el nombre de esa futura esposa de Dervet; en verdad, se parecía a todas las novias bactrianas o persas. Ojos clavados en el suelo. Mejillas enrojecidas. Lágrimas y sonrisas indecisas. Hoy, en mis aposentos de Susa, esta imagen vuelve y comprendo súbitamente qué es lo que retorna para mí en los rostros de Apamea, Artonis y Artakama, tan uniformemente estúpidos. Tres vírgenes recién informadas de su futura unión, que en el fondo no saben qué pensar, pero se resignan más bien con alegría. Mi infortunio no se me manifiesta todavía. Mis antiguas compañeras, fingiendo creer que estoy advertida, van a darse el placer de revelármelo. Así, tengo que enterarme por boca de esas tres hipócritas –y simular, a mi vez, haber sido ya informada– que además de su propio matrimonio con ciertos Amigos del rey, se desarrollarán el mismo día otras bodas. Bodas reales...

Estatira y Dripetis, hasta entonces confinadas en sus departamentos y sin el orgullo de su linaje, salían, de la sombra después de años de aislamiento. Privilegio de hija mayor, Estatira estaba destinada a Alejandro, mientras que la menor, mucho más bella sin embargo, lo estaba a Hefestión. Así se explicaban los cuchicheos de las últimas semanas, que había percibido, y esa curiosa agitación proveniente del ala oeste del palacio. No sé cómo logré, delante de esas idiotas, tragarme la humillación: sin duda me sobrepuse a fin de evitarles esa satisfacción. Los ojos tristes de Kalanos y de Chagané me volvían a la mente, no dejando lugar a la menor duda.

Las salas del palacio de Susa son tan inmensas que en ellas no se puede mentir. Las voces, al resonar allí, revelan el verdadero rostro de quien habla. ¡Pobre de aquél que tropieza con una palabra! El sátrapa Abulites, enredado en explicaciones confusas, pudo verificarlo en persona y sin embargo tenía, dicen, mucha labia. Alejandro me mira directo a los ojos para confirmarme la novedad que exuda por todos los poros de la maledicencia: sí, va a casarse con Estatira, la hija mayor de Darío, no porque la ame sino para asentar su legitimidad frente a sus súbditos persas. Por más que me haya preparado para esta confesión y aunque escucho de su propia boca que no tiene ninguna intención de repudiarme, un dolor violento viene a crisparme el vientre. Retengo la respiración para apagar ese dolor. No le concederé una sola lágrima. Ni una palabra de pesar, menos aún de reproche. Sin embargo, en ese momento y sin que Alejandro lo sospeche, deseo la suerte expeditiva de un decapitado. Estoy condenada a una muerte lenta: ésta, cruel y silenciosa, de mis sentimientos. Doble puñetazo: a Hefestión, Alejandro le destina la princesa Dripetis...

Mi lecho. Mi sofá favorito cubierto de brocato, donde se imprime la forma de mi cuerpo. Los estuches de oro y de nácar que contienen mis joyas. Deslizo una larga mirada sobre esos muebles y objetos que, de pronto, me parecen pertenecientes a alguna otra. Con Alejandro y Hefestión, Estatira y Dripetis me han sacado todo. Podría arrojarles a la cabeza esos vestigios de mi vida de reina, que me son indiferentes. Aborrezco el aire que respiro porque, también a él, lo comparto con ellas. Lavo mi cuerpo con rabia para borrar de él la suciedad, desparramo perfume, malgasto los ungüentos y las cremas, aplasto con los pies pétalos de rosa, asperjo las sábanas y las colgaduras con aromas al punto de la sofocación.

Las festividades de las bodas durarán cinco días. Noventa y dos parejas se unirán al mismo tiempo según el ceremonial persa: hombres macedonios y mujeres orientales, los Compañeros del rey dan el ejemplo. A Crátero le destinan a Amastris, la sobrina de Darío; al diplomático Tolomeo, Artakama; al canciller Eumenes, Artonis, la otra hija de Artabazes; a Seleuco, jefe de los efebos reales está destinada la ingrata Apamea y, murmuran los malintencionados, ¡una dote más importante en contrapartida!

Mi hermano Histanes acaba de llegar a Susa. Oficialmente, para dar cuenta de sus misiones en Bactriana. Más probablemente, instado por mi padre a estar junto a mí. Él mismo ha sido engañado por mi indiferencia, admirando mi sangre fría. Y sin embargo, en este momento, temo lo peor.

La felicidad perfecta se domicilia en la ciudad de Susa. Alejandro ha reembolsado de su fortuna personal las deudas de todos sus soldados. Hizo regalos, distribuyó coronas a los más valerosos y una moneda de oro a todas las mujeres encintas de la ciudad. Bailes, bebida, dos días de juegos y, sobre todo, todos se apresuran a asistir a una pieza de teatro que pone en escena Hárpalo el Cojo, un hombre de confianza del rey que se fue con el tesoro de los soberanos de Persia que debía vigilar. Sí, la felicidad perfecta se domicilia en Susa, pero no en mi corazón, donde todo es negro como la más negra de las tumbas.

Me reuní con Estatira la víspera de su boda. Encuentro impuesto, que, por otra parte, no podía diferir pero que no me privé de retardar a fin de mejor manifestarle mi desprecio. Yo era la reina oficial, ella todavía no lo era, y quise hacérselo notar. De igual forma, logré que Alejandro me permitiera aparecer sólo un breve momento en la ceremonia.

Contaba cada una de sus concesiones como una prueba suplementaria de su apego a mí. Aceptó, sin dudar, todas mis demandas. Y fue en mi lecho donde pasó la noche anterior a su boda. Inútil precisar hasta qué punto me superé a mí misma, tanto para encender su llama y recordarle todos nuestros momentos de intimidad como por el placer de humillar a mi rival a distancia.

Tuve cierto consuelo al descubrir a Estatira. Bella, sin duda, pero felizmente mucho menos que su célebre madre y, sobre todo, muy tonta, lo que no deja de disminuir los efectos de su gracia. Me formé rápidamente una opinión sobre su persona. Ella vive en este palacio desde los doce años y no ha salido nunca; de esta reclusión podría haber sacado alguna enseñanza, haber extraído del silencio de sus piedras majestuosas, del recogimiento del duelo de sus padres una fuerza interior, una comprensión sensible de los seres y de las cosas. Podría haber meditado, observado, estudiado el comportamiento de los eruditos que le enseñaban la lengua y la historia griegas. Pero apenas domina esta lengua. Como seremos las esposas de un soberano de ascendencia helena, me dirigí a ella en griego. Se esforzaba por responderme. El mal uso de esas palabras extranjeras destacaba la mediocridad de su espíritu. Para esta primera entrevista, no podría haber elegido nada mejor para ridiculizarla. ¿Pero al menos ella se daba cuenta? ¿Tendría, por lo menos, un adversario a mi medida? En cuanto al fasto de la ceremonia nupcial, no quiero guardar ningún recuerdo, no quise ver nada, oír nada. Las salmodias de los magos me habían parecido fuera de lugar, el rostro beato de Estatira un insulto. Encerrada en mis aposentos, me dediqué a escupir, imaginariamente, sobre ese simulacro de casamiento.

Con aposentos y servidores separados, es más fácil ignorarse. Sin embargo, Estatira ha de hacerme vigilar. Yo hago lo mismo, fingiendo indiferencia. ¿En qué se convertirá este equilibrio precario si me entero que ella espera un hijo? Siendo de la misma sangre de nuestro rey Darío, ¿no precedería a mi descendencia tanto en el orden de sucesión como en las preferencias de Alejandro? Debo armar mi vida alrededor de estas incertidumbres. La pena de no poder tener hijos se tiñe ahora de desaliento. Sin embargo, no me animo a reclamarle a Chagané sus famosas hierbas, supremas para la fecundidad. El procedimiento, en otro tiempo, me había parecido indigno; hoy, es mi orgullo rechazar ese recurso. Me niego, ocurra lo que ocurra, a actuar o a abstenerme de actuar en función de Estatira.

Desde hace unos días, Kalanos, el asceta que nos sigue desde Taxila, se opone –a pesar de las súplicas de Alejandro y de ciertos Compañeros del rey que ahora son sus amigos–, a otra forma de mediocridad, la de la enfermedad. Sufre de males que, afirma, constituyen un obstáculo para sus prácticas y que, de agravarse, van a alterar su serenidad de espíritu. Quiere morir por el fuego según el rito indio. Comprendiendo que esta decisión es irrevocable, Alejandro ha aceptado acceder a sus deseos. Soldados jóvenes erigen entonces una hoguera fuera de los muros de la ciudad, impresionados a pesar de sí mismos por la resolución del viejo que, sentado en su litera, los aconseja con voz muy tranquila.

Kalanos... No veré más tu frágil silueta moverse en los campamentos bajo las lluvias del monzón, o permanecer inmóvil durante largas horas, de cara al sol. Me parece haberte confiado en silencio la mayoría de mis secretos. Los pocos momentos en que apareciste en mi presencia pesaron más sobre mi destino que muchos otros acontecimientos de mi vida. La última vez, comprendí que habías venido a decirme adiós cuando pusiste tu mano sobre la mía, en un gesto de afecto muy humilde. Esa mano me pareció más ligera que una pluma. Era una mano de niño, de presión confiada, tan débil y sin embargo, ves, quedó grabada en mi memoria.

Asisto de lejos a tu cremación, por más que tú nos instaste a que la celebráramos y nos sintiéramos felices por ti. Me basta imaginarte, demasiado débil ya para desplazarte, transportado hasta la hoguera sobre la litera donde te niegas obstinadamente a terminar tus días. La caballería desfila ante el palacio, y la infantería lleva las vasijas de incienso, los trajes de lamé con los que se alimentará el fuego. Chagané me cuenta cómo, al apartarte del rey y de tus amigos macedonios, te asperjaste con agua lustral y te coronaste la frente. Tu voz, de pronto asombrosamente poderosa y llena de alegría, entona un himno védico. Tu pecho se hincha y tus piernas delgadas no tiemblan, en tus rasgos no hay temor. Pido que me dejen sola. Espero, en silencio absoluto, los tres anuncios del sacrificio. La solemne desgarradura de las trompetas. La amplitud del grito de guerra y, casi, de inmediato, como para responder a esos llamados angustiados, el berrido de los elefantes indios. Tú oras, de rodillas, ya llevado por el éxtasis a ese mundo ornado de dioses que debes de vislumbrar y que las humaredas nos ocultan. Cierro las cortinas de púrpura, del color del fuego que te envuelve.

Alejandro ha vuelto diferente. Felizmente, el encanto de su nueva esposa no tiene nada que ver. El sacrificio voluntario de Kalanos, esta forma de recibir la enfermedad y adelantar la muerte jamás los hubiera imaginado antes. Y las últimas palabras del jainita, que tanto lo preocupan: "Nos volveremos a ver en Babilonia...". Babilonia, justamente, adonde queremos llegar la próxima primavera... ¿Habrá en estas palabras una advertencia oculta? La belleza triunfante de Hefestión, la conquista, por parte de Alejandro, de este inmenso Imperio, tantos éxitos acumulados me inspiran un inexplicable espanto. Son hechos, acontecimientos independientes entre sí, pero que se podrían vincular a un mismo miedo: el de que este éxito tremendo y estos doce años de campañas victoriosas lleguen a su fin. ¿Estaré más abatida por las bodas de Susa de lo que querría aceptar, al punto de sucumbir al fatalismo?

Ya volvemos a partir, bajo la conducción de Hefestión, en dirección a Opis, una ciudad un poco triste estancada en una llanura. Alejandro, por su parte, se nos ha reunido más tarde por agua. Ha recorrido el Eulaios remontando luego el Tigris, cuya navegabilidad deseaba verificar. Chagané, siempre al acecho de novedades del mundo exterior, me cuenta sobre el mal humor de las falanges apenas instaladas. Histanes, mi hermano, me lo confirma, lo escucho con ansiedad. El rey considera urgente poner en condiciones el río, pero es una pesada tarea inútil a ojos de los soldados, que consideran indignos de ellos esos trabajos de dragado, de reparación o de construcción de diques. La obstinación y el amor propio macedonios parecen haber cristalizado en su rencor hacia los contingentes persas y bactrianos. Mi hermano me confiesa que percibe cada vez más esta crispación en el agema de la caballería donde sirve. Desde el fin de la campaña de la India, los veteranos sienten que el rey ya no les tiene confianza. ¿No ha hecho venir hasta aquí, de todas las satrapías, vecinas o lejanas, a treinta mil combatientes jóvenes del Imperio instruidos en lengua griega y dotados de armas similares a las suyas? Prueba, si hiciera falta, de que ya no los considera una simple fuerza complementaria sino un elemento integrante de su ejército.

Sofoco mi ferocidad bajo una expresión impasible. Los jinetes bactrianos, justamente los de mi país natal, desfilan ahora bajo los colores macedonios y saludan con aplomo. De ahora en adelante, ningún heleno podrá tratarlos con condescendencia, a menos que se mienta a sí mismo. Son muy jóvenes y entusiastas, todavía no están gastados por las marchas ni descorazonados por las masacres. Histanes pasa delante del palio real. Ha rasurado su barba. Imberbe como un griego... ¿Qué queda de su rebelión adolescente, de su voluntad de irse a las manos con "esos diablos de macedonios"? Acaricio mi rostro con el revés de la mano. Es liso, su óvalo sigue siendo puro... Sin embargo, cuántas transformaciones impuestas o sufridas en tan pocos años...

La juventud es breve en estos países áridos. El brío se erosiona rápidamente, la ambición disminuye, la belleza se altera. Así hemos saludado por última vez a los diez mil veteranos que, ya ineptos para el servicio, vuelven a Macedonia bajo la conducción de Crátero. Sus camaradas, muy emocionados, lloran al separarse de ellos. En esta ciudad de Opis, decididamente, he visto derramarse demasiadas lágrimas. Las susceptibilidades recíprocas, atizadas por el aburrimiento, tienen libre curso aquí. Alejandro, consciente de la lasitud de las tropas, había considerado un buen recurso proponer la desmovilización de los efectivos más antiguos. Cuál no ha sido su sorpresa al asistir, más que al alivio o el agradecimiento, a una violenta revuelta. Los gritos de furor atravesaron las paredes del palacio. Cegados por la cólera y por una especie de desencanto amoroso –las relaciones de Alejandro con su ejército son de la misma naturaleza, a la vez enternecedora y peligrosa, que la pasión–, los macedonios vociferaban y blandían sus armas. ¡En agradecimiento por doce años de servicio, ahora que estaban agotados por los combates, los licenciaban como si no sirvieran para nada y los reemplazaban por imitadorcitos de pacotilla! Se sentían estafados, ellos, los hermanos de armas, los compañeros de excesos, los amigos del alma. "¡Vete entonces a la conquista del mundo con esos eunucos de ojos oblicuos!", gritaban los humillados. "¡Entonces no han entendido nada!", replicó Alejandro. "No les propongo volver a la India. Vuelvan a Macedonia y atrévanse a hablar allá de mis maltratos! ¡Sin mí, todavía serían campesinos o pastores miserables! ¡Honré a sus hijos, les perdoné las deudas y jamás escatimé esfuerzos para hacer de ustedes hombres y no cobardes en el campo de batalla!"

Apoyada en una columna, yo cerraba los ojos. Alejandro se recluiría varios días en el palacio, negándose a recibir a nadie. Una vez más, tendría que mantenerme alejada, pues le repugnaba que lo vieran así, descuidado, postrado, aplastado bajo el peso de la rabia. Antes de eso, había tomado una decisión cargada de sentido. Convocó a los soldados persas, medos, sogdianos y bactrianos. A los más meritorios les otorgó el título de "parientes del rey", como en la época de los soberanos aqueménidas; después, todos fueron repartidos en escuadrones y falanges.

En la entrada del palacio, ahora son persas los que montan guardia, y no puedo dejar de sentir orgullo ante semejante prueba de confianza. ¿No está allí la victoria, tardía e inesperada, lograda sobre los macedonios por los pueblos del Imperio? Numerosos helenos estuvieron a gusto en nuestras tierras, se establecieron, se casaron con nuestras mujeres y fundaron familias. Algunos ya hablan nuestra lengua, como nosotros aprendimos la de ellos. Y los otros, los que se disponen a volver a Occidente han sido, a pesar de sí mismos y aunque no lo admitan, influidos por nosotros. Deslumbrados por Babilonia y las ciudades imperiales, impresionados por nuestros tesoros, atraídos por nuestro modo de vida, por la gracia de las mujeres, la nobleza de los caballos. De aquí, por más que se resistan, partirán cambiados. Nunca podrán ocultar esos años de gloria y de adversidades durante los cuales sintieron que realmente existían. Oriente ganó esta batalla desgastante, devoró en su inmensidad la invasión de los conquistadores.

Y ya, haciendo eco de los pensamientos que me atraviesan el alma, los macedonios se rinden, admiten su derrota. El silencio de Alejandro y el otorgamiento a los persas del título de "parientes del rey" los han reducido a la desesperación. Oigo sus gemidos y el ruido de las espadas, cuando las arrojan a tierra en señal de sumisión, ante las puertas del palacio. Ha ganado Alejandro. Los convoca, les da a su vez el título de "pariente" y un beso a cada uno. Todos esos hombres cosidos de cicatrices lloran, mientras que yo sonrío, con un júbilo secreto.

Estatira debe de tener el rostro descompuesto y los rasgos tensos por el insomnio a fuerza de esperar que Alejandro se digne a honrarla. Sola, en sus aposentos del ala oeste. Que no me vengan a hacer creer que tiene prelación sobre mí: la hija de Oxiartes es preferida sin ninguna duda a la de un Gran Rey. Después de tres años de matrimonio, retengo a Alejandro junto a mí en detrimento de su nueva esposa. Hasta el alba. No hablamos, entre nosotros, de Estatira. No le asigno ni siquiera la limosna de un pensamiento. A la noche, al acostarme, cuando Chagané me peina, disimulo una sonrisa de triunfo y bajo los ojos para que ella no sepa cuánto brillan. Pero la vieja mujer debe de haber adivinado todo ante el estremecimiento de mi nuca. Duermo de día para no perder nada de mis noches, acaricio mi vientre a escondidas para convocar la vida en él. Se llamará Alejandro, como su padre, será fuerte y valeroso, de eso estoy segura, y hasta los macedonios deberán obedecerle.

Antes de llegar a Babilonia, Alejandro quiere volver sobre sus pasos. A Media. Nos dirigimos entonces hacia su capital, Ecbatana, a ritmo moderado, más lento aún por los obstáculos naturales: los macizos de Zagros y, sobre todo, los montes de Bagistana, lugares sagrados dedicados a Ahura-

Mazda, donde Darío el Grande había hecho grabar en la roca el relato de su llegada al trono y de sus hazañas militares. Montañas abruptas, pendientes escarpadas. Se elevan verticales, tocando las nubes. Comparadas con ellas, las aldeas de abajo me hacen pensar en minúsculos hormigueros. Entre ellas, tendidos como una tela a punto de romperse, los campos cultivados se extienden hasta el horizonte, entrecortado de caminos encajonados. En ese paraíso de reyes, Alejandro se vuelve a conectar con los placeres de la caza, venablo en mano y cabellos al viento. Ese placer lo retiene todo el otoño en el lugar, poco apurado, a todas luces, por llegar a Ecbatana.

¿Qué es entonces esta extraña pereza, esta vacilación a la hora de entrar en la capital meda?Alejandro no suele actuar con esta lentitud. ¿Qué es lo que así retardamos?¿Buscamos evitar o diferir una desgracia? ¡Ecbatana, ciudad acogedora con vergeles resplandecientes, cómo disimulas tus pensamientos perniciosos! No llegamos allí hasta varios días después, cuando la enfermedad fulminó a Hefestión...

Su esposa, Dripetis, pretextando que sufría una indisposición pasajera, no acompañó la terrible agonía. En cuanto a Alejandro, retenido por el espectáculo de los concursos de lucha, se precipitó en la habitación de Hefestión demasiado tarde para recoger su último suspiro. Nadie, en el desorden, pensó en prohibirme cruzar el umbral de este cuarto. El agonizante al que asistí no me hizo ninguna confidencia. Ya no me preocupaba más: no había nada, entre nosotros, que ya no supiera. Él reclamaba sólo agua helada para calmar su fiebre, antes de que el mal lo dominara totalmente. La muerte, con lentitud, tomaba posesión de su persona y de sus sentidos; su oído se debilitaba, su vista se nublaba, hasta mi rostro de tez luminosa se borraba de sus pupilas como si no me conociera, cuando yo me creía –¡insensata!– capaz de traerlo a la vida.

Acababa de ponerse el sol cuando Alejandro, como un loco, irrumpió en la habitación. Se lanzó sobre el cadáver, cubriéndole las manos y el rostro de besos. No comprendí las palabras que le dirigió, sofocadas por los sollozos, en dialecto macedonio. Me quedé velando al muerto y al que vivía hasta el alba. Alejandro pasó toda la noche aullando, arrancándose mechones, enrollándolos en los dedos de Hefestión, desgarrándose las vestiduras. No intenté hacer ni un gesto: mis tentativas de calmarlo hubieran sido vanas. Permanecí allí, sentada, concentrada en mi propio dolor, tratando de analizar mis sentimientos: mi sufrimiento, mi terror ante esa máscara mortuoria de rasgos tan parecidos a los de mi esposo; también alivio, tal vez, resto de unos celos carnales muy antiguos. Todos los Compañeros del rey, abrumados, se mantenían a distancia. Esa noche, Hefestión nos perteneció a nosotros, Alejandro y Roxana.

Alejandro decretó duelo oficial en todo el Imperio, y nuestros sacerdotes apagaron los fuegos sagrados y cortaron las crines de los caballos en señal de aflicción. Así nos encaminamos seis meses después hacia Babilonia, precedidos por el cortejo fúnebre. Mi esposo, ahora, evita mi presencia. Pero otro placer duerme en mí, cuya naturaleza he descubierto a orillas del Tigris. Náuseas y vómitos se suceden. Me preocupo de disimularlos para no atraer el odio de quienes me rodean. El de los macedonios, reacios a la idea de tener que obedecer, tal vez un día, al hijo de una persa, y que nunca han perdido la esperanza de que Alejandro me repudie. El de Estatira, sobre todo, esa mujer aborrecida que, por cierto, también tiene el título de reina pero todavía no un hijo. Yo mantengo la ventaja. La de haber sido, yo, Roxana, desposada por amor. La de ser preferida por Alejandro. La de darle un heredero al Imperio.

Esa primavera, Babilonia nos reserva muchas sorpresas. En el interior de la ciudad descubrimos dos mausoleos gigantes, respectivamente dedicados a "Pitionisa" y a "Glicera". La cólera de Alejandro no tiene límites. Los soldados y el pueblo humilde, por su parte, ríen a escondidas. Al principio, a Estatira y a mí intentaron ahorrarnos la afrenta, pero en casos así los rumores son imposibles de contener. ¡Las dos mujeres a quienes se rinden honores dignos de las esposas de Alejandro son las prostitutas más célebres de Atenas! Hárpalo el Cojo ha dilapidado el tesoro real, se ha casado con Pitionisa y luego, viudo desolado, con la no menos virtuosa Glicera, y erigió a la memoria de ambas, templos, altares y mausoleos. En el centro de la ciudad, a vista y paciencia de todo el mundo, se exponen las estatuas de dos rameras, para grandísima alegría de los habitantes de Babilonia y de los atenienses, que, en secreto, detestan a Alejandro y vienen hipócritamente a ofrecerle honores divinos.

Una vez restablecido el orden, Alejandro se alejó de la ciudad para explorar los meandros del Éufrates y verificar la consolidación de los diques. No vuelve. Una parte de la flota regresa a Babilonia, desesperada, afirmando que ha perdido su rastro y la de muchos otros navíos. Ante esta novedad, instintivamente me llevo las manos al vientre. Ese terror súbito devela lo que oculto desde hace varias semanas y que nadie, salvo Chagané, ha advertido todavía. Qué lástima... El esclavo Bagoas, el servidor más fiel de Estatira, se aleja precipitadamente. No tengo necesidad de seguirlo con los ojos para adivinar en qué dirección irán los pasos de este espía: los aposentos de su ama. Ahora, Estatira lo sabe. De inmediato, temo lo peor. Aunque ella no sea una mujer de carácter fuerte, no deja de representar un peligro, pues recibe, además de los consejos venenosos de Bagoas, los de otros intrigantes que, antaño, sirvieron a su padre. Ella también huele que Alejandro se le escapa y debe de alimentar respecto de mí oscuros deseos de venganza.

Desde el casamiento de Estatira, nuestros séquitos se seguían sin nunca mezclarse. El mío abría la marcha, resultado de una sorda lucha de influencias que Alejandro había resuelto a mi favor. En Susa, y después en Babilonia, sólo nos cruzamos en ocasión de unas pocas ceremonias oficiales. Nos sentábamos en un extremo y en el otro del trono real, adoptando poses hieráticas. Nuestros orgullos rivalizaban en silencio. Sin verdaderamente observarla, yo estaba segura de que ella calcaba su actitud sobre la mía. Nos manteníamos muy derechas, los labios fruncidos y las miradas fijas. Mi única molestia era dar ese espectáculo a los macedonios, siempre dispuestos a la ironía, pero mi dignidad, ¿acaso no tenía ese precio? Nadie podía ignorar que yo tenía más ascendiente que ella, puesto que ocupaba el asiento de la derecha, reivindicado en vano por Estatira con el pretexto de que ella tenía sangre real.

A fin de humillarla de entrada, fingí canturrear cuando suponía que el eunuco Bagoas, ese viejo chacal desdentado, estaba errando por los corredores cercanos a mis aposentos. Por más que ese idiota anduviera en puntas de pie, tenía un aliento tan fétido que yo infaliblemente adivinaba su presencia. Lo dejaba sobornar a mi gente, que se guardaba su dinero y me contaba sus acciones y gestos. Me apliqué entonces a tararear melodías a fin de que le diera parte de mi despreocupación a Estatira. Me complacía, por la mañana, en dejar largo rato las sábanas revueltas, para que no tuviera la menor duda de las visitas nocturnas de Alejandro. Sin embargo, había tomado grandes precauciones para ocultar mi embarazo, simulando pérdidas menstruales y redoblando la prudencia al punto de hacer probar todos mis alimentos a una de mis esclavas. Nos odiábamos, Estatira y yo. A la distancia, sigilosamente, pero con violencia. Cada noche, yo planeaba cómo asesinarla y no dudaba de que, por su parte, mi rival hacía lo mismo.

Todavía seguimos sin novedades del rey, perdido en los meandros del Éufrates... Un miedo frío me invade. Tres días y tres noches se deslizan en un silencio que nadie tiene el coraje de quebrar. ¿Qué será de nosotros, de mi hijo y de mí, si Alejandro desaparece?

Sin embargo ese día todavía no ha llegado. Estoy recostada, ocupada en observar mi vientre elevándose por oleadas, cuando vienen a anunciarme, la mañana del cuarto día, que nuestros hombres han vuelto sanos y salvos, con Alejandro a la cabeza. Todo mi cuerpo se estremece, presa de un intenso júbilo interior. En realidad, como me lo cuenta Alejandro más tarde, su tripulación, arrastrada por el impulso de descubrimiento, se había perdido sin darse cuenta en los canales. Durante tres días y tres noches les pareció que revivían la prueba de Teseo en el laberinto, errando por cañaverales donde era preciso abrirse camino a cuchillazos. En esas regiones, había nenúfares y jacintos estancados en un agua corrompida. De pronto, habían aparecido tumbas asirias a medias inmersas, comidas por el moho. En el momento en que Alejandro se inclinó sobre esos vestigios desolados, el aire vibró. Una sola vez. Con una fuerza inesperada. Y cuando levantó la cabeza, ya no tenía la diadema.

Un hombre se zambulló. Era un remero fenicio de rostro profundamente marcado, con músculos salientes. Dio en el agua violentas patadas y luego desapareció, subiendo unos instantes después a la superficie. Sus cabellos estaban pegoteados de barro; sus rasgos, tensos por el esfuerzo. Desde la embarcación, volaban los gritos de aliento, pero ¿cómo podía oírlos él, si se había zambullido de nuevo? De pronto, del agua salió la diadema. Clamores de alegría recibieron al hombre y cuando pudo oír, su rostro se dilató de orgullo. De pronto, le pareció que el sonido cambiaba, como si las notas de alegría, moduladas, se volvieran falsas. El fenicio no comprendía. ¿Por qué las miradas se dirigían a él con semejante espanto? ¿Tendría que sonrojarse de vergüenza tras haber realizado una hazaña? Para nadar más cómodamente, se había puesto la *causia* real en la cabeza, sin medir la gravedad de su acto: de salvador se había convertido en sacrílego. Se apoderó de una cuerda para izarse sobre el navío, unos brazos lo elevaron. Se dejó llevar, habiendo renunciado ya a la vida. Los adivinos se habían retirado de inmediato y de su conciliábulo resultó que el único medio de apartar la mala suerte era proceder a una decapitación inmediata.

Un tronco. Una cabeza. Dos pedazos de un mismo hombre que había soñado con el honor y moría en la infamia. Había algo absurdo en matar a un sujeto que creía hacer el bien, pero que había transgredido el respeto por las insignias reales, el cual se imponía aunque estuvieran devoradas por el pantano. Alejandro no dudó. Él, que se había mostrado implacable en muchas ocasiones, dejó de lado el consejo de sus adivinos. El fenicio había dado muestra de coraje: esa cualidad valía que lo perdonaran.

Más tarde, postrado sobre una tabla, el remero volvió del reino de las sombras. Su espalda, rayada por el látigo –por orden de Alejandro su pena había sido conmutada así–, apretó en la mano un talento de oro que el rey le había regalado en recompensa por su devoción.

Alejandro está a salvo. Volvemos a estar seguros, mi hijo y yo, ¿pero por cuánto tiempo? Como el alivio fue mayor que la felicidad, el reencuentro se festejará sin brillo particular. Después de este nuevo presagio de muerte, la melancolía de Alejandro, alimentada por la inacción, se agravó. Tras la desaparición de Hefestión, no designó a nadie para sucederlo. Espero entonces con impaciencia que nuestro hijo venga al mundo, viviendo en el temor de que Estatira, por su parte, se declare encinta. Me encantaría huir de Babilonia, esta prisión donde estamos emparedadas vivas, antes de que la bilis negra de la melancolía me alcance a mí también.

Poco después de la muerte de Hefestión, una parte de las murallas de la ciudad se derrumbó, pero esa brecha, rellenada por el monumento funerario que Alejandro quiso erigir, no nos permitirá evadirnos. La base, cuadrada, se apoya en ladrillos de cerámica. Cubierta por una plataforma de troncos de palmera, la torre se eleva cinco pisos hacia el cielo con decoración sobrecargada. Alejandro había seguido su ejecución con fervor, consciente de la síntesis que representaba esta obra entre los zigurats babilonios y las torres rodantes utilizadas por el ejército macedonio. Hefestión no habría renegado de esa mezcla de lo sagrado y lo militar; en cambio, se habría sorprendido ante la pregunta que atormentaba a Alejandro... En efecto, había enviado una delegación a Egipto para consultarle al oráculo de Amón si Hefestión era un dios al que se debería rendir culto o un simple mortal de carne y hueso.

La delegación, conducida por Filipo, había llegado a la fuente que baña el oasis de Siwa. No lejos de allí, bajo la sombra azul de la ciudadela, sacerdotes de ojos muy oscuros hacían una última ronda, a la llegada del crepúsculo, para mantener por medio de fuegos sagrados el atractivo misterioso de la tierra egipcia. El gran sacerdote de Amón había bajado la cabeza mientras Filipo le hacía la pregunta sobre los funerales de Hefestión. Sí, convenía rendirle a Hefestión de Pella, chiliarca de Alejandro, honores heroicos.

Mayo de 323 a.C.

El sol quema. No hay ninguna sombra sobre el suelo. El aire está impregnado del olor rancio de los camellos y del aroma dulzón de los odres donde el agua ha permanecido largo tiempo. El catafalco sobre el cual el cuerpo va a ser incinerado se halla sobre el altar destinado a recoger la sangre de diez mil animales elegidos entre los más hermosos del Imperio. Así, un río rojo debería cubrir la estrecha franja de tierra que separa el Tigris del Éufrates. Alejandro está pálido pero firme, resuelto. Mantenerse derecho, con la cabeza erguida, en ayunas bajo ese sol en el cenit, exige un inmenso esfuerzo de voluntad. No terminamos nunca de reverenciar a este muerto. Durante cinco días se apagaron los fuegos sagrados, como cuando nuestros Grandes Reyes acababan de fallecer. Para los persas, aunque están asimilados al nuevo Imperio y son admitidos –desde hace poco– entre los Compañeros del rey, esta decisión sigue siendo sorprendente. En efecto, según nuestras tradiciones y costumbres, nada debería igualar la gloria del soberano, sea éste Darío o Alejandro...

Mire adonde mire, me topo con los relieves suntuosos del catafalco. Abajo, cientos de galeras apuntan la proa fuera de la pared del edificio, quinquerremes de remos dorados, con espolones agresivos sobre los cuales los arqueros, de rodillas, se mantienen listos. Arriba, antorchas gigantes rematadas por coronas de oro y águilas de alas desplegadas. El olor a sangre tibia reaviva mis náuseas. Los cantos fúnebres, monocordes, no se callan un instante. En este aire que ninguna brisa remueve, me dejo llevar. Los propios soldados, a pesar de sus esfuerzos, no logran mantener una pose solemne.

Lejos de calmarse, las salmodias se refuerzan con la caída del sol. Su *crescendo* precede al ascenso del difunto al cielo. Un gruñido continuo recorre ahora a la asistencia: inclinados sobre las murallas, tres mil hombres hacen resonar al mismo ritmo sus escudos de bronce. Sin darnos cuenta, levantamos la mirada hacia la cima del edificio. La fuerza de los golpes, las ondas que se extienden, ¿no arrancarán al difunto de su sueño? Ningún movimiento sacude el lecho perfumado, pero si el muerto se hubiera incorporado y hubiera tendido sus brazos hacia nosotros, no nos habríamos asombrado.

Un miedo sagrado nos domina en este instante, en el que todo puede ocurrir. Los golpes de los escudos aceleran su cadencia, y nos volvemos una unidad con el sonido. Nos toma por completo, nos posee. Treinta mil macedonios, cuarenta mil persas no son más que una sola nota lacerante. Erguidas entre las armas y los trofeos, justo debajo de Hefestión, sirenas gigantes, con el pecho hacia adelante, entonan un himno de difuntos: unos cantores han sido disimulados en el interior de estas estatuas huecas. Los escudos, golpeados con una violencia insólita, nos arrebatan en un torrente de ruido. Ya no queda el menor lugar para el pensamiento. Hasta que, de pronto, el silencio estalla. Un silencio increíble, de presencia tan fuerte que parece tan duro como un bloque de granito; todavía lo oigo. En ese momento, el ascenso de Hefestión al cielo es tan cierto como el cálculo matemático de una trayectoria...

Después vinieron días despojados de sentido. La incorporación de contingentes persas en la falange macedonia alcanza su punto culminante y Alejandro intenta recuperarse. Una ceremonia prevista desde hace largo tiempo, pero diferida por la desgracia de los pantanos, se desarrolla ahora en el parque del palacio real. La entreveo desde mi ventana, a hurtadillas, sin poder evitar un sentimiento de extrañeza ante la metamorfosis de este ejército macedonio que, habiendo franqueado el Helesponto como vencedor unos años antes, vuelve del Indo transfigurado. Las tropas que veo desfilar, columna tas columna, están esencialmente compuestas por contingentes orientales. Antaño considerados bárbaros, aportamos a las fuerzas debilitadas de Occidente una sangre rejuvenecida y nuestras tradiciones guerreras. Sentado sobre un trono de oro, Alejandro observa esos contingentes con gran atención, arrojando con frecuencia una mirada oblicua hacia el cielo, con el cuello tendido en esa actitud habitual en él. No sólo pasa revista a las tropas, sino que las distribuye, guiado por su intuición, entre las diferentes secciones: cuatro macedonios cada doce persas.

La inspección se desarrolla desde hace varios días. A la noche, me distraigo por un momento muy breve, cuando Alejandro, libre de sus obligaciones, viene por fin a visitarme. Me han recomendado reposo absoluto hasta el fin de mi embarazo. Cumplo con la recomendación, tendida, rechazando con un gesto o un simple mohín los entretenimientos que me proponen. Tengo un humor caprichoso, el olfato sensible, un apetito desmesurado. Cuando el término se acerca, me siento pesada, sin aliento. Despido con sequedad a las pocas mujeres que son admitidas a mi lado: quiero estar sola para concentrarme totalmente en cada movimiento de mi hijo. Como un animalito en su madriguera, hace roces discretos y, más raramente, suaves empujones, visiblemente cómodo con mi inmovilidad. Mi rostro ha permanecido intacto. La máscara amarillenta ha perdonado mi tez, mis cabellos no tienen la falta de brillo que se considera propia de mi estado. Finjo indolencia, despido a todas mis sirvientas a excepción de Chagané. Pero hasta ella se levanta y desaparece cuando el eunuco mudo franquea el umbral de la puerta.

Paradoja de esta ciudad bordeada de ríos: sólo bebemos vino o agua de pozo, porque la de las cisternas o los canales es impura. Les he tomado horror a las fragancias embriagadoras de los rosales y los jazmines. Olores de Babilonia, olores de primavera. Alejandro ha decidido poner fin al año de duelo impuesto desde la muerte de Hefestión, y ha vuelto a asistir a banquetes, protagonizando en ruidosa compañía borracheras exaltadas y declamaciones teatrales que, en apariencia, son lo único que lo arranca de la pena. Sin embargo, lo sé mejor que nadie, es presa de ella y a ella sucumbe. Él, que jamás ha cedido un tranco, deja que la desesperación se apodere de él. Su aislamiento interior aumenta. ¿Soy yo la única en alarmarse por esta transformación profunda? A los Amigos del rey, en apariencia, no parece preocuparles.

Muy impaciente desde los primeros días de la revista militar y deseando reorganizar pronto las falanges, Alejandro se muestra de pronto extrañamente abatido. Se queja, ante mí, de dolores abdominales. Los malos presagios se encarnizan contra él, incluidos mis sueños, que no son sueños ordinarios sino esos extraordinariamente brillantes en su relieve, profundos en su significación y su influencia que producen los embarazos. Cuando escucho su relato, me contengo para no temblar, bajando los ojos por miedo a que le revelen una de mis pesadillas, en la cual vi a un hombre de rostro simiesco sentarse en su lugar sobre el trono real.

Alejandro, con la mirada perdida, se habla a sí mismo mucho más de lo que se confía a mí. Tal vez intente así conjurar el miedo… Esta tarde, sin poder explicar el motivo de su gesto, interrumpió el desarrollo del desfile para ir a bañarse en el agua pura de un estanque. Sus Amigos lo siguieron, menos para respetar el protocolo que por el placer de ir a refrescarse. A medida que me lo contaba, el hombre del rostro simiesco regresaba desde la lejanía de mi memoria; me da miedo escuchar las palabras que mi esposo se dispone a pronunciar. Desde el baño, me explica Alejandro, de pronto habían oído gritos; eran los eunucos, que montaban guardia afuera. Los gritos adquirieron resonancias confusas, como si el agua y las paredes de cerámica se hubieran complacido en deformarlos. Los castrados, que no podían intervenir, habían asistido con terror al acto sacrílego. Un desconocido de dulce sonrisa había atravesado sus filas, subió los escalones y se instaló tranquilamente en el trono. Con las pupilas fijas, se había quedado mudo. Los guardianes del rey lo acosaron a preguntas pero sin atreverse aún, retenidos por una especie de respeto, a levantarle la mano a esa efigie real, grotesca por cierto, pero vestida con un manto de púrpura y ceñida con una corona puesta de través. Por fin, el hombre, dándose importancia había dicho de un tirón: "Me llaman Dionisos de Mesina. He sido acusado y me han traído de la playa cubierto de cadenas hasta que el dios Marduk me libere. Aquí estoy con los miembros libres, a cambio de lo cual el dios me ha ordenado ceñir la púrpura y la diadema y sentarme aquí".

Nadie reconoció al mesenio ni dio fe a sus palabras: lo empujaron con brutalidad, desnudo, hasta la sala de torturas a fin de desentrañar si su expresión, entre mística e imbécil, era fingida. En vano sondearon en busca de intenciones criminales. Aun en carne viva, no pronunció el nombre de un solo cómplice y se mantuvo fiel a sus declaraciones incoherentes. A pesar de todo, los adivinos exigieron que se matara a ese irresponsable, cuyo acto de usurpación se había cometido delante del ejército. ¿Se alejaría por fin la desgracia tras esos meses asfixiantes en los que Alejandro buscaba dar cauce a su pena?

Nuevamente, Estatira me inspira inquietud. Ignoro cuáles son sus ocupaciones desde el día en que vino a reunirse conmigo, con las manos tendidas hacia mí como si tuviéramos algo que compartir. Lloraba la desaparición de Alejandro en el momento en que lo creíamos definitivamente perdido en los meandros del Éufrates. Muerto Alejandro, ¿habría considerado ella extinguida nuestra rivalidad? Yo no habría aceptado compararme con ella, mezclar el aliento de mi vida con su existencia larval, a ningún precio, ni siquiera el del duelo. Por mi parte, me negué a mostrarme afable. Por el contrario, insté al eunuco mudo a actuar; veneno o hierro, poco importaba en ese momento. Había que terminar con eso. Aprovechar esas horas de confusión para burlar la vigilancia de su guardia, que estaba cerca. Alejar a Bagoas, encontrar un pretexto. Pronto yo traería un niño al mundo, el heredero del trono; Estatira, por el momento estéril, tenía que ser eliminada. Antes de que pretendiera gestar, a su vez, un hijo de Alejandro. O de que algún ambicioso se sintiera tentado de desposar a la hija del Gran Darío para legitimar una nueva descendencia. Todo lo demás me parecía de poca importancia, salvo esa coincidencia que me perturbaba y sobre la cual Alejandro y yo no hablábamos: nuestro hijo había sido concebido justo antes –¿o justo después?– de la muerte de Hefestión, como si hubiéramos presentido la proximidad de la desgracia y buscado, inconscientemente, atenuar el dolor de esa partida. La vuelta de Alejandro me había disuadido provisoriamente de ejecutar mi complot. Ahora las circunstancias ya no se prestan a eso, el riesgo se ha vuelto demasiado grande. Pero en el fondo de mí, sé que no puedo eludir por mucho tiempo más esta prueba. Tanto para que se calme mi odio como por la salvación de mi hijo.

Mido hasta qué punto he perdido a Alejandro. No en los brazos pantanosos del Éufrates, de donde finalmente volvió, sino en la propia Babilonia, donde se hunde, cada día más, en una pena inconfesada. Paso noches agitadas, sufriendo retorcijones en la zona renal. Alejandro no vuelve casi nunca a su cuarto: vislumbro, a la mañana, su lecho con las sábanas intactas. Va mucho a esos festines donde manjares y alcoholes se consumen sin medida. ¿Acritud de mujer embarazada o simple razonamiento sensato? Dudo de las virtudes euforizantes de esas reuniones: en ellas, el entusiasmo dura poco. Cada final de banquete me devuelve un esposo todavía más abatido que la víspera y dispuesto, para olvidar la invitación precedente, a honrar la siguiente. Esta noche, por ejemplo, se anuncia una "pequeña colación" en casa de Medeios. Estoy segura de que Alejandro, a pesar de su fatiga, aceptará ir. Ante todo, porque le tiene un afecto sincero al príncipe tesalio. En segundo lugar, porque es indispensable, en el momento de emprender una nueva expedición, estrechar los lazos entre los principales dignatarios de la corte y del ejército. Paradójicamente, deseo esta campaña alrededor de la península arábiga cuyo comienzo ha sido fijado para los primeros días del mes de *daisios*. Me quedaré aquí con el niño por nacer, con la esperanza de que Alejandro, distraído por el descubrimiento, recupere el gusto por la vida.

Noche intensa, opresiva. Ni un solo astro. Hasta la luna está velada. Ni un soplo de aire para escapar del abrazo de esta noche caldea generalmente brillante de constelaciones pero, hoy, desnuda y estremecida bajo la cobertura de las nubes. Creo oír estallidos de voces, los de la jubilosa fiesta en casa de Medeios y esas explosiones de risa adquieren en mi alma en vela una sonoridad trágica. El desagrado por esta ciudad se ha arraigado profundamente en mí. Alejandro no piensa sino en huir de ella, como huyó de Ecbatana el último invierno. Todo es descorazonador: los himnos de alegría, la sucesión de festines, la corrupción intestina particular de Babilonia. Y sin embargo, se convino en que sólo Alejandro dejaría la ciudad y en que nuestro hijo nacería aquí. En cinco días, según las instrucciones transmitidas a los oficiales, el ejército de tierra se moverá, seguido al día siguiente por la flota puesta bajo la conducción del rey.

Alejandro, invisible, todavía no ha llegado al palacio. Me siento débil esta mañana, al salir de la noche sofocante. Confirmando mis temores, me dicen que el rey, sintiéndose muy afiebrado, terminó por dormirse en el baño de su anfitrión Medeios. Dicen que se despertó cubierto de sudor, con la boca seca, afirmando que veía extrañas criaturas bailando sobre las paredes de cerámica. Creyó reconocer en esas formas, en la espuma de sus labios y en la redondez de sus caderas, a las mujeres de la víspera, que vinieron a distraerlo en medio del banquete. Incluso una vez disipada la ilusión, se sintió tan abatido que lo transportaron en litera hasta el altar de los sacrificios, donde había procedido a realizar los ritos cotidianos, arrojando con gran dificultad un puñado de incienso en el fuego.

Es mediodía. Espero en mis aposentos el regreso de mi esposo. Pasos precipitados, repiques de armas. La intensidad de los murmullos hace presentir la enfermedad. Chagané llega corriendo: han traído al rey en una litera pero las cortinas de púrpura disimulan su rostro. ¿Veré ese rostro o me lo ocultarán bajo pretexto de que se ignora la naturaleza de esta fiebre y que, teniendo en cuenta mi estado, no deben exponerme a ella? Lágrimas de despecho suben a mis ojos cuando me entero de que, una vez más, Alejandro ha elegido abandonar sus aposentos privados, pidiendo que lo instalen en un simple catre en la sala de los guardias, donde el movimiento, afirma, lo sustraerá de su entumecimiento.

Desde la muerte de Hefestión, el carácter solapado de la fiebre me inquieta mucho más que una herida franca. Le temo como a un enemigo al que no he podido resistir, cuando me acuerdo de cómo venció a la robustez de Hefestión, hundiendo su espíritu en la confusión y empujando su cuerpo a la tumba. Yo veía cómo este maldito sudor, contra el cual todos los cuidados fueron impotentes y los refrescos inútiles, le perlaba la frente, desde la raíz de sus cabellos rizados. ¿Acaso invadirá, a su vez, la frente de mi esposo?

Babilonia, odiada Babilonia, no me había equivocado al acusarte de ser insalubre. De nada sirvió que se pusiera inmediatamente fin a los cultos engañosos y se destruyeran los mausoleos erigidos en honor de las cortesanas, tú llevas la desgracia y la descomposición en tu seno; acarreas, en tus canales, miasmas odiosos y olores fuertes. Eres la ciudad de la disolución de los cuerpos, de las costumbres, de los sentimientos honestos. Tú nos envenenas lentamente, segura de tu belleza ponzoñosa de la que, por desgracia, no supimos liberarnos a tiempo. Mucho más que Estatira, tú eres mi rival. Te desenmascaré desde el principio, cuando nos disuadieron de penetrar en tus barrios y el dios Marduk-Baal habló por la boca mentirosa de los magos.

Me callo ahora. De muy lejos me llega un olor a cebada asada. Los sacrificios tendrán lugar. Medeios y Nearco se han sucedido junto a Alejandro, uno para jugar una partida de dados, el otro para evocar, a pedido del rey, la expedición marítima del otoño anterior. Una vez más... Alejandro sacia su sed en la fuente de ese relato pues el agua y el vino puro ya no le alcanzan. Vuelvo a disponerme a esperar a distancia: su interés apasionado por esta narración ¿no es el feliz augurio de una vuelta a la salud? ¿No está ya curado el que sueña con alcanzar esa costa de Arabia a la que Nearco tuvo que renunciar, falto de víveres y sin escalas preparadas?

3 de junio de 323 a.C.

Los jardines colgantes estallan de vitalidad en la luz plena de la tarde. A fin de apresurar su convalecencia y de traerle el alivio de un poco de aire fresco, han transportado a Alejandro al parque real, en la otra orilla del Éufrates, donde se baña y se distiende. Con los ojos cerrados en secreto recogimiento, husmea la brisa que viene del río. De su espíritu presa de la confusión surge una extraña alegría. Se vuelve a ver en la parte delantera de un trirreme. Se siente joven, vigoroso. El barco se desliza sobre el Indo. A lo largo de los últimos riachos poblados, ha visto mujeres bañándose en las aguas con los brazos desnudos, sin que se puedan distinguir sus hombros ocultos en los pliegues de una tela de colores vivos. El río se hace más ancho, su caudal se acelera. Las tierras se alejan a tal punto que no es posible saber si seguimos el mismo curso de agua. No, delante de él ya no hay un río sino una vasta extensión de la que emanan los olores salados de la aventura. "¡El mar! ¡El mar!", gritan los marineros, que han estado privados de su elemento durante muchos años. "¡El mar! ¡El mar!", aúlla Alejandro en lo más alto de su delirio. Acaba de alcanzar los límites del mundo habitado.

Ahora estoy junto a él pero da vuelta la cabeza, a medias consciente. ¿Recuerda haber pronunciado esas palabras? Observo con terror el nacimiento de esas gotas de sudor, una a una, en sus cabellos, que me devuelven la imagen de Hefestión en agonía. Nos hemos instalado en el pabellón del parque, cuyas dimensiones, más modestas que las del palacio, facilitan cuidados y desplazamientos. A la orilla está el Éufrates, donde el aire es más puro. Respiro mucho mejor, lo que me ha valido la indulgencia del médico. Sobre el mal de Alejandro nadie se arriesga. Oficialmente, cada uno finge confiar en la justeza de las decisiones reales. Ha fijado el día de la partida del ejército de tierra para mañana por la mañana y asegura que estará suficientemente restablecido para embarcar un día después con el resto de las tropas. ¿Quién lo desengañará? Nadie osaría disuadirlo de cometer semejante imprudencia, ni siquiera yo, encinta, que temo más que nadie su desaparición.

5 de junio

Alejandro está tendido al borde de la gran piscina. Se ha resignado a dejar la partida para pasado mañana. Por un increíble esfuerzo de voluntad, logró dar instrucciones a sus generales. "Los puestos de mando que están vacantes", les ha dicho, "sólo deben atribuirse a hombres aguerridos". Sus ojeras se han acentuado. La fiebre, muy alta, lo mantiene despierto, indiferente a mi presencia, a tal punto que no me atrevo a tocar esa frente, a aferrar esas manos encarnizadas en rechazar las sábanas o a veces, cuando gime, a ponerlas sobre él. Lo único que lo reanima es reorganizar el ejército.

6 de junio

Al caer la noche, me dicen que, como el aire ya no tiene efecto sobre el estado del rey, volvemos al palacio. El agua del río, atravesada por una breve brisa, se sacude apenas bajo la estela de los navíos. La orilla oeste, frente a nosotros, ha surgido en la escasa claridad de la noche, con sus colores opacos, de una fealdad insidiosa. Mientras nos acercamos al palacio, las miradas se alejan, avergonzadas. ¿Cómo anunciar a los generales del ejército de tierra que esperan en el interior y a los oficiales de marina amontonados ante las puertas que el rey no podrá, como estaba previsto, reunirse con ellos? Debemos pasar ante esta hilera de hombres consternados, enjaezados para la partida y que, sin embargo, en el fondo de sí, sienten repugnancia de esta nueva expedición. Los Compañeros de Alejandro dan orden de dispersarse y transmiten a disgusto la decisión del rey de volver a convocar a los oficiales para el día siguiente, al alba. Alejandro cae ahora en un semisueño. Crueldad de la suerte, mientras que sus fuerzas declinan, los movimientos de nuestro hijo se hacen más precisos. Mi vientre resplandece.

7 de junio

Ha dormido un poco, con su mano apretada a la mía, y no me he atrevido a alejarme de su lecho. No me reconozco más en esa mirada vidriosa que se aleja del mundo sensible. Sin embargo, sin saber por qué, me quedo allí, con los ojos secos, el vientre tenso, despreciando las miradas de desaprobación sobre mi silueta pesada. Al alba, cuando los oficiales se presentaron según lo convenido, les cedí el lugar. Desde hace tiempo, Chagané me implora que descanse. Yo ya lo sabía: él levantaría los ojos hacia ellos sin poder articular una palabra y ellos asistirían, estupefactos, al espectáculo desgarrador de un hombre de acción reducido a la impotencia.

8 de junio

No vuelve a recobrar el habla, presa de una fiebre continua. El desconcierto de los estrategas que lo vieron la víspera alentó la propagación de los peores rumores, reforzados por el hecho de que Alejandro no ha recibido ninguna visita hoy. Pronto los soldados se amontonan delante de las puertas cerradas del palacio. Gritan que se les está ocultando la verdad a ellos, los veteranos, los macedonios, únicos verdaderos hermanos de sangre del rey; a ellos, que escalaron paredes rocosas, franquearon torrentes, marcharon por los desiertos, fueran de nieve o de arena, dominaron a los elefantes en India, desafiaron los monstruos marinos en el océano, sacrificaron sus familias y su tierra natal al honor de formar parte del ejército de Alejandro. ¿Y a ellos, a quienes se les piden todas estas privaciones y un apoyo indefectible, se atreven a ocultarles la muerte de su jefe?

La marea de sus palabras, la agitación de esta ola erizada de espadas y de lanzas asume una amplitud amenazante. Conmovidos por la desesperación de los hombres, los Compañeros del rey los dejan penetrar en el vestíbulo. Luego, súbitamente calmos, desfilan uno por uno, desarmados y vestidos con una simple túnica, ante el lecho de su soberano. La dignidad de esta escena a la cual asisto me distrae un momento de mi dolor. Alejandro, privado de la palabra, arranca a la agonía un último gesto y lo dirige a cada uno de sus soldados. A veces levanta la cabeza, a veces les dirige un guiño; a menudo logra levantar su mano derecha, en un último y patético saludo.

Ha perdido definitivamente el uso de la palabra. La víspera ya había renunciado al mundo: en efecto, lo vi sacar de su dedo el anillo del sello real para ponerlo en el dedo mayor de su amigo Pérdicas. Tuve que cerrar los ojos y, tambaleándome, apoyarme contra una pared para soportar la violencia de esta confesión silenciosa. Por otra parte, ¿fue la víspera o, más bien, ese día de otoño cuando la muerte lo había separado de Hefestión? ¿Acaso después yo no había llevado un doble duelo? ¿No sabía que, junto con Hefestión, la juventud de Alejandro había bajado a la tumba?

9 de junio

No espero nada más. Me preparo solamente para recibir la muerte, para aceptar ver cómo se arranca un padre a su hijo a punto de nacer. Me cuesta más todavía imaginar lo que será de nosotros sin protección. Las ambiciones, mudas hasta el momento, no tardarán en hacerse conocer y amenazarnos, a mi hijo y a mí. Hasta ahora, he logrado apartar a Estatira de su lecho. Nadie ha osado oponerse a mis órdenes, por miedo a provocar mi cólera y asumir así la responsabilidad de un nacimiento prematuro. Cuatro Compañeros del rey, Atalos, Demofón, Pecestas y Pitón, se relevan desde ayer en el templo de Marduk a fin de obtener un oráculo del dios curador. Volvieron del santuario con un andar cansino, visiblemente deshechos: ante la imagen de Alejandro, el dios se mantuvo mudo. Poco después, Cleomenes, Ménidas y Seleuco propusieron reemplazarlos al pie del altar. Tengo estima por Pitón, comandante militar de la satrapía administrada por mi padre, y más aún por el fiel Pecestas. Debo hacer un esfuerzo, en cambio, para olvidar que Cleomenes, un griego originario de Naucratis al que Alejandro le dio un cargo de confianza en la satrapía de Egipto, me inspira un profundo desagrado. El hombre sin duda es un desvergonzado corrupto, pero al morir Hefestión tuvo la habilidad de hacer erigir dos santuarios en su honor en la ciudad de Alejandría. Alejandro estaba tan extraviado por el dolor, que le dio inmediatamente su perdón, él, que no había dudado, unos meses antes, en hacer comparecer ante un tribunal para juzgar y castigar a los sátrapas y los generales que habían cometido faltas.

El estado del rey es desesperante. Alejandro parece separado del mundo. ¿Qué le importan ahora los saqueos, las profanaciones, los robos? Su almohada está empapada de sudor . "¡El mar! ¡El mar!", gritaban los marinos. Columnas de agua brotaban del océano o más bien del seno de esas gigantescas criaturas marinas que, cuando se les habían acercado por primera vez, habían sembrado el terror entre las tripulaciones. Su temor habría sido menor si se hubiera tratado de algún artilugio mecánico que se pudiera combatir por medio del fuego y de las armas. ¡Pero animales! Tanto para hacer huir a los monstruos como para dominar su miedo, los hombres hacían sonar sus trompetas y lanzaban salvajes gritos de guerra, con los afilados tajamares de los navíos listos para destripar. Y las columnas de agua se habían alejado en la bruma sorda del océano. Alejandro sonreía: la poesía de lo desconocido levantaba su ánimo. Loco de alegría, lanzaba al mar copas de oro dedicadas a Poseidón. El aire que soplaba de alta mar le salpicaba el rostro de gotitas de agua salada.

10 de junio

Al final del día, el dios Marduk habló en su templo: "Sería mejor y preferible para su hijo Alejandro que se quedase donde estaba". Para evitar nuevos problemas, se dio a conocer esta respuesta a los soldados. El cuerpo de Alejandro yace sobre un lecho cuyas sábanas nadie se atreve a cambiar. Rígido, con el rostro azulado y las ventanas de la nariz apretadas. Hacia la noche, sin embargo, su rostro retoma una apariencia de vida y juventud. Su preceptor Leónidas lo amonesta: la verdadera piedad, le dice, no consiste en derrochar incienso a puñados en los pebeteros. Con su largo rostro imberbe inclinado sobre un Alejandro que ha vuelto a ser niño, le muestra letras, luego le explica cómo contar en el ábaco. Los caballos relinchan en el patio del palacio de Pella donde le gusta jugar a las bolitas con sus primos.

Me mira, por fin, sin desviar la vista. A mí, Roxana, no a la segunda esposa, esta vez junto a él, con las manos juntas y las mejillas cubiertas de lágrimas, incapaz de dominarse ante el espectáculo de la muerte. E incapaz, hasta el fin, de retener la atención de Alejandro... Colinas redondas erizadas de cipreses, antiguas cerámicas, el rostro envejecido de una mujer morena que, antaño, ha de haber sido bella pero a quien la vida ha agriado considerablemente: ¿impuse estas imágenes en esa última mirada, me las reveló de verdad o pertenecen a un sueño? Comprendo lo que exhala su último suspiro: hijo único de una pareja desunida, debiendo cargar con un medio hermano anormal, *tenía que* afirmarse de una manera notoria. De niño, ya era el mejor y ejercía su ascendiente sobre los demás. ¿Será capaz nuestro hijo de reinar a su vez, de mantener el Imperio y su cohesión? Pero ya Alejandro se da vuelta, nuevamente indiferente, y me alejo porque para mí todo ha terminado. Guardo ese legado precioso en mi memoria, dejo lugar al misterio.

Es de noche en Babilonia. Todavía inconsciente, Alejandro sonríe. Sus manos inmóviles se tienden hacia un sueño, por encima de un mar en el que derrama libaciones. De pronto, recupera la voz, se pone a hablar. Sí, el mar bebe vino puro y declama versos. Gira las caderas como una cortesana presa de un trance dionisiaco; los hilos de oro de sus cabellos se confunden con la cresta de las olas, la espuma desborda de sus labios azulados. El navío acaba de pasar el delta del río y y ha llegado a alta mar.

Anfípolis, 311 a.C.

Desde hace doce años, sin descanso, el miedo me corroe y me atormenta. De Babilonia a Macedonia, en esos lugares donde, desde la muerte de Alejandro, me han mantenido cautiva, no ha pasado un solo día sin que yo creyera que era el último. Hace ya largo tiempo que mi destino no está en mis manos, convertido en presa de ambiciones rivales. Mi hijo nació en medio de una indiferencia hostil. Despreciado por ser pequeño, pero temido a pesar de todo, en tanto que heredero legítimo, muy pronto se volvió molesto, un obstáculo para los antiguos Amigos del rey. Si bien nadie osó hasta ahora atentar contra nuestras vidas, cada día sufro el suplicio de esta muerte lenta, diferida, pero que en el fondo de mí presiento ineluctable, ante la cual tiemblo por mi hijo.

Me hicieron falta estos doce años de soledad para apreciar plenamente lo que había tenido de definitivo mi primer encuentro con Alejandro, en el fuerte de Aornos. Para admitir que, desde entonces, toda mi existencia dependió de ese acontecimiento. Mi vida habrá sido la historia de este encuentro, encuentro fortuito del que no podré salir indemne. Para Estatira es distinto, pues su matrimonio con Alejandro sólo fue político. Estéril, también. El mío fue decidido por inclinación, animado por el deseo y me niego a creer hoy aún que el nacimiento de un hijo surgido de esta unión y no de otro lecho, se haya debido a un simple efecto del azar. Permítanle a mi sufrimiento de viuda, de madre y de mujer amenazada al menos este consuelo. Alejandro hubiera legado el Imperio a nuestro hijo, y ante él deberían inclinarse. Solamente ante él, no ante ningún otro. Y sin embargo, aquí estamos prisioneros en la propia patria del rey, esta Macedonia que tanto amó, en esta ciudad de Anfípolis de donde su ejército de tierra y su flota partieron hace ya veintitrés años a conquistar Oriente.

Miro a mi hijo. Tiene el rostro largo, la boca de Alejandro, los ojos constantemente tristes. He intentado ahorrarle las aflicciones. Pero ¿no estuvo ya expuesto a ellas desde su venida al mundo, un mes después de la desaparición de su padre? Los primeros sonidos que oyó fueron los sollozos de las lloronas al partir el ataúd hacia Egipto. El dolor y el miedo estaban ya inscriptos en las miradas de su madre, en los temblores involuntarios de su cuerpo.

No puedo recordar sin desagrado esos días de junio en Babilonia. Calientes, húmedos. Los magos se empeñaban en embalsamar los despojos de Alejandro. Los Amigos del rey, descuidando sus deberes fúnebres, no pensaban sino en destrozarse entre ellos. Yo no escuchaba ni las letanías de los sacerdotes ni los gritos de la Asamblea macedonia. No pensaba sino en protegerme de Estatira, en proteger a mi hijo. Ella podría volver a casarse, convertirse en la nueva reina. Ella podría, a su vez, gestar un hijo de sangre real y oponerse a la herencia del mío. Hacerla desaparecer. No podía contentarme más con detestarla en secreto. Para asegurar el futuro de mi hijo, tenía que ir hasta el fin de mi execración.

Ella estaba frente a mí, arrodillada del otro lado del ataúd, dando el espectáculo de viuda desolada. Como si sus ojos inundados de lágrimas hubieran demostrado la amplitud de su amor por el difunto. ¡Comediante! ¡Hipócrita! ¡Sabré hacerte tragar tus sollozos! Yo bajaba los párpados para que ella no sorprendiera el brillo de mi mirada. Hubiera podido leer allí su condena a muerte. El eunuco mudo estaba listo desde aquel día en que, en mi presencia, Alejandro había entregado el anillo que llevaba el sello real para pasarlo al dedo de Pérdicas. Entonces había hecho llamar al Mudo. Como siempre, entró en mi cuarto sin hacerse anunciar. Con pasos de terciopelo. Me había señalado un frasco de reflejos azulados y bajé la cabeza con lentitud, experimentando una especie de voluptuosidad mezclada de espanto: el de que nuestra tentativa hubiera fracasado.

Pero el Mudo por fin se había llevado la mano a la garganta para confirmarme, según la señal convenida, que Bagoas ya había sido enterrado fuera de los muros de la ciudad. Luego, con una sonrisa de triunfo, agitó el frasco vacío y me trajo lo que le había reclamado: una mechón de cabellos de Estatira y el anillo de oro que le había legado su padre y testimoniaba su filiación real. Lo que se me debía. La reparación de todos los tormentos que me había causado. Ningún otro rastro. Ningún testigo. Los sirvientes de Estatira temían mucho el estilete del Mudo, su temible zarpazo, para atreverse a hablar. Encontró, igual, algunos que afirmaron que desde hacía varias semanas la reina estaba enferma. Sin duda la muerte de su esposo la había afectado al punto de precipitar su fin...

Por lo tanto, Estatira había muerto de pena, según la versión oficial poco contradicha por los rumores. Casi me habría podido convencer yo misma si no hubiera tenido entre mis manos las pruebas del complot: el mechón con reflejos castaño cobrizos, cuyo brillo podía rivalizar con el de mi propia cabellera, y el anillo triangular con la efigie del rey Darío. Los había exigido como símbolo de victoria, trofeos de esta guerra insidiosa que habíamos librado.

La inhumación de Estatira se hizo en medio de la indiferencia general, mientras los Compañeros del rey se disputaban con aspereza títulos, satrapías, mandos y tesoros reales. Por suerte, estaban demasiado ocupados en luchar unos contra otros para preocuparse por el deceso de la segunda esposa de Alejandro. Yo había hecho una breve aparición en los aposentos de Estatira, el tiempo necesario para observar su rostro y constatar mi éxito. Ella había recuperado su belleza, hay que aceptarlo. Sus rasgos, como ya no estaban animados por expresiones tontas, habían ganado en armonía. Para mi gran alivio, su boca bien diseñada no había quedado deformada por el veneno. ¡Y esa sonrisa estúpida, esa sonrisa exasperante, no volvería a aparecer! No sentía ningún remordimiento. El veneno, rápido y silencioso, había sido el único medio de sofocar para siempre sus pretensiones o las que no habrían dejado de sugerirle. El asesinato, ese modo tan utilizado para sesgar tantas vidas, ahora se había convertido en mi aliado para la ocasión. Mi salvador. Ahora yo podía traer al mundo a mi hijo.

Con el odio saciado, experimenté tal alivio ante la muerte de Estatira que todo lo demás se me volvió indiferente. Mis pensamientos se volvieron caóticos. Ya no tenía conciencia de mi cuerpo tendido en la penumbra, de mi rostro cubierto por una compresa perfumada, de la vigilia de Chagané, sentada noche y día a mi lado, de los cuidados que me prodigaban para mantenerme en vida al no poder reanimar mi espíritu debilitado. Sólo los llantos del bebé terminaron por arrancarme de mi letargo, avivando mi miedo al peligro, no por mí sino por él. Tal vez por eso lo llamé Alejandro Aigos, como si ese nombre tuviera el poder de hacer retroceder a una mano criminal.

Cuando supo el sexo del niño, el regente Pérdicas me informó de las decisiones de la Asamblea. Sus falsas muestras de respeto no podían engañarme. Sin embargo, nunca imaginé una farsa tan grotesca. Para evitar que las querellas degeneraran en guerra y que la división de los territorios pusiera definitivamente en peligro la unidad del Imperio, se optó por un compromiso. Antípater, desde siempre el hombre de confianza de Alejandro, conservaba su título de estratega de Europa, y seguiría gobernando Macedonia y Grecia, mientras que el regente Pérdicas, desde Babilonia, administraría Asia. Por último, un "protector" velaría sobre el rey titular, Arrideo, el medio hermano de Alejandro nacido de la unión del rey Filipo con una tesaliana. Arrideo: ¡un idiota, epiléptico hereditario, que no podía dirigir ni una casa de familia! En lo que concernía a mi propio hijo, sus derechos a la sucesión estaban "reservados" hasta que fuera mayor de edad.

Ante Pérdicas y su mohín satisfecho, me costó disimular mi despecho. Era fácil reconstruir el encadenamiento de los hechos. La caballería, compuesta de contingentes orientales, postulaba al hijo de una persa. La infantería, macedonia, prefería a un imbécil siempre que no fuera de sangre bárbara. Arrideo, llamado Filipo III... ¿Qué importa el nombre, si la tara permanece? La infantería triunfó, envuelta en su idiotez, apoyada en su espíritu de cuerpo, rechazando, como siempre, la fusión de nuestros pueblos. Esta decisión, impuesta a todos y atenuada, para calmar la cólera de la caballería, por la de reservar los derechos futuros de mi hijo, servía especialmente a los antiguos Amigos del rey. Nadie se había opuesto a este absurdo: servía, mientras tanto, a los intereses de todos.

En ese momento, todos se odiaban, se espiaban, se vigilaban: Tolomeo, sátrapa de Egipto; Antígono, sátrapa de la Gran Frigia; Eumenes, sátrapa de Capadocia; Lisímaco, sátrapa de Tracia. ¿Se contentarían con sus posesiones o se matarían entre sí para aumentarlas? Ya habían alejado al "rey Arrideo" de Babilonia, cuando llegó de Macedonia. Le confiaron la tarea de conducir los despojos mortales de su medio hermano al templo de Amón, en ese oasis de Siwa donde a Alejandro le habría gustado descansar. Se acordaron dos años de tregua para realizar esta marcha en dirección de Egipto, pues el fastuoso convoy debía desplazarse con lentitud, a fin de que, todo a lo largo de su itinerario, las poblaciones pudieran dar las adecuadas muestras de respeto y dolor. ¡No me harán creer que el respeto debido a Alejandro era el verdadero motivo! Pude observar, impotente, indignada, cómo los Compañeros del rey habían omitido cumplir los sacrificios fúnebres. Estaba sola, en el fondo del palacio, ante el ataúd donde yacía Alejandro. Rodeado de sustancias aromáticas, con la frente ceñida por una corona, cadáver abandonado. ¡Siete días habían transcurrido de tal forma y ahora fingían querer transportar su cuerpo con gran pompa al templo de Amón!

Apenas se tomó esta decisión, se levantaron voces, denunciando "una maniobra de Tolomeo". Se sospechaba que quería transferir los despojos a su satrapía de Egipto a fin de aumentar su popularidad. El regente Pérdicas, sobre todo, se inquietaba por la seguridad del nuevo soberano. Pero proteger a Arrideo era sin duda la menor de sus preocupaciones. Lo comprobé en nuestro único encuentro, antes de su partida hacia el oasis de Siwa. Esa sola vez había bastado para que el recuerdo quedara en mi memoria como una injuria a mi hijo. El que los macedonios habían proclamado rey a su pesar, era una criatura deforme, con rostro de idiota, y parecía de mucho más edad que los treinta y cinco años que se le atribuían.

El lugar de los reyes, afirmaba el regente Pérdicas, está en Babilonia. Sin duda este intrigante pensaba usurpar ese título en detrimento del imbécil de Arrideo. Perjudicando a sus antiguos compañeros de armas, que no dudarían en responder. A costa de mi hijo, sobre todo, heredero legítimo del torno. Pero ¿teníamos otra opción? Nos quedamos entonces en Babilonia, mi hijo y yo, tratados con respeto pero confinados en una soledad absoluta, hasta que Alejandro Aigos llegó a la edad de tres años. Sólo Chagané y unos pocos servidores tenían autorización para acercarse a nosotros. Nunca recibí las últimas cartas de mi padre, interceptadas por Pérdicas, y me enteré de su muerte muchos meses más tarde, por una carta de mi hermano que había sido abierta. Fue mi último lazo con mi familia. Viví durante varias semanas replegada en ese duelo, sintiendo que el mundo se me iba de las manos, que continuaría su curso sin mí.

Recordaban en mi presencia, sin sonreír, la misteriosa desaparición de Estatira. Yo fingía creer en ella a mi vez. Me mostraba tan hipócrita como mis carceleros. Las noticias no llegaban casi nunca a nuestros aposentos, por lo cual tenía la impresión de estar, antes de tiempo, enterrada en una tumba. Sólo mi hijo me reconciliaba con la existencia, pero a veces tenía la sensación oprimente de depender tan enteramente de él como él dependía de mí.

Tras la muerte de Alejandro, mi suegra Olimpia se había retirado a Epiro porque temía por su vida, a tal punto era odiada por los macedonios, y había reclamado en vano que nos reuniéramos con ella. Creo sinceramente que los motivos invocados por el regente Pérdicas a fin de que no dejáramos Babilonia eran justificados. Partir a Macedonia habría sido muy riesgoso.

En efecto, en ese momento, Antípater, el estratega de Europa, tuvo que dominar el levantamiento de las ciudades griegas, que se habían creído liberadas de sus compromisos. De igual manera, aquí en Oriente los antiguos Compañeros del rey hacían y deshacían sus alianzas. Yo empezaba a medir la complejidad de todo. Con los pretextos más fútiles, arrojaban a los amigos de ayer unos contra los otros en una inextricable red de venganza y de resentimiento. Sufría aterrada esos cambios de situación, dado que, teniendo en cuenta la edad de mi hijo y nuestra condición de cautivos, nunca nos hubieran sido favorables.

¡Cruel, autoritario Pérdicas, que sin escrúpulos nos aisló del mundo exterior! Por suerte, sólo ocupamos un lugar restringido en sus pensamientos. Un niño de poca edad no obstaculizaría sus ambiciones en lo inmediato... Las veleidades de independencia de Tolomeo en su satrapía de Egipto, en cambio, lo irritaban mucho. Por otra parte, en el curso de una campaña contra el antiguo diplomático de Alejandro –un hombre rudo pero de razonamiento sutil–, el regente Pérdicas, nuestro primer carcelero, vio su perfidia superada por la astucia, más oculta todavía, de su adversario: sus propios oficiales, sobornados, lo asesinaron.

Ignoro quién decidió entonces nuestra partida hacia Macedonia. Pero lo que la precipitó fue sin duda que mi suegra Olimpia recuperara el favor en ese país a causa de nuevos acontecimientos. Desde hacía largo tiempo, en efecto, Olimpia se había ganado el oprobio de la nobleza. El pueblo también le reprochaba sus orígenes bárbaros, su orgullo desmesurado, su apetito de poder y su crueldad.

El regente Pérdicas, poco antes de partir a Egipto, me había mostrado las cartas de mi suegra exigiendo que fuéramos. No me había ocultado su aversión por "esa vieja megara exaltada que, incapaz de retener a un hombre en su lecho, lo comparte con serpientes". Según él, el amor inmoderado de mi suegra por esas criaturas despertaba críticas en toda Macedonia. ¿Decía la verdad? Un dicho de Alejandro me obsesionaba: "La gorgona de mi madre", había exclamado un día, furioso. ¿Hacía entonces alusión a esa pasión antinatural? ¿Olimpia dormía realmente con reptiles? ¿No habrían confundido, en la noche, sus largas trenzas negras, ondulantes y brillantes, con serpientes entrelazadas?

Para desalentarme de emprender el viaje a Occidente –por pura forma, por otra parte, porque no me habría autorizado a hacerlo–, Pérdicas fue más lejos en sus insinuaciones. Corríamos peligro, mi hijo y yo, entre las manos manchadas de sangre de "esa arpía". Yo escuchaba al regente con estupefacción. Por cierto, tenía mis sospechas. Pero Alejandro me había disimulado cuidadosamente el papel confuso de su madre en el asesinato del rey Filipo. Tal vez, Olimpia se había vengado de haber sido repudiada, en favor de una mujer mucho más joven que ella. Esto explicaría el malestar de mi esposo con relación a su madre. Olimpia, en todo caso, había aprovechado la muerte de Filipo para obligar a la nueva reina a ahorcarse, para asesinar al bebé nacido de esa unión y hacer exterminar a todos los pretendientes al trono. Así había asegurado que su hijo sería rey. Alejandro se había beneficiado gracias a ella pero, disipada la duda, ¿le habría perdonado el asesinato de un padre al que amaba y admiraba? Sin embargo, ¿podía reprocharle a su terrible madre que velara tan celosamente por sus intereses? Alejandro abría las cartas que traían el sello de la reina, a la vez exasperado y enternecido, reconfortado por Hefestión cuando las recriminaciones de Olimpia eran muy oprimentes. A pesar de todo, Alejandro continuó cubriéndola de regalos, tal vez para calmarla, tal vez por amor filial.

De pronto, una inquietud me atravesó el alma. Pérdicas describía a mi suegra con los rasgos de una criminal. ¿Lo hacía para darme a entender que no ignoraba mi implicación en la muerte de Estatira? ¿A qué jugaba? Como si hubiera querido evitar los temas enojosos, seguía su diatriba contra Olimpia, esa "mujer incorregible que se mezcla en política en un reino donde ya está tan desacreditada". En eso, Pérdicas no exageraba, yo había sido testigo de ello.

Desde hacía largo tiempo, para gran disgusto de Alejandro, la reina intrigaba contra Antípater, celosa de la confianza que su hijo tenía en el estratega de Europa. Sin embargo, el fiel Antípater nunca había sido tomado en falta. En ausencia de Alejandro, velaba por el reino de Macedonia y por la cohesión de las ciudades agrupadas en la Liga helénica; enviaba lealmente a Oriente las tropas de recambio necesarias para las campañas del rey. A pesar de eso, Olimpia siempre le había sido hostil y el conflicto que los enfrentaba se había emponzoñado aun más al morir mi esposo. Llena de rabia, Olimpia había tenido que irse a su patria, el Epiro, desde donde seguía urdiendo complots contra su enemigo.

A la muerte de Antípater, Poliperconte, el nuevo regente de Macedonia, la llamó a su lado para asegurar su autoridad y para contar con el crédito de un miembro de la familia real. Lo necesitaba mucho, porque Casandro, el hijo de Antípater, pretendía a su vez hacer valer sus derechos. Pero esto no lo descubrí hasta que llegué a Macedonia, adonde mi suegra me había hecho llamar. Creí haber encontrado asilo seguro allí, lejos de sospechar que Casandro, ese pérfido de Casandro, sería nuestro próximo verdugo. Sin embargo, Alejandro, en sus últimos días, había sido ganado por los sentimientos hostiles de su madre. A causa de sus acusaciones constantes, Olimpia terminó por hacerlo dudar del desinterés de Antípater. Todo esto habría debido alarmarme en ese momento. ¿Acaso mi esposo, antes de agonizar, no se asombraba de que Antípater tardara tanto en llevar hasta Babilonia los reclutas que reclamaba? Casandro, el mayor de los hijos, ¿no había llegado en lugar de su padre a fin de justificarlo y de defender su honor? Ese mismo Casandro había sido excluido del banquete de Medeios por haberse burlado abiertamente de las costumbres orientales de la corte. Alejandro, ya atormentado por la fiebre, me había deslizado la posibilidad de un complot dirigido por esa familia...

Nunca sabré si esas suposiciones estaban fundadas o eran efecto del delirio, de la enfermedad, de temores llevados a su extremo en Babilonia, capital de la desmesura y de la angustia. Fuera lo que fuera, cuando mi hijo y yo llegamos a Macedonia, Casandro, sediento de poder, estaba embarcado en una guerra contra el regente Poliperconte. Entre nuestra partida de Babilonia y nuestra travesía por el mar de Tracia, la situación del regente y, en consecuencia, la de mi suegra, se habían deteriorado considerablemente. El conflicto que los enfrentaba con respecto a Casandro se anunciaba áspero, sin piedad. Yo venía de lamentar mi reclusión en Babilonia: de una tumba apacible donde dormía, olvidada, había pasado a un campo de batalla donde nosotros éramos la apuesta y se decidía nuestra suerte sin que nunca nos consultaran. ¿El miedo me acompañaría siempre, a todos los lugares de nuestro exilio?

Casandro, hábilmente, se había erigido en protector del "rey Arrideo": consideraba que así defendía los intereses de ese incapaz contra la "rapacidad de Olimpia". Mi suegra, por su parte, se encarnizaba en salvaguardar los derechos legítimos de mi hijo. Y nosotros estábamos encerrados otra vez, bajo los motivos más loables: para que no nos asesinaran, debíamos enterrarnos vivos en ese palacio donde, de niño, Alejandro había corrido y jugado. Hoy nos confinaban en esas salas, donde hacía mucho no resonaban gritos jubilosos.

Temía ese primer encuentro con Olimpia. El encuentro tardío entre una suegra y la viuda de su hijo; y no cualquier suegra, sino una mujer de reputación dudosa, cuyo misticismo y arrebatos solían inspirar miedo. En el mutismo de Alejandro no había podido desentrañar qué sentimientos predominaban: ¿el respeto, la admiración? ¿La irritación? ¿O incluso, una repulsión equívoca? ¿Resolvería yo ese enigma?

Aquí estoy frente a ella. *La Gorgona*. La habitación donde me recibe, en el palacio de Pella, parece un antro. Oscuro, sofocante a causa de tanto incienso encendido. Está sentada en un sillón de respaldo alto. A sus pies, pieles de tigre con la boca abierta y colmillos amenazadores, aunque ella parece vencerlos. En cada uno de sus dedos hay varios anillos gruesos. Enroscada en su brazo derecho, una serpiente de escamas viscosas. Ella le acaricia la cabeza.

Retrocedo, petrificada. ¡Sí, en ese momento creí que sus ojos azulados me transformarían en piedra! Tiene una mirada magnética, una nariz acerada y sorprendentes trenzas negras para una mujer de edad madura. Pero me recupero porque se levanta. Grande, imponente, me tiende los brazos. "Entra, hija mía, y sé bienvenida. Soy una bárbara, como tú. Mi padre era el rey de Molosia, pero mira: yo hago la ley aquí y los macedonios se inclinan ante Aquella que les dio a Alejandro." Tiene una voz áspera, el aliento cargado por el alcohol de las libaciones. La serpiente se balancea alrededor del brazo de Olimpia, sin que ella le preste la menor importancia. Alejandro Aigos molesta con el dedo a la criatura, la ha tomado por un extraño brazalete. Una sonrisa ilumina los labios escarlata: "Alejandro, hijo mío, aquí estás. ¡Mi intrépido, mi hijo conquistador!...".

Por instinto, he comprendido. No hay que contradecir a Olimpia. Sobre todo cuando se obstina en confundir a mi hijo con su padre. A propósito, porque ella se ha metido en la cabeza abolir esa muerte. La rechaza, está resentida, no quiere creer en ella; nunca lo hará. Su hijo Alejandro es inmortal. Ella ha engendrado un semidiós. Cuando lo trajo al mundo, una gigantesca columna de fuego brotó de su vientre. Alejandro desciende de Aquiles, el hijo del gran Zeus, y no de Filipo. Ha realizado proezas. Hay que escuchar a Olimpia. Sea lo que sea que ella diga, está muy sola en este palacio y mal ha podido, hasta ahora, satisfacer su locuacidad. También hay que acostumbrarse a su animal de compañía, llamado Láquesis, que alimenta ella misma con ratones vivos. Silbando y escupiendo, a la noche se le unen, en los aposentos privados, algunas congéneres a las cuales no tuve el privilegio de ser presentada... ¿Podré vivir en este lugar sin perder la razón, obligada a cohabitar con esta personalidad fantástica, feroz y susceptible?

Olimpia sin duda fue muy hermosa en otra época, pero su rostro se endureció bajo el efecto de sucesivos sufrimientos: su esposo Filipo le era infiel, luego la llenó de oprobio al repudiarla en favor de una joven; la nobleza macedonia la expulsó del país; sus intrigas fracasaron. Ella reinaba ahora con orgullo sobre una pequeña corte, manipulando al regente Poliperconte, y así tenía una ilusión de poderío, odiada por todos fuera de estas paredes.

Olimpia, la fanática, Arrideo el epiléptico... Yo temía que esta debilidad política le dejara el campo libre a Casandro. Temía, también, la influencia de mi suegra sobre mi hijo. Ella manifestaba por Alejandro Aigos un amor devorador. A menudo, olvidaba que se trataba de él y acariciaba sus bucles rubios pensando que eran los de su hijo muerto. Yo miraba con miedo sus manos sobre la cabeza de mi hijo, largas manos de pulgares curvados. Hablaba ahora de enviarlo a una gruta donde oficiaban sacerdotisas del culto órfico. Como lo había hecho, antaño, con Alejandro. A partir de esa estadía iniciática, al haberse encontrado solo entre una nube de vírgenes exaltadas, ¿no había concebido mi esposo una desconfianza primordial respecto de las mujeres? ¿Alejandro Aigos iba a crecer, a su vez, en la admiración y el temor hacia la abuela?

Pasaron cuatro años, como un sueño. Ella hablaba, yo me callaba. Cuanto más voluble y locuaz se mostraba ella, más silenciosa y resignada me mostraba yo. "Yo era tan hermosa como tú, a tu edad", me repetía Olimpia. "Verás, hija mía, todo se va pero el poder queda. Gobernar, disponer del poder, he aquí lo que hará la felicidad de este niño..." Y el niño, lejos de huir ante la caricia de esos dedos, volvía el rostro sonriente hacia la oscura cabellera. Porque Olimpia no tenía todavía ni una sola cana. Como si la desdicha y los reveses de la vida no hubieran podido alcanzarla y se hubieran encontrado sublimados en la maldad. "Cuando muera, será con la cabeza alta. Antes, habré eliminado a ese maldito Casandro –engendro de traidor, hijo del perro de Antípater– y tú, niño, tú reinarás en Macedonia y en el Imperio."

Yo la escuchaba, incrédula. ¿Sabía ella siquiera lo que había dejado tras de mí en Babilonia, en Frigia, en Capadocia? En todas esas provincias estaba latente un polvorín; los sátrapas buscaban apoderarse de las posesiones de sus vecinos y se libraban a una lucha encarnizada. En Macedonia, en la Hélade, las posiciones de mi suegra y del regente Poliperconte se desmoronaban día a día. Yo vivía al compás de esos retrocesos sucesivos. De pronto, la situación se volvió a tal punto crítica que se vieron obligados a replegarse hacia el oeste. Ese repliegue y la ulterior confusión nos hicieron caer, a Alejandro Aigos y a mí, en manos del enemigo.

Casandro no negaba para nada el carácter premeditado de esta acción. Decidió retenernos cautivos en la ciudad de Anfípolis, esa antigua colonia de Atenas que el rey Filipo había anexado a su reino. El comercio, favorecido por la posición estratégica de la ciudad sobre el río Estrimón, era floreciente. Los habitantes de la costa, más instruidos, se jactaban de haber vivido en otra época en una municipalidad libre y consideraban a sus compatriotas del interior con condescendencia, o al menos es lo que me pareció deducir de las palabras de dos de mis sirvientas. Porque Casandro tuvo la crueldad de alejar de mí a mi vieja Chagané, pretextando su edad avanzada, para rodearme de espías consagradas a su servicio. No había, por el momento todavía, veneno en nuestros platos, pero el veneno de esos ojos hostiles instilaba cada día un poco más de angustia en mi corazón.

Sabía que el "rey Arrideo" había vuelto a Macedonia y que Casandro persistía en ocultarse tras la pantalla de la defensa de sus intereses. En la Corte, se divertían tratando a ese bufón con respeto y saludando cada una de sus taras con fingida admiración... No me sorprendió demasiado. La primera vez que lo vi reconocí en Casandro los rasgos más evidentes de la perfidia. Su rostro macilento exudaba una ambición mal contenida. Había comprendido que este segundo carcelero, tan cruel como Pérdicas, sería por lejos el más ladino.

No he atravesado ni conocido otros mares, pero el que se abre sobre el golfo de Estrimonia, en el exterior de la ciudad, sin duda no ha sido nunca igualado en belleza. Su azul me recordaba el color de ciertos bajorrelieves de los palacios persas; hasta que descubrí esa similitud creía que ese color era una mezcla artificial nacida de un espíritu fantasioso; pero ese azul existía. Esta última imagen de la libertad seguía grabada en mi memoria. Hacía casi dos años que vivía entre muros infranqueables cuando me enteré de una nueva acción admirable mi suegra.

Olimpia había aprovechado la primera ocasión –y tal vez, también, la voluntaria negligencia de Casandro– para hacer suprimir al "rey Arrideo", su esposa y los que le eran leales. Así mi hijo, a los seis años, pasó a ser, de hecho, el único sucesor de su padre. Cedí primero a la ilusión de que nuestra situación cambiaría. Y, en efecto, nuestra estricta reclusión se transformó en una situación más agradable. Abrigué, de pronto, falsas esperanzas. Casandro, fingiendo indignación y lanzando las peores maldiciones sobre la cabeza de Olimpia, se vio forzado a admitir que, con la desaparición de su protegido, el heredero del Imperio era mi hijo Alejandro. Lamentablemente, mi suegra, con todo su odio contra Casandro y después de ese baño de sangre, no pensaba cambiar de rumbo. Llegó a apoderarse de la ciudad de Pidna, sobre el golfo Termaico. Temiendo que recibiera apoyo en su Epiro natal, su enemigo la sitió de inmediato.

Mi hijo tenía sólo siete años cuando su abuela fue asesinada. No murió con la cabeza alta ni tras haber logrado "eliminar a ese perro de Casandro". Alejandro Aigos, a pesar de que lo trataban con respeto, se encontraba ahora tan alejado del poder como de su mayoría de edad. Ya había olvidado a esa abuela y su amor exclusivo, por haberla conocido durante tan poco tiempo. Yo no me atrevía a recordarla delante de él, porque, para venir a atizar mis angustias, ningún detalle de su horrible muerte me fue ahorrado: el aborrecimiento que Casandro sentía por Olimpia debía permanecer en las memorias como un ejemplo de odio sin igual. El sitio de Pidna había durado muchos meses. No supe nada de su evolución: eso formaba parte del miedo, cuidadosamente mantenido en mi espíritu. El secreto nos rodeaba, los espías también, a pesar de sus máscaras, más afables en apariencia. Alejandro Aigos, en ese momento, estaba aprendiendo a contar con un instrumento que los helenos llamaban ábaco y cuyos restallidos lo divertían. A mí, por el contrario, ese ruido seco me hacía temblar, como si fuera el anuncio de una próxima decapitación. Sin embargo, estaba equivocada: la reina Olimpia no tuvo ocasión de morir con la cabeza cortada.

Cuando el sitio se le tornó desfavorable, propuso como último recurso rendirse a cambio de salvar la vida. Casandro fingió aceptar. Apenas se abrieron las puertas de la ciudad, la capturó. Tras un simulacro de proceso, la Asamblea macedonia la condenó a muerte. Casandro le reservaba una última sorpresa: en lugar de hacerle cumplir la sentencia al verdugo, dejó a los parientes de sus antiguas víctimas la tarea de cumplir ellos mismos la sentencia. Olimpia fue desollada viva, luego estrangulada, lapidada, pisoteada al punto de que no pudieron reunir sus restos para amortajarlos, y fueron presa de perros y de pájaros, "los únicos sepultureros que merecía", como le gustaba repetir a Casandro.

No había tomado conciencia, tras haber dejado desde hacía muchos años Oriente, hasta qué punto los combates que se desarrollaban en Capadocia nos habían valido hasta entonces un respiro feliz. Habiendo dado fin a su rival Eumenes, Antígono el Tuerto codiciaba ahora la totalidad del Imperio: las tierras de Tolomeo en Egipto, las de Seleuco en Babilonia, las de Lisímaco en Tracia. Y también Macedonia, lo que iba afectar no sólo el poder de Casandro –lo cual, en sí, no me hubiera desagradado– sino, sobre todo, la suerte de mi hijo.

Los adversarios de Antígono, temiendo su ambición, se mancomunaron contra él y le infligieron reveses en Oriente. Él, a su vez, venció en el mar Egeo. ¿Cómo habría podido yo regocijarme de la victoria de uno o de otro bando? Con sus aspiraciones hegemónicas, Antígono el Tuerto representaba para nosotros un peligro por lo menos tan grande como nuestro carcelero Casandro. Entonces, para salvar las apariencias, le dieron a Alejandro Aigos una educación macedonia. Cuando llegó a los diez años, recibió su primera lección de equitación. Como antaño a su padre en el patio de Pella, le enseñaron el arte de hablar con los caballos, de ensillarlos y de montarlos en pelo. Sus avances admirables en ese ámbito se habían vuelto mis únicos motivos de orgullo.

Fui informada tardíamente de la derrota del bando de Antígono en Gaza, frente a las tropas de Tolomeo. De este acontecimiento, al cual, en mi desconcierto, estuve al principio tentada de no acordar más que una mínima atención, surgiría nuestra perdición. Fuerte en Europa, pero deshecho en Asia por la coalición adversa, el Tuerto debió aceptar hacer una paz de compromiso. Así Casandro logró, a pesar de sus fracasos en la Hélade, continuar siendo estratega de Europa. Por desgracia, azuzaron sus intenciones criminales al estipular que sus funciones terminarían cuando mi hijo llegara a la mayoría de edad.

No puedo dejar de pensar que así debía ser. El Imperio había sostenido a Alejandro y sólo a él. Era preciso que me resignara a eso. Desde las primeras horas de su desaparición, todos se habían dedicado a destruir su obra. Después de todo, las heces son ese depósito tenaz que se descubre cuando el vino ha sido bebido.

Aprieto celosamente a mi hijo contra mi cuerpo. Quiero, ahora que tenemos los días contados, sentir, difuso contra mí, un poco de este calor confiado que, antaño, me obligó a sobrevivir en la ciudadela de Babilonia. Allí donde, después de la agonía de Alejandro, tanto deseé la muerte.

Toda vida es la historia de un encuentro. Acuérdate del nuestro, en el fuerte de Aornos. Yo tenía un estilete en la mano con el que quería herirme. Tú llevabas sandalias sin duda muy curiosas para la mujer persa que yo era, y un pequeño escudo redondo. La *pelta*: pronunciar esa palabra despierta en mí el recuerdo de esas sonoridades sedosas, ligadas para siempre en mi espíritu a la lengua griega. A tu lado estaba Hefestión. Contemplo hoy, en mis brazos, un rostro gemelo. Alejandro Aigos tiene tus ojos, tu mentón, el contorno de tus labios, donde se lee idéntico empeño en tener éxito en sus empresas.

Desde tu muerte, conocí la humillación y el abandono. Pero, sobre todo, el rumor contenido del mar, la sombra sobre los acantilados de tu país natal, el brillo del sol, azogue sobre la cresta de las olas. He conocido sus colinas erizadas de cipreses, sus cerámicas antiguas; por último, he descubierto el rostro envejecido de tu madre, esa mujer morena que debió haber sido bella pero a quien la vida había agriado considerablemente. He vuelto a hacer, con nuestro hijo, el camino de tu infancia. No en Edesa ni en Egas, sino en un lugar donde, a pesar de ti, habrías deseado que termináramos nuestros días. De Anfípolis te fuiste a la conquista del mundo y hemos vuelto a ese punto de partida.

Prisión de paredes ricamente adornadas, verdugos sucesivos con rostros anónimos, no los maldigo como lo habría hecho Olimpia. No sé invocar a sus dioses, ni a la sombra aterradora del Tártaro para que los envuelvan en su seno. Pueden hundirse en el olvido después de haberse destruido unos a otros: sabrán, mucho mejor de lo que yo lo hubiera hecho por medio de imprecaciones vanas, reservarse entre ustedes fines más crueles.

De columna en columna la muerte se acerca. No me he equivocado. Dos siluetas se atreven, ahora, a separarse de la oscuridad; veo el contorno de sus puñales. ¡Cobardes! ¿Tienen necesidad de ser dos y de llevar una máscara para asesinar a una madre y a su hijo, ese niño que fue el hijo de su rey? Rápido, reúno en un solo abrazo nuestras breves existencias, sofoco los gritos de mi hijo para que no obtengan de él una sola palabra, un solo suspiro. Sólo reclamo el remordimiento como venganza y el silencio como mortaja.

Glosario

ábaco: especie de cuadrado largo y hueco, provisto de bolas ensartadas en hilos extendidos. Este objeto servía para contar.

acanto: planta ornamental de hojas largas muy recortadas.

Acesines: uno de los cinco ríos del Punjab, actualmente, el Chenab. Alimentado por las aguas del Jhelum (antiguamente, Hidaspes) y del Ravi (antiguo Hidraotes), desemboca en el Indo.

agema: primer escuadrón de Compañeros a caballo (que contaba con ocho en total), constituía la Guardia Real de Alejandro.

Amigos (de Alejandro): véase **Compañeros.**

Amón: véase **Siwa** (oasis de).

Anfípolis: antigua ciudad de Macedonia situada sobre el río Estrimón. Colonia de Atenas fundada en 437 a.C., conquistada por Filipo II de Macedonia en 357 a.C.

Anitis (o Anahita): diosa guerrera de la Fertilidad y de las Aguas entre los persas.

Antígono el Tuerto (o Antígono Monoftalmos): general macedonio (384 a.C.-301 a.C.). Lugarteniente de Alejandro, fue uno de sus principales diádocos. Sátrapa de Frigia, intentó reconstruir en beneficio propio la unidad del imperio de Alejandro. Con la ayuda de su hijo Demetrio Polorcetes, venció e hizo matar a Eumenes, sátrapa de Capadocia (316 a.C.), impuso su poder a una parte de Grecia y de Asia Menor, pero fue vencido y muerto en la batalla de Ipsos en 301 a.C.

Antípater: general macedonio (397 a.C.-319 a.C.). Fiel lugarteniente de Filipo de Macedonia y luego de Alejandro, desempeñó funciones de regente durante la expedición del conquistador a Asia. Después de la muerte de Alejandro (323 a.C.), dominó la rebelión de las ciudades griegas aliadas de Atenas, sublevadas por Demóstenes e Hipéride. A la muerte del regente Pérdicas, fue elegido por los diádocos para sucederlo (321 a.C.). Su hijo

Casandro se aseguró el poder después de él (véase este nombre).

aornos: en griego: "donde el pájaro no puede volar". En persa: aravana. La fortaleza que lleva ese nombre se sitúa en Bajsun-Tau, 20 km al este de Derbent y 120 km al norte de Tarmita (Termez, en Uzbekistán).

apadana: sala del trono, sala de audiencia de los palacios persas.

aqueménidas: dinastía persa que reinó en el país de Ashán, se rebeló contra los soberanos medos y creó el imperio más grande de la Antigüedad, sobre el cual reinó hasta la conquista de Alejandro el Grande. Véase **Persia**.

Aquiles: Héroe de la epopeya homérica, está descripto como el más valiente y el más poderoso de los guerreros durante el sitio de Troya. Furioso contra el rey Agamenón, su aliado, que le había arrebatado a su cautiva Briseida, se retira a su tienda, negándose a continuar la guerra. "La cólera de Aquiles", que estuvo a punto de costarles la guerra a los griegos, es el episodio central de la *Ilíada*. Aquiles vuelve al combate sólo después de la muerte de su amigo Patroclo, a quien venga matando a Héctor (hijo del rey de Troya), pero él mismo muere por una flecha que lo hiere mortalmente en el talón, el único punto vulnerable de su cuerpo. Los soberanos de Epiro, de quienes descendía la madre de Alejandro, Olimpia, decían que eran descendientes del héroe.

Arimán: en la religión mazdena, dios principio del Mal, opuesto a su hermano gemelo, Ormuz (véase este nombre).

Artajerjes: véase **Persia**.

Asia Menor (o Anatolia): península que forma el extremo oeste de Asia. Véase **Caria**, **Jonia**, **Lidia**, **Frigia**.

Asiria: antiguo imperio de Asia occidental, cuyo centro fue el país de Asur en Alta Mesopotamia. Los asirios, pueblo semítico, fueron primero vasallos de Sumer, antes de ganar su independencia en el siglo XX a.C. Esta nación militar alcanzó su apogeo bajo el reino de Sargón II (721 a.C.-705 a.C.), extendiéndose a lo largo del Golfo Pérsico hasta Tauro, y desde Zagros hasta Media. Los medos hicieron sucumbir este imperio (toma de Asur en 614 a.C. y de la célebre Nínive en 612 a.C.). Véase **Nínive**.

aulos: instrumento musical griego, a viento y con lengüeta, vinculado con el oboe o el clarinete. Existían aulos dobles, hecho de dos cañas atadas con una embocadura común.

Babilonia: capital de Caldea, situada sobre un brazo del Éufrates. Hacia 3000 a.C., Sargón hizo construir allí célebres templos. Convertida en capital del imperio babilónico, fue muchas veces destruida por los reyes asirios, sobre todo en 689 a.C. y reemplazada entonces por la ciudad de Nínive. Alcanzó la cima de su poderío después de la caída del imperio asirio. Ciro, rey de Persia, penetró en ella en 538 a.C. y Alejandro Magno la eligió como capital asiática de su imperio.

bachlik: gorro de fieltro llevado por los persas.

Bactra (o Zariaspa): "la madre de las ciudades", capital de la antigua satrapía persa de Bactriana. Actualmente Balj, al norte de Afganistán. Sería la ciudad natal de Zoroastro.

Bactriana: antigua comarca de Asia central. Sometida por Ciro el Grande, se convirtió en una de las satrapías del imperio persa (siglos VI-IV a.C.). Conquistada por Alejandro (329 a.C.-327 a.C.), quedó tras su muerte bajo el dominio de Seleucos, rey de Asia. Correspondiente al norte del actual Afganistán. Su capital era Bactra.

benjuí: sustancia aromática muy apreciada en la Antigüedad, cuya resina se extrae del estoraque benjuí, árbol de la India.

Cachemira: antiguo reino indio del noroeste, que comprendía los altos valles del Indo y la parte norte del Himalaya.

Cadetes: cuerpo de elite entre los macedonios, de donde surgieron numerosos oficiales y gobernadores.

Caldea: en los orígenes, región occidental de Sumeria. Por extensión, el término designa a Babilonia, es decir la Mesopotamia.

caldeos: nombre dado en la antigüedad a diversos tipos de sacerdotes y astrólogos orientales.

Calístenes: historiador y filosofo griego (360 a.C.-327 a.C.), sobrino nieto de Aristóteles, de quien recibió enseñanzas al mismo tiempo que Alejandro. Acompañó a este último a Asia como historiógrafo pero, al haberse burlado de sus pretensiones a ser tratado como una divinidad, fue puesto prisionero en Bactra, y obligado a suicidarse o pasado por las armas, según las versiones.

Cambises: véase **Persia**.
cardamomo: sustancia aromática extraída de plantas herbáceas perennes.
Caria: "país del mar". Antigua región costera del sudoeste de Asia Menor. Colonia fenicia helenizada por los dorios, que fundaron Cnido y Halicarnaso y poblaron Mileto. Fue sometida a los persas y, antes de la conquista de Alejandro, la gobernaban sátrapas nativos.
Carmania: provincia del Imperio persa situada al norte del estrecho de Ormuz.
Casandro: hijo de Antípater (358 a.C.-297 a.C.). Apartado por este último de la sucesión, venció al regente Poliperconte (319 a.C.), fue amo de toda Grecia y se apoderó de Atenas, cuyo gobierno confió a Demetrio de Falera. Ordenó la muerte de Olimpia, la madre de Alejandro, y tomó el título de rey (305 a.C.) después de haber hecho asesinar a Roxana y al joven Alejandro Aigos, mujer e hijo del conquistador. En lucha contra Antígono y su hijo, fue derrotado en las Termópilas pero se alió contra ellos con Tolomeo, Seleucos y Lisímaco. Después de su victoria en Ipsos sobre Antígono (301 a.C.), obtuvo en el reparto la parte más grande de Grecia.
causia: sombrero rojo de bordes largos que usaba Alejandro. Le ataba alrededor un turbante azul con rayas blancas, símbolo del poder real, llamado *kidaris* entre los presas y *diadema* entre los griegos.
Chiliarca: alto dignatario que comanda la guardia cercana al soberano y que es la cabeza del servicio de audiencias, equivalente al Gran Visir. Transposición griega del título persa *Hazarapatis.*
Ciro: véase **Persia**.
clámide: manto corto y hendido, prendido sobre el hombro derecho.
Cofenes: actual Kabul-Rud.
comensal: invitado personal del gran Rey de Persia. Los comensales estaban autorizados a cenar en una sala cercana al comedor real. Una cortina ocultaba al rey de su vista. Recibir ese título era un honor excepcional y garantía de riqueza.
Compañeros (de Alejandro): seguidores del rey de Macedonia, nobleza de su séquito. El primero de sus escuadrones, el agema, constituía la guardia personal del soberano.

coseos: guerreros bandidos de los montes Zagros.
crátera: vasija para beber con dos asas, en forma de copa.
cuadriga: carro con cuatro caballos de frente.
cuatrirreme: navío griego con cuatro hileras de remeros superpuestos.
daisios: mes de junio en el calendario macedonio.
dáricos: moneda de oro de los antiguos persas creada por Darío I.
Darío: véase **Persia.**
Demavend: volcán con laderas nevadas, punto culminante del Elburz (Irán septentrional), 5671 m.
diádocos: sucesores de Alejandro que se disputaron ásperamente el poder a su muerte. Véase **Antígono**, **Casandro**, **Eumenes**, **Lisímaco, Pérdicas**, **Seleuco, Tolomeo**.
Dionisos (Baco, entre los romanos): dios griego de la Viña, el Vino y el delirio extático, siempre escoltado por una compañía de sátiros y de bacantes o ménades (mujeres poseídas). Las dionisíacas, fiestas dedicadas a este dios, con sus cortejos tumultuosos y la utilización de máscaras, dieron nacimiento a la comedia, a la tragedia y al drama satírico.
Dióscuros: Castor y Pólux, hijos de Zeus y de Leda. Gemelos inseparables, participaron sobre todo en la expedición de los argonautas que partieron a conquistar el Vellocino de Oro.
Drapsaca: o Anderaba, ciudad de Bactriana. Actual Kunduz.
Eácidas: descendientes de Eaco y del héroe griego Aquiles, nieto del primero, de quien Olimpia, la madre de Alejandro, decía ser parienta.
Ecbatana: antigua capital de Meda. Después de la caída del imperio medo, se convirtió en una de las capitales del imperio persa. Saqueada por Alejandro en 331 a.C. Actual Hamadán (Irán occidental), al pie del monte Elvend.
Elburz: cadena de montañas de Irán septentrional, que culmina en el Demavend (5671 m).
epígonos: los "retoños". Cuerpo del ejército compuesto por reclutas persas instruidos al estilo macedonio por decisión de Alejandro.
Erecteión: templo de estilo jónico situado en la Acrópolis de Atenas.
escitas: numerosos pueblos y tribus que hablaban iraní, nómades y saqueadores, de Crimea, al norte de Ucrania.

Estrimón: río llamado en la actualidad Struma, que atraviesa Bulgaria y Grecia y desemboca en el mar Egeo.
Euaspla: actual Kunar, río de Afganistán, afluente del Kabul.
Éufrates: río de Asia occidental (2330 km), que nace en las Altas Mesetas de Armenia turca, penetra en Siria, luego en Irak, donde delimita, junto con el Tigris, la Mesopotamia iraquí antes de confluir con él para formar el Chatt al-Arab al norte de Basora y luego desemboca en el Golfo Pérsico.
Eulaios: actual Karún, río de Irán (750 km) que tiene su fuente en el Zagros, atraviesa la llanura de Kuzistán y desemboca luego en el Chatt al-Arab.
Eumenes de Cardia: general griego (360 a.C.-316 a.C.). Canciller de Alejandro (se ocupaba de sus archivos y llevaba las Efemérides de la Corte). Sátrapa de Capadocia y de Paflagonia, luchó tras la muerte del conquistador (323 a.C.) junto al regente Pérdicas contra los diádocos que desmembraban el Imperio. Fue vencido y muerto por Antígono el Tuerto, su enemigo encarnizado.
falange: ejército macedonio, cuerpo de tropa. Sus miembros se llamaban "falangistas".
Filipo II, rey de Macedonia: padre de Alejandro Magno. Tercer hijo del rey Amintas, enviado a Tebas como rehén, recibió allí su educación helénica y se inspiró en las innovaciones militares de Epaminondas para organizar la falange macedonia, con la ayuda de Parmenión y Antípater. Convertido en regente de su sobrino, lo apartó del poder y se hizo proclamar rey. Puso entonces en funcionamiento grandes proyectos: condujo una campaña victoriosa contra los bárbaros de los Balcanes, extendió su dominación sobre el litoral de Tracia, donde ocupó las minas de oro del monte Pangeo, luego las colonias atenienses de Anfípolis, Pidna y Potidea (358 a.C.-356 a.C.). Fortalecido por sus medios financieros y su alianza con Epiro, consagrada por su matrimonio con Olimpia, emprende la conquista de Grecia, aprovechando la declinación económica de las ciudades, su desunión y la lasitud de los habitantes. Amo de Tesalia (354 a.C.), aplastó a la coalición de Atenas y de Tebas en Queronea (338 a.C.) y se convirtió en amo indiscutido de Grecia, con excepción de Esparta. El congreso panhelénico

de Corinto lo reconoce como árbitro de una Liga helénica y su jefe militar en tiempos de guerra (*heghemón*). Decidió la guerra entre los griegos y Darío, pero fue asesinado en condiciones no elucidadas, tal vez por instigación de su esposa Olimpia, a quien acababa de repudiar.

flabellum: abanico.

Frigia: antigua comarca de Asia Menor, que forma la parte occidental de la meseta Anatolia, entre Lidia y Capadocia. Poblada de indoeuropeos, su civilización conoció su apogeo en el siglo VIII a.C. Cayó bajo el dominio persa en 546 a.C. conquistada por Alejandro, tras cuya muerte fue a parar al diádoco Seleuco.

Gandara (o Paropámisos): antiguo nombre de la satrapía persa que abarcaba el noroeste de la India, el norte de Pakistán y el este de Afganistán. Allí la civilización griega tuvo mucha influencia en el arte y la religión búdicas.

Gaugamela: "la pradera del camello". Sitio de la batalla ganada por Alejandro ante Darío II Codomano el 1° de octubre de 331 a.C. Situado al nordeste de la antigua Nínive y a 80 km al sudeste de Arbelas (Irbil, en Irak).

Gedrosia (desierto de): actual Beluchistán iraní. Constituía un distrito de la satrapía de Aria en la época persa y bajo el reinado de Alejandro.

gimnosofista: nombre dado por los griegos a los ascetas indios que no llevaban ropas.

gineceo: departamento de las mujeres.

Gorgonas: monstruos fabulosos de la mitología, con cabellera de serpientes, dientes de jabalí y alas de oro, que transformaban en piedra a quien las mirara fijo. Eran tres hermanas: Esteno, Euríale y Medusa.

Gránico: curso de agua que desciende desde Ida hasta el mar de Mármara. Actualmente, el Kocaba. Victoria de Alejando sobre Darío III en mayo de 334 a.C.

haoma: sustancia alucinógena producida por los pueblos escitas que vivían más allá del Yaxartes y extendida en Persia.

Helesponto: antiguo nombre del Estrecho de los Dardanelos.

Heliópolis: antigua ciudad de Egipto, en el extremo sur del delta del Nilo. Actualmente, a 10 km al nordeste de El Cairo.

hemón: mamífero ungulado que tiene algo del asno y del caballo.

Heracles (Hércules entre los romanos): héroe griego, hijo de Zeus. Autor de los célebres "doce trabajos".

Hidaspes: río de Cachemira y de Pakistán, uno de los "cinco ríos" del Punjab. Tiene su fuente en el Himalaya, riega Srinagar, confluye con el Chenab (antiguo Acesines) 150 km al norte de Multán. Curso de 715 km.

Hidraotes: hoy, Ravi. Río de noroeste de la India, uno de los "cinco ríos" del Punjab, afluente del Chenab (antiguamente, Acesines). Curso de 725 km.

Hindukush: llamado **Paropámiso** o Cáucaso indio por los griegos. Cadena de montañas de 600 km al norte de Afganistán, prolongación occidental del Himalaya.

Hiparco: general en jefe de la caballería de los Compañeros.

Hircania: región del Asia central, al sudeste del mar Caspio, que formaba parte de Media y luego del imperio persa.

Hircanio (mar): antiguo nombre del mar Caspio.

Inmortales: nombre de los guardias de los Grandes Reyes de Persia. Según dice Herodoto: "A esos persas se lo llamaba Inmortales [...] Si uno de ellos faltaba, vencido por la muerte o la enfermedad, se elegía otro, de manera *que* siempre eran diez mil".

Isos: antigua ciudad de Cilicia (Asia Menor). En su llanura se libró una batalla que enfrentó a Alejandro con Darío III Codomano (333 a.C.), que abrió al primero la conquista de Persia.

Jainismo: religión hindú fundada en el siglo VI a.C. por Jina "El Conquistador", príncipe del Estado de Bihar. El jainismo se propone liberar el alma de la transmigración por medio de una vida ascética y se apoya en diversos principios: castidad, rechazo de la violencia y de la propiedad. Los jainistas suelen infligirse voluntariamente penitencias muy duras, que pueden llegar hasta el suicidio ritual, ayunando hasta morir.

Jerjes: véase **Persia**.

Jonia: antiguo nombre de la parte central del litoral de Asia Menor. Muy próspera en la Antigüedad, en ella se fusionaron la civilización helénica y la oriental. Primero fue tributaria de los reyes de Lidia (560 a.C.), luego sometida a los persas (546 a.C.). Se rebeló contra ellos en 499 a.C., recibió la ayuda de Atenas y se volvió independiente después de la victoria griega de 480 a.C. Véase **Persia**. Cedidas por los espartanos a los persas en 386 a.C., las ciudades jonias ofrecieron su lealtad a Alejandro en 334 a.C., con excepción de la ciudad de Mileto, a la que destruyó.

Karakum: desierto de arena negra de Turkmenistán, al oeste del río Amu-Daria.

Kizilkum: desierto de arena roja de Kazajstán y Uzbekistán, situado entre el Amu-Daria y el Sir-Daria, al este del mar de Aral.

kurtash: trabajador, artesano del imperio persa.

libación: acción de verter un líquido en ofrenda a una divinidad.

Lidia: antigua comarca de Asia Menor, sobre el mar Egeo, limitada al norte por Misia, al sur por Caria y al este por Frigia. Conquistada por Ciro el Grande en 546 a.C., fue anexada al Imperio persa. Después de la muerte de Alejandro, quedó bajo el dominio de Seleuco.

Lisímaco: general macedonio (361 a.C.-281 a.C.). Lugarteniente de Alejandro, fue uno de sus diádocos. Recibió Tracia en el reparto. Aliado de Casandro y de Seleuco contra Antígono, después de la victoria de Ipsos (301 a.C.) acrecentó sus posesiones en Asia Menor, anexó Jonia y se apoderó de Macedonia. Sus crueldades en Asia Menor y su alianza con Tolomeo lo enfrentaron entonces contra la Siria de Seleuco. Fue ultimado en la batalla de Curupedio, en Frigia.

macedonio: dialecto derivado del griego antiguo. Lengua materna de Alejandro.

Maracanda: capital de la satrapía persa de Sogdiana, conquistada en 329 a.C. por Alejandro. Conocida hoy bajo el nombre de Samarcanda (Uzbekistán).

Marduk (o Baal): dios supremo de los babilonios, los fenicios y los cartagineses.

masagetas: población escita establecida hacia el siglo VIII a.C. entre el curso inferior del Amu-Daria y el Si-Daria. Sus tribus, muy combativas, devolvieron los ataques de Ciro y de Darío I, pero fueron sometidos por Alejandro.

medos: los medos, pueblo de nómades indoeuropeos instalados en el siglo IX a.C. sobre la llanura iraní, constituyeron un peligro para el imperio asirio, que intentó en vano someterlos y desapareció bajo sus ataques y los de sus aliados neobabilonios (612 a.C.: caída de Nínive). Los medos establecieron su capital en Ecbatana y prosiguieron sus conquistas en Anatolia. El rey Astiages se encontró a la cabeza de un imperio que amenazaba a Babilonia, pero la revuelta de Ciro contra su soberano (556 a.C.-550 a.C.) sustituyó este imperio por el de los persas de la dinastía aqueménida.

ménades: véase **Dionisos.**

Meru (montes): actual Koh-i-Nor.

Mileto: Véase **Jonia.**

mirra: sustancia aromática cuya gomorresina es provista por el balsamero.

nardo: sustancia aromática muy apreciada por los antiguos. El perfume se extrae de las raíces de una especie de valeriana.

Naucratis: factoría griega en el delta del Nilo. En la actualidad, Kom al-Gief.

Nautaca: antigua ciudad de Sogdiana. Hoy, Karshi.

navarca: comandante de un navío o de una flota.

Nearco: navegante griego y lugarteniente de Alejandro. Originario de Creta y ciudadano de Anfípolis, fue nombrado gobernador de Licia, luego acompañó al Conquistador en su expedición a la India. Al mando de la flota, descendió por el Indo con su ejército y emprendió la exploración del mar de Eritrea y del Golfo Pérsico hasta la desembocadura del Éufrates (326 a.C.-325 a.C.). Al morir Alejandro, recibió la satrapía de Licia y de Panfilia y fue aliado de Antígono el Tuerto. Dejó un relato de su expedición marítima.

Nínive: antigua capital del reino asirio, sobre el Tigris, destruida en 612 a.C. por los medos y los neobabilonios.

Olimpia: reina de Macedonia (375 a.C.-316 a.C.). Hija de Neoptolemo, rey de Epiro, desposó al rey Filipo II de Macedonia, de quien tuvo dos hijos: Alejandro y Cleopatra. Repudiada, intrigó contra Filipo y, después de su asesinato, hizo matar a su nueva esposa y a la hijita nacida de esta unión. Ambiciosa y ávida, orgullosa e iracunda, le disputó el poder al regente Antípater durante las campañas de Alejandro. Al morir el Conquistador (323 a.C.), tuvo que retirarse nuevamente al Epiro a causa de su alianza con Poliperconte, el sucesor de Antípater, e hizo exterminar al medio hermano de Alejandro y a sus seguidores. Sitiada por Casandro en Pidna, fue derrotada; tras un simulacro de proceso, fue librada a sus enemigos, que la mataron cruelmente.

onza: especie de gato salvaje de Asia central, de pelaje gris y blancuzco, cercano al jaguar o la pantera.

Ormuz (o Ahura-Mazda): dios supremo, principio de la luz y del bien en la religión mazdena de los antiguos persas, opuesto a Arimán, principio del mal.

Oxo: antiguo nombre del río Amu-Daria. Curso: 2620 km desde el Pamir afgano hasta el mar de Aral.

pámpano: rama de viña con sus hojas y sus uvas.

paraísos: suntuosos jardines del Imperio persa, a la vez lugares de descanso, centros hortícolas y reservas de caza. Estaban regados por fuentes o canales de irrigación y dispuestos en todas las satrapías.

Parmenión: general macedonio bajo la autoridad de Filipo y después bajo la de Alejandro. Contribuyó a la organización del ejército macedonio y a las primeras victorias sobre Darío. Quiso disuadir a Alejandro de que prosiguiera su campaña en Asia, y se le encargó que velara sobre la ciudadela y el tesoro de Ecbatana. Luego, como su hijo Filotas estuvo implicado en un complot contra el rey y fue ejecutado, fue asesinado a su vez por orden de Alejandro (330 a.C.) en Ecbatana.

Paropámiso (o Hindukush): antiguo nombre griego dado a las cadenas montañosas del Himalaya occidental, y más particularmente al Kuh-i-Baba, en Afganistán.

Partia: región situada en la llanura iraní y al sudeste del mar Caspio. Anexada al Imperio persa desde la época de Ciro II, que la conquistó en 540 a.C., la satrapía pasó en 331 a.C. a Alejandro Magno y después a Seleuco, antes de volverse independiente.

Pasargada: primera capital de la antigua Persia fundada por Ciro y poco después abandonada por Darío I en beneficio de Susa y Persépolis.

peán: canto solemne de los griegos, que se cantaba con toda la voz en circunstancias importantes o graves, dirigido a Apolo y a otras divinidades.

Pella: antigua ciudad de Grecia, convertida en capital del reino de Macedonia a partir de fines del siglo V a.C., cuando el rey Arquelao la prefirió a Egas. Tuvo su apogeo bajo el reinado de Filipo II; después, bajo el de Alejandro. Decadente desde la conquista de Roma, desapareció en el siglo VI.

pelta: pequeño escudo redondo, de metal, de los combatientes macedonios.

Pérdicas: Compañero de Alejandro durante sus campañas, fue uno de los cuatro regentes a su muerte (323 a.C.). Enérgico, pero también pérfido y cruel en su esfuerzo por mantener la unidad del Imperio, luchó contra los otros diádocos con la ayuda de Eumenes de Capadocia, antes de ser asesinado por sus propios oficiales en Egipto, durante una campaña contra Tolomeo y Antígono (321 a.C.).

Persia: la primera mención del pueblo persa se remonta al siglo IX a.C. Estaba entonces establecido al norte de Asiria (Parsua); luego, hacia 700 a.C., en la región que se transformó en Persia propiamente dicha (Parsa, en la actualidad el Fars) y primero fue dominada por los medos, primos hermanos de ellos. Véase **medos**. En 559 a.C.-556 a.C. un reyezuelo, Ciro II el Grande, destrona al rey Astiages y lleva al poder a una dinastía persa (aqueménida) cuyo imperio, en su apogeo bajo el reinado de Darío I, se convertiría en el más amplio de toda la Antigüedad. Las diversas capitales (Pasargada, Persépolis, Ecbatana, Susa y Sardes) estaban vinculadas por rutas reales. Un sistema de mensajeros y de relevos aseguraban las comunicaciones. Cada pueblo conservaba sus propios dioses, pero la religión oficial era el mazdeísmo. Una moneda de oro, el dárico, simbolizaba la potencia económica del Imperio, que sometía a sus pueblos al pago de un tributo. Los reyes de Persia fueron:

Ciro II el Grande (muerto en 529 a.C.): fundador del Imperio, conquistador de Lidia y Caldea. A su muerte, el Imperio se extendía del Indo al Mediterráneo.

Cambises (530 a.C. a 522 a.C.): conquistó Egipto y formó una poderosa flota de guerra.

Darío I (522 a.C.-486 a.C.): se le debe el comienzo de los trabajos de Susa y de Persépolis, la organización de las satrapías (una veintena), la reforma del tributo, la creación de la moneda real (dárico). Apogeo del Imperio. Sin embargo, se produce la revuelta de las ciudades jonias y las primeras derrotas frente a los griegos (Maratón, en 490 a.C.).

Jerjes (485 a.C. a 465 a.C.): lanzó un gigantesco ejército contra los griegos (segunda guerra médica), atacó las Termópilas, ocupó Grecia central, destruyó la Acrópolis de Atenas. Fue derrotado en Salamina, por mar; y en Platea, por tierra (480 a.C.-479 a.C.). Sofocó la revuelta egipcia y la de Babilonia. En esa ocasión, destruyó el templo de Marduk (479 a.C.).

Artajerjes I (465 a.C.-423 a.C.): derrotado por Cimon, fue obligado a firmar la paz con los griegos (449 a.C.-448 a.C.).

Darío II (423 a.C.-404 a.C.): firmó un tratado con Esparta. Revuelta en Egipto.

Artajerjes II (404 a.C.-359 a.C.): emancipación de Egipto, problemas en Asia Menor donde impone, sin embargo, la soberanía persa y se ubica como árbitro entre Atenas y Esparta, dictándoles la "paz del rey" (386 a.C.).

Artajerjes III (359 a.C.-338 a.C.): Sitió Sidón con éxito y reconquistó la provincia de Egipto.

Artajerjes IV (338 a.C.-336 a.C.): corto reinado, en el curso del cual el rey Filipo de Macedonia, padre de Alejandro, coaligó las ciudades griegas contra Persia.

Darío III Codomano (336 a.C.-330 a.C.): último rey de Persia. Vencido por Alejandro en Gránico (334 a.C.), en Iso (331 a.C.) y en Gaugamela (330 a.C.), pereció asesinado por los sátrapas rebelados en Hecatómpilos, en Partia (1° de julio de 330 a.C.)

Persépolis: nombre griego de Parsai, capital real agrandada bajo el reinado de Darío I en pleno corazón de Persia (los palacios habían sido ya construidos bajo el reinado de Cambises). Actual Tajt-Jamshid.

piquero: soldado macedonio armado de una pica o jabalina.

Politimeto: río de Maracanda (hoy, el Zeravsán).

Poseidón: dios griego del mar y de los océanos.

Punjab (o Pañjāb): región muy fértil formada por las provincias de la India noroeste y de Pakistán y regada por cinco ríos (de allí su nombre: Pañj: "cinco" y ab: "ríos"), afluentes del Indo.

quinquerremes: navío de cinco remos.

retórico: orador o escritor que sacrifica la verdad o la sinceridad al arte del discurso.

ritón: nombre de un antiguo vaso griego, que sirve para beber, grande arriba y estrecho abajo.

saces: primos hermanos de los escitas (véase este nombre).

Salmos: hoy, Kanu, en la llanura del río Rud-Bar (antiguamente, Anamis).

Sardes: antigua capital de la satrapía de Lidia (Asia Menor); luego, del Imperio persa.

sarisa: larga lanza de los guerreros macedonios, que se tenía con las dos manos para ir al ataque durante las batallas. En madera de cornejo o de almecino, de cuatro a cinco metros de largo, comprendía dos pedazos unidos por una virola desmontable con una larga hoja y un extremo de acero puntiagudo. Se podía lanzarla o bien dar una estocada con ella.

sátrapa: etimología persa: "protector del poder". Representante personal del soberano en una región determinada, encargado de mantener el orden en el país conquistado. La institución existía ya en tiempos de Ciro y de Cambises, pero es bajo el reinado de Darío I cuando adquiere la fisonomía que conservaría a lo largo de toda la historia persa.

satrapía: división administrativa del Imperio persa que Alejandro conservó. Cada satrapía reunía pueblos vecinos (*dayhu*, en persa), que seguían disfrutando de su territorio tradicional. Antes de ser una unidad territorial, la satrapía descansaba entonces sobre una realidad étnica.

Seleuco: general macedonio (358 a.C.-280 a.C.), fundador de la dinastía de los seléucidas. Participó en la lucha de los diádocos contra Pérdicas y en 321 a.C. recibió Babilonia en el reparto. Se alió contra Antígono con Tolomeo, Casandro y Lisímaco, pero no logró someter la India. Después de la victoria de Ipsos (301 a.C.), trasladó su capital de Seleucia a Antioquia, que fundó. Después de liberarse de Lisímaco y Demetrio (hijos de Antígono), se convirtió en amo de Asia Menor. Marchaba sobre Macedonia cuando fue asesinado.

Semíramis: reina legendaria de Asiria y Babilonia. Se le atribuye haber guerreado hasta la India y haber levantado soberbias construcciones en Babilonia (los jardines colgantes, sobre todo).

Sidón: antigua ciudad portuaria de Fenicia, sometida a pagar tributo a los asirios, luego capital de Fenicia bajo el imperio persa. Quemada por Artajerjes III, contra quien se había rebelado (344 a.C.), se abrió a Alejandro en 332 a.C. y recuperó una cierta prosperidad en la época helenística y romana. En la actualidad, Saida, en el Líbano.

Sindh: otro nombre de la satrapía del Indo, situada al sudeste del actual Pakistán, al borde del Golfo de Omán y constituida por extensiones desérticas únicamente irrigadas por el curso del Indo. Capital: Pátala.

Siwa o **Siua** (oasis de): oasis de Egipto cerca de la frontera libia. El antiguo oasis de Amón poseía en la Antigüedad un templo célebre consagrado a Amón, donde Alejandro se habría hecho entronizar milagrosamente por el dios (al que los griegos identificaban con Zeus).

sofista: persona que tiene el arte de defender cualquier tesis por razonamientos sutiles o capciosos.

Sogdiana: región de Asia central conquistada por los persas; después, por Alejandro, cuya capital era Maracanda (Samarcanda). Situada en el actual Uzbekistán.

stupa: monumento funerario en la India.

Susa: antigua ciudad del reino de Elam, convertida luego en la capital de la satrapía de Susiana y en un centro administrativo, en el Imperio persa aqueménida. En la actualidad, Shush, en el Kuzistán iraní.

Tápsaco: actual Jerablus, sobre el Éufrates, al norte de Siria.

Tarmita: actual Tirmidh o Termez, en la frontera de Uzbekistán.

terebinto: pistacho resinoso.

theore: embajador sagrado de las ciudades griegas.

Tigris: río de Asia occidental, de 1718 km, que tiene su fuente en el Tauro turco y atraviesa Irak, donde delimita la Baja Mesopotamia antes de formar el Chatt al-Arab con el Éufrates y desembocar en el Golfo Pérsico.

tirso: atributo de Dionisos. Bastón rodeado de hojas de viña o de hiedra y coronado por una piña, que llevaban las Bacantes (o Ménades).

Tolomeo el Lágida (367 a.C.-283 a.C.): uno de los principales generales de Alejandro, conocido por sus talentos de diplomático. Al morir el Conquistador, recibió en el reparto la satrapía de Egipto. Se alió con Seleuco contra Antígono y combatió al hijo de este último en Gaza (313 a.C.). La batalla de Ipsos (301 a.C.) le permitió establecer su dominio sobre Palestina, Siria y Chipre. En Egipto, organizó administrativamente el país, estableció su capital en Alejandría y dio a la ciudad un brillo comercial e intelectual considerable (construcción del museo y de la biblioteca).

trirreme: navío de guerra griego con tres hileras de remeros superpuestas.

Yaxartes: antiguo nombre del río Sir-Daria (2200 km). Tiene su fuente en los glaciares de los montes Tien-shan (Kirguistán), riega y fertiliza el valle de Fergana, luego el Kazakistán meridional a lo largo del desierto de Kizilkoram, y desemboca en el mar de Aral.

Zigurat: templo de los antiguos babilonios en forma de pirámide con pisos, que tenía un santuario en la cima y servía para la observación de los astros.

Índice